러시아의 문장들

러시아의 문장들

Иван Тургенев, 1818~1883

Александр
Пушкин,
1799~1837

Тварь я дрожащая или
право имею?

Счастье - как здоровье:
когда его не замечаешь,
оно есть.

한 줄의 문장에서
러시아를 읽다

Сказка ложь, да в ней
намек, Добрым молодцам
урок.

Николай Гоголь,
1809~1852

Какой же русский
не любит быстрой езды?

Федор
Достоевский,
1821~1881

벨랴코프 일리야 지음

В человеке все должно быть
прекрасно: и лицо,
и одежда, и душа, и мысли.

Лев Толстой, 1828~1910

틈새책방

Все счастливые семьи
счастливы одинаково,
каждая несчастливая
семья несчастлива по-
своему.

Антон Чехов,
1860~1904

#1.

어렸을 때부터 책을 읽으면서 자랐다. 많이 읽었다고 당당하게 말할 수는 없지만 나름 꽤 읽은 것 같다. 오전에 학교에 갔다가 점심시간 즈음 다시 집으로 돌아오면 어머니가 아직 퇴근을 안 하신 애매한 시간대였다. 난 점심을 먹은 후, 방에서 조용히 앉아 책을 읽으며 시간을 보냈다. 날씨가 좋거나 단짝이 부를 때는 밖에 나가서 놀 때도 있었지만, 지금 그 시절을 되살려 보면 그런 시간보다 집에서 가만히 책을 보는 시간이 더 많았던 것 같다.

학교에서 과제로 내 준 필독서는 내게 그렇게 어렵지는

않았다. 러시아는 중학교부터 고등학교 졸업 때까지 문학 수업이 이어지는데, 교육부 지침에 따라 학년별로 필독서가 정해져 있다. 문학 수업은 고등학교를 마칠 즈음엔 해외 문학까지 배우긴 하지만 주로 러시아 문학을 배운다.

중학교에서는 이해하기 쉬운 단편 소설이나 전래 동화, 시 등을 많이 다룬다. 고등학교에서는 의미가 깊고 생각을 많이 하면서 읽어야 하는 작품을 많이 읽힌다. 한국인들에게도 익숙한 톨스토이나 도스토옙스키 같은 작가는 러시아에선 고등학교 때 배우는 작가들이다.

러시아 문학은 꽤 수준이 높고 훌륭하다고 알려져 있다. 그래서 러시아인들은 러시아 문학에 대한 자부심이 있다. 그렇지만 러시아인이라고 해서 이 훌륭한 문학 작품들을 모두 탐독하는 건 아니다. '위대한 문학' 작품을 배우는 고등학생이라고 해서 다르지는 않다. 길어도 너무 긴《전쟁과 평화》, 10대 후반에는 이해하기 어려운《죄와 벌》, 사춘기 때 읽으면 야한 내용만 눈에 들어오는《롤리타》….모범생들은 수업을 열심히 듣고 성실하게 책을 읽고 숙제를 내지만 대다수 학생들은 수업 때 졸거나 딴짓을 하면서 선생님 말씀을 한 귀로 흘려 버린다. 어느 나라 고등학생이든 비슷한 모습 아닐까.

고백하자면, 나도 이런 대다수에 속했다. 집에서 책을 많이 읽긴 했지만 위대한 작품들인 '클래식 문학'은 딱히 좋아하지 않았다. 강압적인 학교 수업에 반발심이 일었고, 그 작품들이 10대 후반인 나로서는 공감하기 힘들었기 때문이다. 수업도 재미가 없었다. 중학교 때 문학 수업은 이런 식이었다. "러시아 문학의 아버지인 푸시킨은…", "인생의 의미를 고민하는 도스토옙스키는…", "사회 속 남녀평등과 사회 서열의 문제점을 언급하는 톨스토이는…". 너무 딱딱하고 상투적이며 재미없는 설명이었다. 집에 돌아가서 '머나 먼 은하수에서 벌어지는 별들의 전쟁' 이야기를 빨리 보고 싶을 뿐이었다.

그러나 고등학교 때부터 상황이 달라졌다. 학교에서 반을 재배정하면서 나는 소위 '인문 집중반'에 속하게 됐다. 반이 바뀌면서 모든 과목 선생님들도 바뀌었다. 이런 변화 때문에 최악이 되어 버린 수업도 있었지만 수준이 높아진 수업도 있었다. 그중 하나가 바로 문학 수업이었다.

새로운 문학 선생님은 전혀 다른 방식으로 수업을 진행했다. 예전에는 책 목록을 주고, 읽어 오라고 한 다음, 선생님이 일방적으로 설명하는 방식이었다. 새로운 선생님은 꼭 책을 읽으라고 강제하지는 않았다. 대신 선생님의 설명을 듣고 토론하는 수업을 진행했다. 한 작가에게 몇 회의 수업을 할애하고, 실컷 토론하거나 세미나 방식으로 이야기를 나눈 뒤 집에 가서 작품에 대한 소감을 쓰게 했다.

글쓰기는 너무나도 귀찮았지만 선생님의 수업 방식이 좋았다. "작품을 읽지 않아도 된다. 단, 읽지도 않고 과제도 안 내면, C 이상은 기대하지 말라"고 단호하게 선언하셨다. 가만히 있어도 C까지는 딸 수 있다니, 점수에 별 관심이 없는 친구들에게는 기쁘기 짝이 없는 수업이었지만 나는 묘한 경쟁심이 일었다. 학교에서 나는 'All A' 학생은 아니었지만 그렇다고 'C'는 아니지 않나 하는 마음이었다. 선생님의 설명을 열심히 듣고 책을 읽기로 결심했다. 그러다 보니 의외로 흥미가 붙었다. 선생님의 설명 방식은 새삼스러웠다.

여기서 배경을 설명하자면, 러시아 학생들은 러시아 문학을 '소련스럽게' 접근하는 걸 아주 싫어한다는 것이다. 내가 고등학교를 다니던 시절에 소련은 사라졌지만, 그 시절의 관성은 남아 있었다. 소련 시절엔 토론이나 세미나 같은 수업 방식이 드물었다. 선생님의 임무는 학생들에게 '올바른' 답을 주입시키는 것이었다. 문학을 '올바르게' 읽는 방법, 작품의 의미, 작가의 특징은 모두 답이 정해져 있었다. 학생들은 선생님의 설명을 듣고 시험에서 '올바른' 답을 써 내야 했다. 자기만의 의견이 있어도 말해선 안 됐다. 교과서에 나오는 정답을 그대로 읊어야 했다. 당연히 재미있을 리가 없다.

러시아에는 그 시절 문학 선생님을 풍자한 밈(meme)이 여전히 살아 있다. "저자는 무엇을 말하려고 하는가"다. 신의 경지에 이른 위대한 작가에게는 다 뜻과 의도가 있으니, 멍청한 우리는 그런 뜻과 의도를 끊임없이 모색해야만 대단한 러시아 문학의 깊이를 헤아릴 수 있다는 식이다.

새로운 선생님은 이런 패턴을 깨뜨리셨다. 초점은 작가가 아니라 '나'였다. 톨스토이가 《전쟁과 평화》를 통해서 '무엇을 말하려고 했는가'가 아니라, 그 작품을 통해 무엇을 어떻게 느꼈는지가 중요했다. 이전과는 전혀 다르게 머리를 자극하는 과제였다.

선생님의 설명은 간단했다. '문학도 미술처럼 예술의 한 종류다. 우리가 그림을 볼 때 화가의 의도를 분석하기도 하지만 보는 이의 느낌에 더 집중하는 것처럼 문학 작품도 마찬가지로 읽으면 된다. 화가든 작가든 자기 작품에 투영한 생각이 있고 전하고 싶은 메시지가 있는 것은 맞다. 하지만 그 메시지를 그대로 파악하고 받아들이기 위해 공부하고 노력하는 것보다 나만의 시선으로 작품을 바라보며 생기는 감정이 더 중요하다. 그것이 부정적이든 긍정적이든 상관없다. 그런 감정을 작가가 나에게 주는 메시지로 받아들여라. 그것이 바로 예술이다. 예술은 배우는 것이 아니라 느끼는 것이다.'

선생님의 말씀처럼 작품을 느끼기 위해 읽자 글쓰기 과제도 재미있어졌다. 내가 느낀 것들을 자유롭게 적어서 제출하면 됐기 때문이다. 처음에는 선생님의 눈치를 보면서 글을 썼지만, 점점 과감해지고 보다 더 솔직한 생각을 글에 넣기 시작했다. 그러자 신기하게도 점수도 따라 올라가기 시작했다. 처음에는 선생님의 빨간 펜 흔적이 가득한 노트를 받았지만 시간이 흐르면서 빨간색이 조금씩 사라지기 시작했다. 고등학교를 졸업할 무렵에는 문학 수업의 'A' 학생이 되어 있었다.

#2.

러시아 사람들은 스스로를 '전 세계에서 책을 가장 많이 읽는 민족'이라고 생각한다. 사실 여부를 떠나 대중들이 그렇게 인식한다는 의미다. 그렇게 생각할 만한 이유가 있다. 학교에서는 문학을 진지하게 배우고 일상에서도 책을 가까이하는 분위기다. 도시에는 서점도 많고 책을 읽는 사람들도 많다. 스마트폰의 보급으로 예전보다 책을 든 사람이 줄어든 건 사실이지만, 여전히 대중교통을 이용하면서 책을 읽는 사람들이 많다. 퇴근 후에 집에서 밥을 먹고 편하게 차 한잔을 마시면서 책을 읽는 건 러시아 가정에서 흔히 볼 수 있는 모습이다. 책에 대한 취향과 장르가 다양하지만 러시아에서 책 읽는 사람을 보는 건 어렵지 않다.

  책을 대하는 관점에서 한국과 러시아는 다른 면이 있다. 러시아에서는 책을 누구나 쉽게 누리는 여가 방법으로 생각한다. 반면 한국에서는 '학교 과제'나 '똑똑한 사람들이 시간을 보내는 방법'으로 여긴다는 인상을 받았다. 왠지 독서를 어렵게 생각한다고 할까. 내 제한적인 경험 때문일 수도 있지만 독서는 학교에서 학생들이 하는 '일'이지 주말에 쉬면서 하는 활동이 아니라는 분위기에 놀란 기억도 있다. 극히 개인적인 관찰이지만 한국에서는 책을 읽는 것보다 컴퓨터를 들고 카페에서 일하거나 공부하는 모습이 더 친숙하다. 쉬는 것보다 일하는 것을 선호하는 한국인들, 이것이 러시아인과 가장 큰 차이점일지도 모른다.

#3.

문학은 러시아 사람들의 자랑이다. 광활한 영토, 다민족 그리고 문학은 러시아인의 애국심을 건드리는 포인트다. 혹여 외국인이 러시아 말을 배운다고 하면 바로 푸시킨이나 다른 유명한 작가의 명언을 읊으면서 러시아어가 얼마나 아름다운지, 이런 아름다운 언어로 쓴 문학 작품이 얼마나 많은지 이야기하며 자랑스러워할 것이다. 이것 역시 한국 문화와 매우 다르다는 생각이 든다. 내가 한국어를 배운다고 했을 때 나에게 박경리 작가의 《토지》 같은 작품을 언급하는 한국 사람은 한 명도 없었다.

문학은 러시아의 일상에서 묻어 나온다. 어떤 일이 벌어지면 문학 작품에서 인용한 명언이 튀어나온다. 그만큼 문학은 러시아인의 일상과 떼려야 뗄 수 없다. 친구와 나누는 편안한 대화에서부터 대통령의 연설까지, 기업의 홍보 문구에서부터 뉴스 보도까지, 문학은 언제 어디서든 인용된다. 한국에서 뉴스 앵커가 시사 보도를 할 때 윤동주나 김영하의 작품을 인용하는 일은 보기 드물다. 반면 러시아에서는 정치 토크 프로그램에서 푸시킨을 언급하거나, 경제 전문 콘텐츠에서 톨스토이를 입에 올리는 일이 자연스럽다. 문학이 곧 일상임을 보여 주는 사례다.

《러시아의 문장들》에서는 러시아인이라면 누구나 알고 자주 인용하는 문학 작품 속의 문장을 모았다. 여러분도 잘 아는 작가의 작품도 있지만 처음 들어 보는 작가도 많을 것이다. 문학이 주제이지만 러시아 문학 안내서는 아니라는 점을 독자 여러분에게 밝힌다.

러시아 문학은 쉽지 않다. 러시아에서 태어나고 교육을 받은 나도 그렇다. 그러니 여러분들이 러시아 문학을 어려워하는 건 당연하다. 그러나 러시아 문학에 관심을 가지고 알고 싶어하는 분들이 많다는 것도 알고 있다. 그런 분들을 위해 이 책을 썼다. 러시아 문학을 읽기 전에 한국인 특유의 성실함을 잠시 내려놓고, 그저 편하게 즐기는 마음으로 접근해 보기를 바란다. 공부하는 마음가짐을 풀어놓고 내가 고등학교 때 그랬던 것처럼 있는 그대로 느껴 보기를 바란다. 다만 그러기 위해서는 최소한의 배경 지식이 필요하다. 러시아인과 러시아의 문화다.

이 책에서 다루는 문장들은 러시아의 일상에 녹아 있는 작품과 문구다. 짧은 문장이라는 안경을 통해 러시아인과 러시아의 문화를 바라보고, 이를 통해 다시 러시아 문학의 정수를 엿보는 기회를 만들 수 있다면 충분한 가치가 있다는 생각에 원고를 쓰기 시작했다. 물론 한 권의 책으로 한 나라의 문화를 담을 수는 없다. 내 이야기에 모두가 동의할 수도 없을 것이다. 내가 러시아를 지나치게 일반화하는 것은 아닐까 고심했다. 그러나 내가 살아 온 러시아, 내가 느꼈던 문화, 내가 생각하는 문학, 나의 경험은 모두 유일무이한 것이다. 이 책은 전에 썼던 《지극히 사적인 러시아》처럼 나의 개인적인 관점이 보일 수밖에 없다. 하지만 그런 부분에 신경 쓰지 말고 봐 주셨으면 한다.

이 책 역시 나의 의도보다는 여러분들이 어떻게 받아들이냐가 중요하다. 일리야의 눈으로 본 러시아와 이 책을 통해 여러분들이 느낀 러시아는 분명 다를 것이다. 그 다름이 또 다른 즐거움과 흥미를 불러일으키길 바란다.

이 책을 쓰면서 고통스러웠지만 즐거움도 컸다. 그 즐거움이 고스란히 여러분들에게 전해지길 바란다.

2025년 2월

벨랴코프 일리야

О русской литературе

- Русская литература состоит из страдания. Страдает или персонаж, или автор, или читатель.
- А если все трое - то это шедевр русской литературы.

러시아 문학
- 러시아 문학의 기본은 고생이다. 주인공이 고생하거나, 저자가 고생하거나, 독자가 고생한다.
- 셋 다 고생하는 작품은 명작이다.

러시아 문학을 읽을 때 고생하는 사람은 외국인만이 아니다. 러시아 문학은 러시아 사람에게도 어렵고 괴롭다. 원서 기준으로 2,100쪽이 넘는 톨스토이의 《전쟁과 평화》, 누구나 인정하고 존경하지만 일상생활을 하다 보면 눈에 들어 오지 않는 푸시킨…. 고백하자면, 이 작가들을 필독해야 하는 러시아 고등학생들도 안 읽는 사람이 많을 것이다. 그래서인지 러시아에서도 러시아 문학에 대한 농담이나 밈이 많다. 위의 그림은 그중에서도 내가 좋아하는 밈 중 하나다.

이 믿의 의미는 다음과 같다. 러시아 고전 문학(Русская классическая литература)은 작은 인간(Маленький человек), 잉여 인간(Лишний человек), 새로운 인간(Новый человек)이라는 세 개의 '기둥' 위에 세워져 있다. 이 세 기둥은 러시아 고전 문학에서 주인공들이 가진 보편적인 성격 유형이다. 여러 시기를 거치면서 변화하는 사회 이슈, 도덕 및 윤리 기준 등에 따라 문학에 등장하는 주인공들이 변해 왔다.

'작은 인간'은 18세기 말에서 19세기 초의 문학 작품에서 흔하다. 사회적 지위가 높지 않고 특별한 재능이나 능력이 없는 주인공이다. 돈도 별로 없고 집안도 그다지 훌륭하지 않다. 있어도 그만, 없어도 그만인 사람이다. 이런 주인공들이 맞닥뜨리는 삶의 비극이 19세기 초 러시아 문학이 많이 다루는 주제다. 가장 대표적인 작가는 고골이다. 《외투》나 《코》 같은 작품의 주인공이 이런 '작은 인간'이다.

'잉여 인간'은 사회와 어울리지 못하는 주인공이다. 실력이 있고 소신이 강하여 뚜렷한 세계관을 가졌지만 동시대와 어울리지 못하는 유형이다. 아무리 발버둥쳐도 자아를 실현할 길이 없는 비극적인 인간이다. 지식을 기반으로 사회 발전이나 인간 관계를 개선하려는 시도를 하지만 보수적인 분위기에 막혀 항상 실패한다. 푸시킨, 투르게네프, 레르몬토프 같은 작가들이 이런 주인공을 자주 등장시킨다.

'새로운 인간'은 잉여 인간 다음에 나온 주인공 유형이다. 상당히 현실적이고 노동과 지식을 가장 중요하게 여긴다. 가치관이 뚜렷하고 현명하며 사회가 나아가야 할 방향을 가리키는 사람이다. 19세기 말부터 문학 작품 속에 등장하기 시작했고 당시 러시아의 사회 갈등, 개혁의 필요성, 사상 모색 등을 대표한다. 투르게네프, 곤차로프, 고리키 등의 작품에서 자주 볼 수 있다.

이 세 가지 유형의 주인공은 러시아 사람들이 학교 문학 수업에서 귀에 박힐 정도로 듣는 이야기다. 그래서 학교를 졸업하고 어딘가에서 이런 표현을 들으면 헛웃음이 터진다. 러시아 고전 문학 수업의 답답한 분위기, 선생님의 지루한 분석, 재미없고 어려운 주제라는 어감을 주기 때문이다. 러시아 문학은 세 유형의 주인공들이 독자들의 고생(Страдание) 위에 세워진 세계라는 게 이 밈의 유머 포인트다.

러시아 문학은 특히 고생, 고통, 갈등, 분열 같은 주제가 워낙 자주 등장해서 그것을 풍자하는 농담도 많다. 이렇게 러시아 문학을 읽는 일이 고생스러운 것은 러시아 사람들도 웃으면서 인정할 정도다. 그러니 러시아 문학을 읽을 때 '난 왜 이 고전이 재미없지?', '난 왜 이해가 안 가지?' 하면서 절대 자책하거나 낙심할 필요가 없다. 러시아 사람들도 《안나 카레니나》나 《밑바닥에서》를 읽으면서 여러분과 똑같은 생각을 하니 안심하길 바란다. 자, 이렇게 위로의 말씀을 드리고 러시아 문학을, 즉 고생을 본격적으로 즐겨보자.

♣ 이 책의 러시아어 작품명, 인명 등은 가급적 원어 발음에 가깝게 표기하였다.

차례

러시아의 문장들

표도르 도스토옙스키

Федор Достоевский, 1821~1881

러시아 대문호 중 한 명이다. 그의 작품들은 다양한 외국어로 번역됐고, 전 세계 문학에 엄청난 영향을 미쳤다. 프리드리히 니체, 지그문트 프로이드, 장 폴 사르트르 같은 철학자는 도스토옙스키를 "세계 최고의 작가"라고 칭하고, 실제 자기 활동에도 많은 영향을 받았다고 했다. '심리주의'라는 새로운 문학 장르를 창조할 만큼 인간 심리에 집중했고, 영혼의 이면을 자세히 살핌으로써 도덕과 윤리 문제를 깊게 다뤘다.

나는 떨고 있는 벌레인가,
권리를 가진 인간인가?

Тварь я дрожащая или право имею?
- Федор Достоевский, 《Преступление и наказание》

나는 떨고 있는 벌레인가, 권리를 가진 인간인가?
—표도르 도스토옙스키, 《죄와 벌》

도스토옙스키의 《죄와 벌》은 보통 러시아 고등학교 국어 수업에서 배우는 문학 작품이다. 하지만 그 전에 한 번은 들어봤거나, 대강의 내용을 이미 알고 있다. 그만큼 유명하고 러시아 문화에 깊이 스며든 소설이다. 학교나 선생님마다 문학 수업 방식이 다르지만, 내가 고등학교에 다녔을 때는 먼저 학생들에게 소설을 읽게 하고, 선생님께서 수업 때 작품 설명을 하셨다. 그러고는 숙제로 독후감을 제출하도록 했다. 도스토옙스키 작품도 예외가 아니었다.

돌이켜 보면 도스토옙스키는 고등학생이 배우기에 매우 어려운 작가였다. 기본적으로 도스토옙스키는 인간을

표도르 도스토옙스키

악한 존재로 본다. 이런 악한 마음과 사회와의 관계, 사회 속 행동과 도덕 등을 다루는 대표적인 작가다. 도스토옙스키의 작품은 인간의 어두운 면, 도덕적인 갈등과 같은 문제를 제기하면서 답을 모색하는 소설이 대부분이다. 그의 소설에서 인간은 항상 고통받고, 햇빛이 닿지 않는 심연 깊숙한 곳에서 나오는 추악한 생각과 행동으로 가득 차 있다. 고등학생에게는 좀 어렵다.

나는 도스토옙스키를 별로 좋아하지 않는다. 학창 시절에도 그랬고, 지금도 그렇다. 러시아 문학에서 아주 중요한 작가라는 건 알지만 작가의 세계관이 워낙 비관적이어서 개인적으로는 그의 작품을 읽기 힘들다. 사실 고등학교 때도 《죄와 벌》을 다 읽지 못했다. 소설이 긴 데다, 10대에는 이해하기 힘든 주인공의 갈등이 있고, 작가의 메시지는 와 닿지 않았다. 하지만 선생님의 설명은 흥미로웠다.

《죄와 벌》은 의미가 깊은 소설이다. 주인공 라스콜니코프는 노파를 죽이는 이유가 정당하다고 자신을 합리화한다. 노파는 돈만 밝히면서 남들에게 피해를 주는 악인이다. 라스콜니코프는 자신이 노파를 죽이면 사회에 좋은 일이 될 거라고 생각하기 시작한다. 그는 세상에 딱 두 종류의 사람이 있다고 믿는다. 한 부류는 '떨고 있는 벌레', 즉

무력하고 강자를 따를 수밖에 없는 운명을 가진 사람들이다. 가장 밑바닥에 깔린 사람들이다. 또 한 부류는 '권리를 가진 자', 즉 자신의 인생을 결정할 힘이 있고 다른 사람들의 운명까지 결정할 수 있는 사람들이다. 라스콜니코프는 스스로에게 자신이 어떤 부류의 인간인지 질문을 던지며 고민하던 과정에서 노파를 죽여야 할 이유를 찾아낸다.

그렇지만 라스콜니코프가 완전한 악인은 아니다. 건물에 불이 났을 때 아이들을 구하고, 죽은 친구의 아버지에게 수중의 모든 돈을 건네기도 한다. 할리우드 영화의 악당처럼 단순한 캐릭터가 아니다. 주인공의 다면성은 도스토옙스키 소설이 높은 평가를 받는 이유 중 하나다.

연구에 따르면, 도스토옙스키는《죄와 벌》을 어떻게 마무리할지 매우 망설였다고 한다. 작가의 일기에서 주인공이 죄책감에 자살을 시도하게 할까 고민한 흔적이 발견됐는데, 작품에서는 다른 방식으로 마무리됐다. 참회하는 마음 없이 벌만 받으면 의미가 없다는 게 작가의 판단이었다. 결국 라스콜니코프는 자수하고 자신이 저지른 범죄에 대한 벌을 받기로 한다. 작가는 진짜 벌이란 몸이 아니라 마음으로 받는 것이라고 생각했다. 도스토옙스키가 종교적인 가치관을 내면화했다는 것을 알 수 있는 대목이다.

다른 작품을 이야기할 때도 종종 언급하겠지만, 러시아 문학을 이해하려면 러시아 정교회를 알 필요가 있다. 종교는 러시아 문화에 깊숙이 파고 들어 있고, 다양한 형태로 존재를 드러낸다. 톨스토이의 많은 작품에서도 종교적 색채를 발견할 수 있고, 도스토옙스키 작품에도 종교의 흔적이 자주 보인다. 종교가 아예 금지된 소련 시절 문학에서는 그 색채가 다소 희미해졌지만, 매우 보수적이고 종교가 일상에 깊이 관여했던 18~19세기 러시아 사회에서는 문학에서 흔히 찾아 볼 수 있는 모티브다.

《죄와 벌》 속 주인공이 부딪치는 상황은 극단적이지만, 우리도 일상에서 유사한 문제와 자주 마주한다. 과연 목적이 모든 수단을 정당화할 수 있는가. 누구나 한 번쯤 고민해 본 문제일 것이다. 자신의 결정이 사회의 압박과 정해진 틀을 벗어나도 되는지에 대한 의문, 당면한 문제를 주체적으로 해결할 수 있는 사람인지, 아니면 끌려가는 사람인지가 《죄와 벌》의 핵심이다.

러시아 사람들에게 라스콜니코프는 살인을 저질렀지만 나쁜 사람은 아니다. 인생의 목표를 가지고 사회 속에서 자기 자리를 모색하는 사람으로 인식한다. 그래서인지 기성세대는 '방황하거나 자기 자리를 찾는 젊은 세대'를 라스콜니코프에 비유하기도 한다. 그가 실제로 존재했던 인물은 아니지만 19세기 당시 평범한 대학생을 상징하는 인물이었고, 실제로 《죄와 벌》은 당시 대학생들에게 매우 인기가 있었다는 기록이 남아 있기도 하다.

사실 러시아 독자들에게 라스콜니코프의 성격을 파악하는 건 그리 어렵지 않다. 독자들은 '라스콜니코프'라는 이름을 보자마자 작가의 메시지를 알아챌 수 있다. '라스콜(Раскол)'은 '갈등', '분열'이라는 뜻이다. 소설의 전개가 주인공의 마음속 갈등을 다룬다는 것을 바로 알 수 있다. 이런 식으로 지은 이름은 한국 방송의 정보 프로그램이나 잡지 등에서 볼 수 있다. 보수적인 성격으로 절대 변하지 않는 '안변해' 과장, 이기적인 '나최고' 대리, 두려움이 많아 새로운 도전은 절대 하지 않는 '조심병' 선생, 집이 없어서 월세방을 전전하는 '노숙자' 씨 같은 이름들이다. 한국식으로 라스콜니코프의 이름을 바꾼다면 '나갈등' 씨 정도가 될 것이다.

이름을 통해 작가의 의도를 전달하는 방식은 러시아 작가들에게 익숙하다. 도스토옙스키의 또 다른 작품인 《카라마조프 가의 형제들》에서도 이런 캐릭터가 나온다. '스메르댜코프'라는 인물은 어릴 때부터 동물을 죽이면서 시간을 보냈고, 어른이 돼서도 반사회적인 행위를 일삼는다. 하지만 외모에 신경 쓰고 옷을 잘 입으며 향수를 많이 사용한다. 지금으로 보면 사이코패스의 전형인데, 스메르쟈코프라는 성은 '스메르데찌(Смердеть)'라는 동사에서 파생된 단어로 '악취를 내뿜다'라는 의미다. 인물의 이름만 봐도 성격을 바로 파악할 수 있다. 체호프, 그리보예도프, 고골 같은 작가들도 작품에서 이런 방법을 자주 사용한다. 이름의 의미만 알아도 작품 이해에 도움이 된다.

러시아 독자들에게 도스토옙스키는 러시아 문학과 떼려야 뗄 수 없는 존재다. 어쩌면 러시아 문학 그 자체라고 볼 수 있을지도 모른다. 러시아 출판 통계 자료를 보면, 20세기부터 지금에 이르기까지 도스토옙스키의 작품은 언제나 가장 많이 출판되고 판매량도 가장 높은 편에 속한다. 작가가 타계한 지 140년이나 지난 2021년에도 그의 작품이 러시아 출판 도서 순위 '톱3'에 올랐다는 통계가 있다.

개인적으로는 도스토옙스키는 어느 정도 나이가 들고 나서 읽어야 한다고 생각한다.《죄와 벌》,《카라마조프 가의 형제들》,《가난한 사람들》같은 소설에서 제기되는 문제들은 철학적이고 인간 본성의 깊숙한 곳을 건드리기에

10대에는 낯설고 공감하기 어려운 주제들이라고 생각한
다. 도스토옙스키의 작품들은 숙고하며 읽어야 한다고 주
장하는 연구자들도 있다. 그렇지만 결국 언젠가는 꼭 읽어
봐야 할 작품이기도 하다.

아름다움이
세상을 구원할 것이다

Красота спасёт мир.
－Федор Достоевский, 《Идиот》

아름다움이 세상을 구원할 것이다.
—표도르 도스토옙스키, 《백치》

이 문장은 러시아 사람이라면 누구나 다 알고, 일상에서
정말 많이 사용하는 표현이다. 그리고 도스토옙스키의 소
설 《백치》에서 나오는 문장이라고 믿는다. 하지만 사실 이
문장은 《백치》에 없다. 주인공이 비슷한 의미의 말을 했
지만, 작가가 의도한 바와 현재 러시아 사람들이 사용하는
바가 매우 다르다.

이 문장은 훗날 평론가가 소설을 해석하는 과정에서 나
온 표현이다. 도스토옙스키의 작품을 읽다 보면, 여러 소
설에서 '아름다움이 세상을 구원할 것이다'라는 메시지가
반복되는 것을 발견한다. 작가가 워낙 중요하게 생각하고

여러 번 강조했던 메시지라서 문학 비평가들이 이를 종합해서 말한 것이다. 이를 두고 마치 도스토옙스키 본인의 말인 것처럼 널리 퍼졌을 뿐이다.

러시아에서 이 문장은 주로 외적 아름다움을 표현할 때 쓰인다. 여행사에서 투어 상품을 홍보하면서 예쁜 경치를 묘사하기 위해 사용되고, 패션쇼 보도에 인용되며, 토크쇼에 나온 신인 여배우를 칭찬하는 표현으로 언급된다. 사람의 외모, 새 옷의 디자인, 새로운 인테리어를 두고 마치 도스토옙스키가 외적인 미(美)를 표현하기 위해 만든 문장인 것처럼 활용한다. 아름답고 예쁜·것이 진리인 것처럼 말이다.

하지만 도스토옙스키는 소설 속에서 전혀 다른 이야기를 한다. 도스토옙스키가 말하는 '아름다움'은 '영혼의 미'를 가리킨다. 그는 주인공의 겉모습에 신경 쓰지 않았다. 그런 의미를 담은 문학 작품은 전혀 없다. 마음과 영혼, 내면에 집중한 도스토옙스키는 작품마다 마음속 고민과 고통, 종교, 윤리나 도덕적인 문제를 강조했다. 《백치》뿐만 아니라 모든 작품에서 그랬다.

연구자들은 "아름다움이 세상을 구원할 것이다"라는 표현도 이런 맥락에서 해석돼야 한다고 주장한다. 이것은 사람이 죽고 나서 천국에 갈 때만 '착하고 아름다운 존재'가 된다고 믿는 종교적 가치관에 대한 도전적인 발언이다. 도스토옙스키는 사람이 저승으로 가기 전, 현생에서도 '아름다운 존재'가 될 수 있다고 믿는다. 소설《백치》속 므쉬낀 공작이 바로 그런 예다. 작가에게 아름다운 사람이란 '윤리적으로, 도덕적으로 수준이 높은 사람'이다. 생각이 깨끗하고 행동의 목적이 윤리적으로 올바르다면 아름다운 사람이 될 수 있다고 작가는 믿는다. 바로 이런 '내면의 아름다움'이 이 세상을 '구원할 수 있다'고 이야기한다.

외모에 대해 조금 더 이야기해 보자면, 흥미롭게도 러시아와 한국의 외모에 대한 인식이 매우 다르다. 예쁘다고 생각하는 외모, 미의 기준, 예쁨에 대한 태도, 이런 것들이 눈에 띄게 차이가 난다. 내가 처음 한국에 왔을 때 가장 충격적인 문화 차이 중 하나였다.

러시아는 외모에 대해 둔감하다. 관심이 아예 없다는 말은 아니지만 한국보다 확실히 관심도가 떨어진다. 그리고 기본적으로 외모에 신경 쓰는 건 '여성의 일'이라는 인식이 강하다. 연예인처럼 메이크업을 전문적으로 받는 경우가 아니면, 러시아 남성들은 화장품을 안 쓴다. "남자가 쓰는 화장품은 치약과 쉐이빙 크림, 딱 두 가지다"라는 말이 있을 정도다. 실제로 대부분의 러시아 남자들은 그렇게 생각한다. 선크림이나 핸드크림, 립밤을 쓰면 성 정체성을 오해받을 정도로 외모에 신경 쓰는 걸 질색한다. 나도 그런 환경에서 태어나서 자랐기 때문에 한국에 오기 전에는 화장품을 사용해 본 적이 없었다. 엄마 침대 옆의 화장대에서만 봤을 뿐이다.

한국에 어학연수를 왔을 때였다. 나는 기숙사에서 머물렀는데, 입주 첫날, 2인실 방을 배정받았다. 나의 룸메이트는 한국 사람이라고 했다. 나는 경비 아저씨에게 방 열쇠를 받고 짐을 풀러 올라갔다. 룸메이트는 나보다 먼저 와서 짐을 놓고 나간 모양이었다. 별 생각 없이 화장실 문을 열었는데 소름이 확 돋았다. 세면대 위에 크고 작은 화장품 용기들이 빼곡했다. 헤어스프레이, 비비 크림, 핸드크림, 토너, 클렌징 폼…. 나는 놀라서 당장 경비 아저씨한테 달려갔다. "아저씨 방 배정이 잘못된 거 같아요. 내 방에 여자가 사는 거 같아요." 경비 아저씨는 무슨 말이냐며 내 말을 일축하셨다. 그날 저녁 룸메이트가 돌아왔는데 분명 남자였다. 하지만 충격은 가시지 않았다. '남자가 화장품을 쓰다니!'

러시아에서는 남자의 외모를 두고 이렇게 말한다. "남

표도르 도스토옙스키

자는 원숭이보다 약간만 잘생기면 된다." 이런 사나이다 움을 강조하는 문화는 러시아 사람들에게 웃음의 소재가 된다. 물론 요즘은 여성뿐 아니라 남성도 외모를 깔끔하게 가꾸는 문화가 대도시를 중심으로 보편화되고 있다. 하지만 대도시를 벗어나면 이런 문화가 낯설다. 이런 문화적 차이를 느낄 때, 도스토옙스키의 말을 반쯤 농담으로 인용하는 사람들이 많다. 사람들의 시선이 마음보다 외모에 집중되다 보니, 도스토옙스키의 말이 왜곡되어 마치 '세상을 구원할 방법은 외모의 예쁨뿐'이라는 식으로 받아들여지는 경우도 있다.

도스토옙스키가 쓴 문장에서 'красота(끄라소타)'라는 단어는 현재 러시아어에서 '예쁨, 아름다움'이라는 뜻을 가지고 있지만, 작가가 살았던 19세기 초기에는 그 의미가 조금 달랐다. 원래 러시아어에서는 '예쁘다'라는 뜻으로 'красный(끄라스늬)'라는 단어를 썼다. 외모나 사물의 외형을 묘사하는 단어였다. 도스토옙스키가 쓴 '끄라소타'는 외모보다 내면의 아름다움을 표현하는 의미였다. 한국어의 '아름답다'에 가까운 의미였다. 작가는 이 단어를 당대에 통용되는 의미로 썼던 것이다. 마음에 대해 이야기하면서 '마음이 아름답다'라는 표현을 썼을 뿐이었다.

현대 러시아에서 '끄라스늬'는 오로지 '빨간색'을 뜻한다. 단어의 의미가 이렇게 변형된 데에는 여러 이유가 있지만, 우선 세월이 흐르면서 언어 자체가 자연스럽게 변형되고, '끄라스늬'라는 단어가 '예쁘다'라는 뜻을 점차 잃어가며 '빨간색'이라는 의미로 더 자주 쓰였기 때문이다. 두 번째 이유는 1917년 러시아에서 일어난 사회주의 혁명 때문이다. 혁명을 주도한 사회주의자들은 자신들의 깃발 색깔로 빨간색을 선택했는데, 이는 혁명을 위해 싸운 전사들의 피를 상징했다. 이러한 정치적 사건은 '끄라스늬'라는 단어의 의미 변형을 더욱 가속화했다. 20세기 중반 이후에 태어난 소련 사람들은 이 단어의 원래 의미인 '예쁘다'보다 '빨간색'이라는 의미로 받아들인다.

참고로 '끄라스늬'라는 단어가 여전히 혼란을 주는 사례가 하나 더 있다. 바로 모스크바 한가운데 있는 광장의 이름이다. 이곳의 러시아어 이름은 'Красная площадь(끄라스나야 플로샤지)'다. 이 관광지를 한국어로 '붉은 광장'이라고 부르지만, 이는 오역이다. 위의 설명을 이해했다면 그 이유를 바로 알 수 있을 것이다. 모스크바 중심에 위치한 이 광장은 지은 연도가 대략 1493년으로 추정된다. 이는 '끄라스늬'라는 단어가 아직 '예쁘다'에서 '빨간색'으로 의미

표도르 도스토옙스키

가 변형되기 훨씬 이전이다. 따라서 이 광장의 이름은 '아름다운 광장'이지 '붉은 광장'이 아니다.

레프 톨스토이

Лев Толстой, 1828~1910

해외에서 가장 많이 알려진 러시아 작가이지 않을까 싶다. 《전쟁과 평화》, 《안나 카레
니나》, 《부활》 같은 세계적인 명작을 남겼으며, 러시아 현실주의 문학의 대표적인 작
가다. 유럽의 인문주의에 큰 영향을 미쳤으며, 노벨 문학상 후보로도 몇 번 올랐다. 그
의 작품은 러시아뿐만 아니라 전 세계 연극 무대 위에 올려졌고, 영화화도 많이 됐다.
지금도 러시아에서 가장 많은 책이 출판되는 작가로 세 손가락 안에 들어간다.

모든 불행한 가정은
제각각 나름으로 불행하다

Все счастливые семьи счастливы одинаково,
каждая несчастливая семья несчастлива по-своему.
— Лев Толстой, 《Анна Каренина》

모든 행복한 가정은 서로 닮았고
모든 불행한 가정은 제각각 나름으로 불행하다.
—레프 톨스토이, 《안나 카레니나》

"모든 행복한 가정은 서로 닮았고 모든 불행한 가정은 제
각각 나름으로 불행하다." 소설 《안나 카레니나》의 첫 문
장은 이렇게 시작한다.

보통 소설은 동사가 항상 과거형이다. 누가 어디를 갔
고, 무슨 말을 했고, 상대는 어떻게 대답했다는 식이다.
《안나 카레니나》 역시 예외는 아니다. 단, 이 첫 문장만 과
거형이 아닌 현재형으로 쓰여 있다. 800쪽이 넘는 본문에
서 이 첫 문장만 예외라는 말이다. 이것은 이 문장이 작가
의 강한 주장이라는 의미다. 첫 문장에서 문제 제기를 강
한 주장으로 박아 놓았으니 나머지 텍스트는 이 주장을 뒷

레프 톨스토이

받침해 주는 스토리일 뿐이다. 이 문장은 그만큼 중요하고 《안나 카레니나》를 이해하는 데 핵심이라고 볼 수 있다.

톨스토이가 이 문장으로 작품을 여는 이유에는 역사적인 배경도 있다. 이 작품이 나온 1870년대는 러시아 지식인들 사이에 반제국주의, 진보주의의 바람이 불기 시작했던 시기였다. 러시아의 전통적인 가치, 가부장 중심의 가정, 남성 중심의 서열, 사회의 근간이라고 생각되던 가정의 의미 등이 흔들리기 시작했다. 연구자들은 매우 보수적인 가치관으로 유명한 톨스토이가 이 작품을 통해 변화의 바람이 얼마나 무섭고 위험한지 보여 주려고 한 것이라고 평가한다.

《안나 카레니나》는 여러 재료가 들어간 김밥처럼 다양한 의미 속에 깊은 철학을 표현하는 문학 작품이다. 아주 간단하게 요약하자면, 사회에서 자기의 원래 자리를 떠나 사회 질서와 부딪혔을 때 일어날 수 있는 비극에 관한 소설이다. 결혼해서 남편과 아이를 둔 안나는 행복하지 않았기에 젊은 남자를 만나 사랑에 빠지고, 온 사회가 이를 비난하는데도 이혼까지 한다. 사회의 시선보다 자기 마음에 충실했던 안나는 행복을 추구했기에 눈이 맞은 남자와 함께 달아난다. 하지만 결과는 행복하지 않다. 자괴감과 자책감, 사회의 압박을 견디지 못해 자살하고 만다. 비극 중에서도 비극적인 결과다.

이 소설을 통해 톨스토이가 전달하고자 하는 메시지는 간단하면서도 복잡하다. 19세기 중반 러시아 사회에서 여성의 위치를 보여 주면서 사회 질서에 대한 작가의 견해를 전달한다. 러시아 문화는 전통 가치를 기반으로, 그러니까 예전부터 내려온 원리에 따라 움직여야 한다는 게 톨스토이의 입장이다.

한국에서는 《안나 카레니나》가 러시아 사회의 열악한 여성 인권을 비판하는 작품처럼 알려진 모양인데 그렇지 않다. 러시아 문화에서 나고 자란 사람에게 이 작품의 초점은 다르게 보인다.

전통적으로 러시아 가정의 권력은 여성이 가지고 있다. 사회적으로도 그렇다. 표트르 대제의 아내인 예카테리나 1세, 쿠데타로 왕좌에 오른 예카테리나 2세는 러시아 역사에서 강력한 권력을 행사하며 많은 영향을 미친 여왕들이었다. 문학 작품에서 나오는 수많은 여주인공들, 역사적으로 이름을 알린 수많은 여성 혁명가들, 운동가들 역시 러시아 사회에서 여성의 위치를 보여 준다.

《안나 카레니나》는 19세기 러시아의 취약한 여성권에

대한 이야기라기보다는 러시아 사회의 보수적인 가치에 도전한 인물이 겪는 비극을 말하는 것으로 읽어야 한다. 사회의 압박을 벗어나 개인의 행복을 추구하려는 시도는 실패할 수밖에 없다는 것을 보여 주는 작품으로 읽는 게 타당하다.

이 작품의 첫 문장이 가진 의미는 바로 이것이다. 우리 모두는 행복한 가정의 기준을 비슷하게 잡는다. 남녀가 서로 사랑하고, 건강하고 똑똑한 아이를 키우며, 경제적으로 안정적인 가정이다. 하지만 불행은 모두 다른 모습이다. 어떤 가정은 돈 때문에, 어떤 가정은 감정 때문에, 어떤 가정은 사랑 때문에…. 이유는 천차만별이다. 《안나 카레니나》는 안나의 사례를 통해 한 가정이 불행해지는 원인, 전개, 결말을 보여 준다.

"모든 행복한 가정은 서로 닮았고, 모든 불행한 가정은 제각각 나름으로 불행하다." 이 문장은 러시아 일상에서 자주 언급되는 문구다. 보통 다른 사람들의 삶을 보면서 이 문장을 끄집어낸다. 친구 집안에 문제가 생기거나 이웃 집에서 스캔들이 터질 때처럼, 다른 집에 대해 사소한 대화를 나눌 때 언급된다. 문제가 있는 집은 제각각의 이유가 존재한다는 것을 이야기하며 공감한다.

《안나 카레니나》는 톨스토이의 작품들 중에서도 최고로 평가받는다. 러시아에서는 물론 소련 시절에서도 몇 번 영화화됐다. 미국을 비롯한 해외에서도 영화로 많이 만들어진 명작이다. 러시아에서는 내용이 무거워서인지 톨스토이의 다른 작품을 먼저 배우고, 고등학교 고학년 때 《안나 카레니나》를 배운다.

솔직히 나는 고등학교 때 《안나 카레니나》를 읽지 않았다. 오직 수업 때문에 반강제로 이 기나긴 소설을 읽고 싶지는 않았다. 대신 내가 좋아하는 모험 소설이나 SF 소설을 탐독했다. 물론 《안나 카레니나》가 워낙 유명해서 무슨 내용인지는 알고 있었다.

내가 이 소설을 읽은 건 한국에서였다. 대학로 기숙사에 살았을 때 한 극장을 지나가다 우연히 눈길을 끄는 공연 포스터를 발견했다. 서양인처럼 생긴 배우가 시선을 끌어 가까이 가 보니 〈안나 카레니나〉 공연 포스터였다. 러시아 문학 작품이 한국의 대학로 극장에서 공연되는 게 신기해서 친구와 티켓을 구매해서 관람했고, 그 뒤 원작에 대한 호기심이 생겼다.

당시 나는 러시아 사람임에도 러시아 문학의 걸작을 읽어 보지 못 했다는 사실에 창피함을 느꼈다. 그래서 다음 번에 러시아를 방문했을 때 원작을 구매해서 러시아어로 읽었다. 내용을 거의 다 알고 있었고 연극으로도 본 작품이었지만 성인이 되고 나서 읽어 보니 느낌이 새로웠다. 지루할 것이라는 선입견과는 달리 내용을 쑥 삼켜 버렸다. 나는 안나 카레니나 같은 30대 초반의 러시아 여성이 아니었지만 소설에서 제기하는 문제들이 피부에 와닿았달까.

《안나 카레니나》는 읽기 쉽지 않다. 톨스토이는 이 소설을 자기 작품 중 최고라고 일컬었다. 톨스토이를 연구한 전문가들도 이 작품을 이해하려면 고심해야 한다고 말할 정도다. 《전쟁과 평화》는 아주 길지만 줄거리가 그리 복잡하지 않고, 작가의 의도가 비교적 잘 보이는 작품이다. 반면 《안나 카레니나》는 분량도 분량이지만, 줄거리와 작가의 의도, 캐릭터의 심리, 역사적인 배경 등이 복잡하게 얽혀 있다. 아직 읽어 보지 않은 분들을 위해 줄거리를 세세하게 얘기하지는 않겠지만, 읽기 전에 알아두면 좋은 몇 가지 내용이 있다.

《안나 카레니나》는 심리적인 딜레마에 대한 소설이자, 19세기 중반 러시아 귀족의 도덕성과 윤리에 대한 소설이다. 캐릭터가 워낙 많고 여러 줄거리가 얽혀 있지만, 주요 줄거리는 안나의 마음속 갈등이다. 불륜은 지금도 비난받는 행위지만, 보수적인 19세기 러시아에서는 지금과 비교할 수 없을 정도로 엄격한 비판을 받았다. 그런 압박 속에서도 '사랑하는 남자와 도망칠 것인가 vs 사랑하지 않는 남편과 평범하게 삶을 이어 갈 것인가'가 이 소설의 핵심 딜레마다. 안나의 선택에 대한 작가의 시각은 소설에서 적나라하게 드러난다. 안나의 자살은 작가가 안나에게 내리는 심판이다.

러시아 선생님들은 학생들에게 이 소설을 설명할 때 대부분 이렇게 말한다. "안나는 그 당시 보수적인 분위기가 굳어진 러시아 사회에 반발하여 개인의 감정이 사회를 이길 수 있다고 믿으며 투쟁하다 결국 실패한다. 실패한 이유는 개인이 사회를 이길 수 없다고 작가가 믿고 있기 때문이다. 여기서 작가가 여성 캐릭터를 사용한 이유는 여성이라서 실패했다는 걸 보여 주기 위해서가 아니라 비극을 더 극대화하기 위함이다." 안나처럼 강한 여성도 사회와의 투쟁에서 이길 수 없다는 뉘앙스도 중요하다. 러시아 문학에서는 약하고 복종하는 여성 캐릭터를 찾아보기 힘들다. 실제 러시아 사회 내 여성의 위치에 대한 논의는 차치하고 최소 문학 작품 속에서는 그렇다는 이야기다.

이런 주제를 다루는 소설을 고등학교에서 배우는 건 무리라고 생각한다. 중요한 주제이고 읽고 나니 새삼 대단한 작품이라고 더욱 인정하게 됐지만, 10대의 나이에는 공감하기 어려운 이야기라고 할까. 최소한 나는 그랬다. 성인이 돼서야 톨스토이의 생각이 보이기 시작했다. 개인이 사회에 맞선다는 게 얼마나 어려운지, 그 결과가 얼마나 불행하고 슬픈 운명으로 귀결되는지 말이다. 톨스토이의 의도처럼 불행이란 정말 제각각의 모습으로 찾아온다는 것을 아주 확실하게 보여 준다고 느꼈다.

톨스토이에 대해 해외에서는 잘 알려지지 않은 이야기들이 있다. 《전쟁과 평화》가 톨스토이의 대표작처럼 알려졌지만, 정작 작가 본인은 이 작품을 아주 싫어했다. 이에 대한 유명한 일화도 있다. 어떤 작가가 무도회에서 톨스토이를 만나자 《전쟁과 평화》를 칭찬하는 말로 인사를 건넸다. 그러자 톨스토이는 "나에게 이런 말을 하는 건 토머스 에디슨에게 '춤을 잘 추시네요'라고 말하는 것과 같소"라며 화를 냈다. 즉, 자기 작품들 중에 훨씬 중요하고 재미있는 작품들이 있는데, 왜 하필 《전쟁과 평화》를 가지고 칭찬하느냐는 뜻이다.

1901년 톨스토이는 노벨 문학상 후보가 됐지만, 실제

상은 프랑스의 시인 슐리 프뤼돔에게 돌아갔다. 톨스토이가 문학상을 타지 못하자 많은 작가와 평론가들이 이의를 제기했다. 하지만 톨스토이는 담담했다. 그는 어느 편지에서 자기가 노벨상을 받지 못한 게 다행이라고 적기까지 했다. 후보로 올라간 《전쟁과 평화》가 나쁜 작품이기도 하고, 상을 받더라도 상금을 어디에 써야 할지 모르니 괜한 걱정을 피해서 좋다고 했다. 이렇게 자신만만했던 톨스토이는 결국 노벨 문학상을 받지 못하고 타계했다.

표트르 차다에프

Пётр Чаадаев, 1794~1856

19세기 초반의 러시아 철학자다. 진보적이고 개방적인 사고 방식을 지녔으며, 유럽을 지향했다. 러시아 문명이 유럽에 뒤처져 있다는 그의 주장은 당대에 널리 수용되지는 못했으나, 서구주의와 슬라브주의의 논쟁을 촉발하며 서구주의 흐름에 중요한 역할을 했다.

러시아는 전 세계에
무엇을 하면 안 되는지를 보여 주기 위해
예정된 것처럼 보인다

Иногда кажется, что Россия предназначена только к тому, чтобы показать всему миру,
как не надо жить и чего не надо делать.
— Пётр Чаадаев

가끔 러시아는 어떻게 살면 안 되고, 무엇을 하면 안 되는지를
전 세계에 보여 주기 위해 예정된 것처럼 보인다.
—표트르 차다예프

러시아인들은 애국심이 강한 편이다. 하지만 한없이 비판하고 개선을 추구하면서도 개선을 포기하는, 이 '모순적인 애국심'은 러시아 사람만의 특징이다. 러시아인들의 애국심과 관련하여 푸시킨의 유명한 말이 있다.

"나는 내 조국을 A부터 Z까지 경멸하지만 외국인이 나의 이런 감정을 공유하면 매우 불쾌하다."

나는 이 말이 러시아인의 모순된 애국심을 설명하는 데 매우 적절하다고 본다. 러시아인끼리 러시아를 욕하고 비판하며 끝없이 비난하는 건 참을 수 있지만, 외국인이 이에 맞장구치면 바로 날카로운 방어 기제가 작동한다. 곧바

로 "너나 잘하세요"라고 응수할 것이다.

러시아인에게 당신의 조국이 뭐가 자랑스러운지 질문
하면 대부분 '광활한 영토', '위대한 역사'를 예로 들 것이
다. 러시아 문학이 드높은 성취를 보이고 전 세계에 잘 알
려져 있는 것도 러시아식 애국심의 바탕이다. 러시아인
들은 발레, 미술 같은 예술 분야는 물론, 문학 역시 러시
아가 으뜸이라고 진심으로 생각한다.

한국인들이 보기에 독특한 지점은 러시아인들이 역사
도 자랑거리로 내세웠다는 점일 것이다. 러시아는 역사로
사는 나라다. 이 점은 미국 및 유럽과 매우 차별화되는 점
이기도 하고, 이 두 문화권이 서로 오해하는 이유이기도
하다. 지극히 개인적인 생각이지만, 미국과 유럽에서 온
사람들과 대화를 나누다 보면 대부분 자기 나라의 현재 모
습을 자랑스럽다고 하는 것 같다. 미국인들은 현재의 미국
을 자랑스럽게 내세운다. 현재 미국의 경제, 현재 미국의
군사적인 힘, 현재 미국의 대중문화를 말한다. 미국을 세
운 건국의 아버지들(Founding Fathers)을 잊은 것은 아니지만,
러시아와 비교했을 때 좀처럼 크게 내세우지는 않는 것 같
다. 반면 러시아인들은 현재보다 과거를 자랑스럽게 생각
하는 경향이 있다. 19세기의 위대한 문학, 20세기 초반의

강력한 외교, 20세기 중반의 소련 경제 및 과학의 힘 등을 자랑거리로 자주 내세운다. 이를 정치적인 목적으로 사용하기도 한다. 푸틴 러시아 대통령이 아주 좋은 예시다.

러시아 역사를 바라보는 입장은 애국심의 기준이 된다. 역사를 중요시하고 러시아 역사가 다른 나라 역사보다 위대하다고 생각하는 사람을 애국자라고 칭한다. 반면 역사보다 미래를 지향하는 사람들은 자기 뿌리를 잊은 비애국자라고 비판받는다. 이는 러시아판 보수 세력과 진보 세력의 차이를 보여 주는 지표다.

앞에서 소개한 문장은 19세기 초중반 때 활동했던 차다예프의 말이다. 그는 당시 진보 세력을 대표하는 철학자였다. 19세기 러시아에서는 나라의 미래를 두고 사회적 논쟁이 매우 격렬하게 벌어졌다. 당시 문학 작품에는 이것이 반영되어 러시아 사회의 정체성을 두고 엄청나게 고민한 흔적들이 보인다. 예를 들어, '러시아는 과연 유럽인가, 아시아인가'가 그런 주제 중 하나다. 지금도 해답을 낼 수 없는 질문이지만, 그 당시에는 많은 철학자와 사회 활동가, 그리고 작가와 시인이 고민했던 주제다.

소위 '슬라브주의자(Славянофилы)'는 러시아가 유일무이한 별도의 문명이라고 주장했다. 기독교가 주된 종교인 유럽과 매우 다르고, 이슬람교나 불교, 다른 종교를 가진 아시아 국가와도 매우 다르다고 봤다. 러시아를 비잔틴 제국(동로마 제국)의 후예로 자칭하고, 민족성, 종교, 문화 등이 매우 독특하며, 그 어떤 문명과도 일치하지 않으므로 유일한 존재라고 생각했다.

또한 역사적으로 '모스크바는 세 번째 로마'라는 주장을 적극 지지했다. 15세기부터 존재한 이 개념은 로마 제국의 진정한 후계자가 동로마 제국, 즉 콘스탄티노플(현 이스탄불)이라고 믿고, 동로마 제국이 역사의 뒤안길로 사라진 뒤 그것의 진정한 후계자는 바로 모스크바가 됐다고 주장했다. 서로마 제국과 동로마 제국이 종교 교리 해석 차이로 서로 갈라진 후, 서로마 제국의 후계자는 지금의 유럽, 동로마 제국의 후계자는 러시아라는 논리다. 간단하게 말하면, 슬라브 문화의 특별성을 강조하는 것이었다.

이런 철학의 가장 대표적인 러시아 작가로는 톨스토이를 꼽을 수 있다. 《전쟁과 평화》, 《안나 카레니나》도 그렇지만, 특히 《부활》처럼 작가 생애 만년에 나온 작품을 읽어 보면, 톨스토이의 이런 견해를 확인할 수 있다.

반면 '서구주의자(Западники)'는 러시아를 유럽 문화권의 일부라고 봤다. 러시아의 정교회도 기독교의 한 종파로서 사실상 같은 종교권이라고 봐야 한다고 주장했다. 18세기 초반 표트르 대제 개혁 시대부터 러시아는 유럽과 매우 밀접한 관계를 유지해 왔고, 그 어떤 지역보다 유럽과의 경제적, 정치적, 인도적 교류를 많이 해왔다고 강조했다. 유럽 내 국가마다 저마다의 특징이 있듯이 러시아도 마찬가지이고, 문명적 입장에서 볼 때 유럽과 불가분의 관계이며, 앞으로도 같이 나아가야 한다고 생각했다.

이런 입장을 내세운 가장 대표적인 작가는 푸시킨이었다. 차다예프 또한 이런 세계관을 공유하는 철학자였다. 위의 명언은 바로 이와 같은 맥락에서 나왔다. 유럽식 사회 개혁에 대한 반감을 키우는 정책을 보고는 아쉬워하면서 했던 말이다.

이 두 세력이 크게 충돌하는 지점이 바로 애국심이었다. 서로가 상대방을 향해 애국심이 없다고 비난하고 또 비난했다. 슬라브주의자 입장에서 볼 때 서구주의자들은 러시아의 뿌리 자체를 부인하면서 러시아의 위대함을 거부하고 있었다. 러시아 정체성이 종교와 역사에 담겨 있다고 믿는 슬라브주의자들은 서구주의자들이 추구하는 유럽식 개혁을 매우 싫어했다. 그래서 그들이 애국자로 불릴 자격이 없다고 주장했다.

반면 서구주의자는 슬라브주의자들이 역사에 너무 매달려 있다고 보고 나라가 뒷걸음질치게 한다고 비난했다. 러시아 정교회가 역사적, 교리적으로 서유럽의 가톨릭과는 다른 전통을 가지고 발전해 왔지만 기독교라는 큰 틀에서 같은 종교이고, 러시아가 종교 외에는 유럽 문화권에 속하는 것이 분명하므로 같이 가야 한다고 했다. 이들은 우리가 자랑스럽게 생각해야 하는 것은 과거가 아니라 미래라고 주장하며, 역사가 위대하다고 말해 봤자 소용이 없고, 전 세계와 속도를 맞춰서 진화해야 한다고 주장했다. 그리고 미래를 포기하고 과거만 바라보는 시선을 도저히 '애국'이라고 부를 수 없다고 생각했다.

이방인의 눈으로 볼 때, 이런 러시아식 애국심은 모순처럼 보일 것이다. 러시아인들은 러시아가 이 세상에서 가장 위대하다고 생각하면서도, 다른 나라의 생활 수준이 러시아보다 훨씬 높다며 부러워한다. 미국의 높은 경제 수준과 사업의 자유를 선망하고, 유럽의 아름다운 건축물과 깨끗한 환경을 칭찬한다. 러시아에서는 '관리 시스템'이 잘 안 되어 있다고 불만을 토로하면서 모든 것을 무능한 정부나

낮은 국민 의식 탓으로 돌린다. 다른 나라의 경제 및 생활 수준 지표, 연봉 수준 등을 수없이 비교하고 또 비교한다. 잘 먹고 잘살려면 이민을 가야 한다고 격노하고는, "이게 나라냐"며 쉼 없이 현실을 비판한다.

그러면서도 외국인이 이런 말에 찬성하는 듯한 발언을 하면 태도가 급변한다. 미국은 역사가 없고, 유럽은 규제에 지나치게 집착하며, 아시아는 정이 없다고 반격한다.

러시아인들은 러시아 그 자체에 '정'이 있다고 믿는다. 광활한 영토처럼 끝이 없는, 푸른 바다처럼 깊은, 높은 산맥처럼 위대한 그런 정. 그게 무엇이냐고 물어보면 "외국인이 헤아릴 수 없을 만큼 미묘하지만 이 세상보다 더 거대한 신비로운 러시아인의 마음"이라고 답한다. 대단한 문학, 우여곡절이 많은 역사, 한 나라 안에 공존하는 다양한 민족과 종교, 이런 부분들이 다 애국심의 기반이 된다고 주장한다. 참 역설적이다.

이 세상의 모든 민족들은 높은 확률로 본인들이 특별하다고 여길 것이다. 차이는 바로 이런 '특별함'을 어떻게 정의하느냐에 있다. 한국인들이 '정'에 대해 이야기할 때 주로 '대인 관계에 있어서 따뜻한 마음'을 의미한다고 느낀다. 서로에 대한 이해심, 의리, 배려 등이 바로 이런 '정'이

표트르 차다예프

지 않을까 싶다. 같이 오래 시간을 보내면 서로에 익숙해지고 "정이 든다"고 하며, 따뜻한 마음으로 인간관계를 맺고 착하고 배려가 많은 사람을 "정이 많다"고 하기도 한다. 그러나 러시아 사람들이 말하는 '러시아식 정'은 많이 다르다. 우선 인간관계와 상관이 없다. '정'보다 '영혼'이라고 하는 게 더 적절할지도 모른다.

러시아 사람들에게 그들 마음의 특징을 묻는다면, 가장 먼저 떠올리는 키워드는 아마도 '넓다'일 것이다. 이 표현은 여러 의미로 해석될 수 있다. 러시아의 광활한 대지처럼 거대하고 끝없이 넓다는 뜻이기도 하고, 세부적인 것보다 큰 그림을 보고, 나무보다는 숲을 보는 태도를 의미하기도 한다. 러시아인은 세상만사에 대한 이해심이 깊으며, 순간적인 쾌락보다 더 깊고 본질적인 감정을 중요하게 여긴다는 의미다. 사실 여부는 차치하고 러시아인 특유의 마음에 대해 물어보면 다들 이렇게 답할 것이다.

다른 나라와 비교하면서 스스로를 설명하기도 한다. 러시아 사람들이 기본적으로 미국인을 조심스러워하는 이유는 미국 문화가 매우 계산적이고 현실적이며 인간관계보다 물질적인 가치를 우선시한다고 생각하기 때문이다. 가짜 사람들이, 가짜 웃음으로, 가짜 목표를 위해 달리면서, 위선적인 말을 하며, 가짜 삶을 산다고 주장한다.

러시아인들은 미국인이 친구와 돈 중 택일해야 하는 상황에 처하면 무조건 돈을 선택할 것이라며 몸서리를 친다. 그것이 바로 러시아인들이 스스로를 규정하는 영역이다. 물질적인 것보다 영혼, 계산보다 감정. 미국인들이 실제로 어떤 사람인지는 중요하지 않다. 러시아 사람들이 미국인을 그렇게 생각하는 게 중요하다.

그래서 러시아인들이 가장 자랑스러워하는 부분들은 보통 비물질적인 것이나 자본 가치가 없는 것들이다. 풍성한 자연, 광활한 영토, 위대한 문학, 우아한 발레, 의미 깊은 미술, 아름다운 음악…. GDP 성장률이나 수출입 규모, 국민 소득이나 첨단 기술 이용률과 같은 것을 자랑스럽게 내세우는 미국인이나 한국인들과는 매우 큰 차이가 있다.

러시아 사람들이 보기에 부자 나라 사람들은 러시아 발레의 아름다움을 이해하지 못한다. 그들과는 달리 러시아 사람들은 가족과 함께 주말에 숲속의 고요한 개울가에서 새가 지저귀는 소리를 듣는다. 다른 나라 사람들은 이러한 힐링의 의미를 모른다. 부자 나라 사람들이 19세기의 위대한 문학이 지금 밥 먹여 주냐고 지적하면, 돈만

표트르 차다예프

많을 뿐 자연의 진정한 아름다움을 모르는 것들이라고 반박한다.

외국인들 입장에서 보면 어느 장단에 맞춰야 할지 이해하기 어렵다. 하지만 바로 이런 '이해할 수 없는' 부분을 러시아인들은 자랑스럽게 생각한다. 외국인이 이해를 못하는 것이야말로 우리만의 특징이라고 주장한다. 그리고 이 '이해할 수 없는' 부분을 '러시아식 정'이라고 부른다.

차다예프는 이런 부분을 지적했다. 유럽과 다른 부분을 슬라브주의자들이 특징이라고 부르는데, 이는 특징이 아니라 단점으로 부르는 게 더 정확하다고 말이다. 러시아는 유럽과 떼려야 뗄 수 없는 관계지만 또한 자기만의 문화적, 정서적 특징이 있는 게 당연하다. 그러나 큰 그림으로 보면 어쨌든 유럽의 한 일원이라는 것도 틀림없는 사실이다. 그런데 러시아가 유럽의 일원임을 자꾸 거부하기 때문에 불행한 일이 계속 일어난다고 고민했다.

19세기에 차다예프가 그랬듯이 지금 러시아의 작가와 철학자도 여전히 러시아의 정체성에 대한 답을 내리지 못하고 있다. 이런 정체성의 불확실함이 20세기에도 지속되었음은 물론이다. "러시아가 전 세계에 무엇을 하면

안 되는지 보여 준다"는 말의 의미는 바로 여기서 찾을
수 있다.

알렉산드르 푸시킨

Александр Пушкин, 1799~1837

'러시아 문학의 아버지'로 불린다. 러시아 문학의 기초를 만들었다고 해도 과언이 아닐 정도로 푸시킨의 업적은 높은 평가를 받는다. 러시아 사람들은 푸시킨을 '우리의 모든 것(Наше всё, 나쉐 브쇼)'이라고 부른다. 그래서 '러시아에서 가장 위대한 인물'이 누구인지 묻는 설문을 실시하면 항상 1~2위를 차지한다. 미국에 헤밍웨이, 영국에 셰익스피어가 있다면 러시아에는 푸시킨이 있다고 자부한다. 해외에선 '작가'라고 불리지만, 러시아에서는 '시인'으로 불리는 점이 흥미롭다.

동화는 거짓이지만
숨은 뜻이 있다

Сказка ложь, да в ней намек,
Добрым молодцам урок.
— Александр Пушкин, 《Сказка о золотом петушке》

동화는 거짓이지만 숨은 뜻이 있다.
선량한 젊은이들에게 교훈을 준다.
—알렉산드르 푸시킨, 《황금 수탉 동화》

러시아 문학을 피라미드에 비유하자면 알렉산드르 푸시 킨은 이 피라미드의 맨 꼭대기에 위치한다. 대문호로 불리 는 도스토옙스키나 톨스토이가 해외에서 잘 알려져 있고 러시아에서도 최상의 대우를 받지만, 이 모든 것들은 푸시 킨 덕분이라고 할 정도다. 러시아 문학의 아버지, 러시아 문학의 신, 러시아 문학의 창시자, 이런 말들이 푸시킨을 수식한다. 러시아에서 아무나 붙잡고 "러시아 문학 작가 들 중 누가 가장 위대하다고 생각하세요?"라고 물으면 십 중팔구는 푸시킨이라고 대답할 것이다.

푸시킨의 생일인 6월 6일은 '러시아어의 날'이다. 러시

알렉산드르 푸시킨

아 여행을 해 봤다면 푸시킨의 이름을 딴 거리, 건물, 광장, 콘서트홀, 도서관, 지하철역 등이 얼마나 많은지 알 것이다. '푸시킨스카야 거리'가 없는 러시아 도시는 단 한 군데도 없다고 맹세할 수 있다.

러시아 학생들은 중학교 1학년부터 고등학교 졸업까지 '러시아 문학' 수업을 듣는다. 중학교든 고등학교든 이 수업 시간에 푸시킨은 빠지지 않는다. 심지어 한 학기 동안 푸시킨 작품만 집중적으로 가르치는 선생님도 적지 않다. 중학생들은 그의 동화와 운문 소설을, 고등학생들은 그의 소설과 사회적 이슈가 담긴 시를 자세히 배운다. 어떤 러시아 작가도 푸시킨만큼 교과 과정에서 비중을 차지하지 못한다. 도스토옙스키와 톨스토이는 몇 주 동안 배우지만, 푸시킨은 몇 달 동안 공부한다. 한국에서도 잘 알려진 〈삶이 그대를 속일지라도〉라는 시 외에도 푸시킨의 유산은 방대하다. 도대체 왜일까?

푸시킨의 가장 큰 업적 중 하나는 러시아 문학의 대중화다. 푸시킨 이전의 러시아 문학은 일반인이 접근하기 어려운, 극소수의 전유물이라고 해도 과언이 아니었다. 어려운 말로 쓰였고, 주제도 일반인이 공감하기 어려운 것이 대부분이었다. 귀족, 지식인, 종교인 등 특정 계층만 즐길 수 있는 예술이었다. 문맹률이 높고 책이 비싸기도 했지만, 한정된 사회 계층을 겨냥한 책들은 문장이 어렵고 배경지식이 필요했다.

푸시킨의 영향력은 세종대왕의 한글 창제와 비견될 만하다. 한글 창제로 누구나 쉽게 글을 읽고 쓸 수 있게 된 것처럼, 푸시킨이 등장하면서 러시아 사람들은 문학에 쉽게 접근할 수 있게 됐다. 그의 소설이나 시는 단순한 문체와 단어를 사용하여, 일반인이 쉽게 이해할 수 있었다. 고전 문학이나 영웅 서사시보다 대중들이 좋아할 만한 통속적 줄거리나 전래 동화를 차용해 공감을 얻었다. 새로운 문학 장르를 창조하며 여러 형식을 혼합하기도 했다.

푸시킨 이전의 시는 무겁고 추상적이었으며, 지식인의 유희 같은 장르였다. 하지만 푸시킨은 시를 대중화했다. 《루슬란과 류드밀라》는 러시아 전래 서사시를 흥미롭고 읽기 쉽게 풀어낸 운문 소설로, 그의 대표작 중 하나다. 《예브게니 오네긴》은 푸시킨의 작품 중 최고로 평가받는 운문 소설로, 발표 당시에는 말 그대로 대박을 쳤다. '사랑' 같은 서민적이고 대중적인 주제를 다룬 작가가 없었기 때문이다. 당시 러시아 문학의 주제는 애국심, 효도, 자기애 같은 우아하고 철학적인 것들이었다. 푸시킨처럼

알렉산드르 푸시킨

남녀 간의 사랑을 흥미롭고 위트 있게 전달한 작가는 없었다.

언어 사용 측면에서도 푸시킨의 기여는 크다. 푸시킨 이전의 책들은 교회에서 사용하는 문어체로 쓰여 일반인이 이해하기 어려웠다. 공부하지 않으면 이해할 수 없는 언어였다. 매우 제한적인 쓰임새를 가진 문체와 문법으로 인해 대중들은 거리감을 느꼈다. 하지만 푸시킨은 자신의 작품에 일반인이 사용하는 러시아어, 즉 '서민어'를 사용했다. "나랏말ᄊᆞ미 듕귁에 달아 문ᄍᆞ와로 서르 ᄉᆞᄆᆞᆺ디 아니ᄒᆞᆯᄊᆡ"를 "우리 말이 중국이랑 달라서 문자가 겁나 안 맞잖아" 같이 푼 느낌이라고 할까.

푸시킨은 러시아어가 얼마나 아름다운 언어인지 독자들에게 보여 주었다. 새로운 단어를 만들고, 이전에는 없었던 언어의 리듬, 라임, 유희, 비유 등을 적절히 사용해 서민의 구어체를 작품에 담았다. 전문가들에 따르면, 21세기 러시아인들은 19세기 중반 푸시킨이 개발한 러시아어를 그대로 쓰고 있다고 한다. 언어를 거의 그대로 이어받은 것이다. 이 정도면 푸시킨이 '러시아어의 아버지'라는 평가가 과장이 아니라는 게 분명해진다.

요약하자면, 푸시킨은 러시아어와 러시아 문학의 기준

을 만들었다고 보면 된다. 그가 사용한 문체는 러시아어의 표준이 됐고, 그의 문학 형식은 이후 작품들의 기준이 됐다. 오늘날에도 뛰어난 작품이 나오면 "푸시킨이 썼다고 해도 되겠네"라는 평가를 받고, 별로라면 "푸시킨한테는 아직 멀었군"이라는 평을 듣는다. 푸시킨의 기여는 너무나 거대해서 러시아 문학의 에베레스트가 됐다. 등산가들이라면 모두 에베레스트를 정복하고 싶어 하는 것처럼, 모든 러시아 작가는 푸시킨의 수준에 한 번이라도 도달해 보고자 한다.

푸시킨은 작품에 서민들의 일화나 러시아 민담, 전래 동화의 캐릭터를 자주 사용했다. 어릴 적부터 그런 이야기를 많이 들었기 때문이다. 그의 유모였던 아리나 로지오노브나 덕분이다. 그녀의 이름은 러시아인이라면 누구나 알 정도로 유명하다. 아리나는 푸시킨 집안에서 어린 푸시킨과 그의 누나 올가를 보살폈다. 부유한 집안에서 성장한 푸시킨은 낮에는 프랑스어로 프랑스 문화와 문학을 교육받았지만, 밤에는 아리나 유모에게 러시아 전래 동화와 민담, 서사시를 들었다. 나중에 작가가 된 푸시킨은 아리나에게 들었던 '바바야가(Баба-яга, 부모 말을 안 듣는 아이를 삶아 먹는 늙은 마녀)'나 '보댜노이(Водяной, 깊은 물 속에 사는 악한 도깨비)' 같은

알렉산드르 푸시킨

러시아 민담과 동화 속 캐릭터들을 자신의 작품에 등장시 켰다.

푸시킨이 창조하고 발전시킨 아름다운 러시아 문학은 후대 작가들에게 큰 영향을 끼쳤다. 톨스토이, 고골, 체호 프를 비롯한 많은 19세기 작가들은 스스로를 '푸시킨의 후예'라 불렀다. 푸시킨 사망 후 그의 스타일을 모방한 작 품들이 우후죽순으로 쏟아졌고, 그의 묘사 방식과 언어 사 용 방식이 러시아 문학의 기준이 됐다. 오늘날에도 러시아 독자들은 별다른 번역이나 주석 없이 푸시킨의 작품을 원 전 그대로 읽을 수 있다. 푸시킨의 섬세한 언어 감각과, 복 잡한 개념을 쉽고 풍성한 언어로 옮기는 표현력에 새삼 감 탄하는 것은 물론이다. 푸시킨이 세상을 떠난 지 200년 가 까이 됐지만, 아직까지도 그와 같은 입담꾼은 없다는 데 대부분의 러시아인이 동의할 것이다.

"동화는 거짓이지만 숨은 뜻이 있다. 선량한 젊은이들에 게 교훈을 준다."

이는《황금 수탉 동화》의 마지막 문장이다. 푸시킨은 시 와 소설뿐 아니라 운문 소설이라는 새로운 형식을 창조해 《예브게니 오네긴》 같은 대중적인 작품을 남겼다. 뿐만 아 니라, 아이들을 위한 동화에도 운문을 활용했다.《루슬란과 류드밀라》,《황금 수탉 동화》,《술탄 황제 이야기》등이 대표적이다. 당시에는 아이들을 위한 책을 내는 것이 매우 이례적인 일이었다. 문학을 아이들도 즐기고 읽을 수 있다는 개념 자체가 푸시킨 이전에는 상상하기 어려웠다. 이 역시 푸시킨의 중요한 업적 중 하나다.

푸시킨은 동화가 아이들에게 교훈을 줘야 한다고 생각했다. 그의 동화는 구어체를 살려 썼으며 대부분 구조가 일정하다. 한국에서 러시아어를 공부하는 사람들에게 유명한《Жили-были(쥘리 블리)》라는 교재 제목은 푸시킨 동화의 첫 문장에서 따온 것이다. 한국에서 "호랑이가 담배 피던 시절"로 옛날이야기를 시작하듯, 푸시킨은 "Жили-были(옛날 옛적에…살고 지냈다)", "В тридевятом царстве(멀고 먼 왕국에서)", "В тридесятом государстве(멀고 먼 나라에서는)"와 같은 말로 이야기를 시작했다.

동화의 마무리에 항상 교훈을 주는 것도 푸시킨 동화의 특징이다. "동화는 거짓이지만 숨은 뜻이 있다"는 말은 동화가 허구이지만 교훈적 메시지를 담고 있으니 이를 받아들이고 배우라는 당부다. 그의 동화는 주로 도덕과 윤리를 다뤘다. 솔직해라, 정의로워라, 거짓말하지 마라, 부모 말을 잘 들어라 같은 교훈들이다. 지금은 당연해 보이는 방

알렉산드르 푸시킨

식이지만, 이는 푸시킨이 처음 만든 전통이다. 그리고 그 교훈이 여전히 유효하다는 점은 푸시킨의 위대함을 증명한다.

사람들의 심장을
동사로 불질러라

Глаголом жги сердца людей
—Александр Пушкин, 《Пророк》

사람들의 심장을 동사로 불질러라
—알렉산드르 푸시킨, 《예언자》

어느 나라든 마찬가지겠지만 러시아어 역시 러시아 문학과 불가분의 관계다. 그리고 러시아 사람들은 러시아어를 아주 자랑스럽게 생각한다. 나는 그 역시 러시아 문화의 특징이라고 생각한다. 러시아 사람들은 러시아어가 러시아 정체성과 매우 밀접한 관계를 갖고 있다고 보고, 러시아 문화의 독특한 일부라고 생각한다. 이는 한국과 비교했을 때 대비되는 지점이다. 한국인들은 한글을 자랑스럽게 여기지만, 한국어를 그렇게 생각하는 사람은 거의 없는 것 같다.

이런 차이는 자기 나라의 언어를 공부하는 타국 학생들

알렉산드르 푸시킨

에 대한 태도를 보면 뚜렷이 드러난다. 한국 사람들은 이제 막 한국어를 배우기 시작한 외국인들에게 칭찬을 아끼지 않는다. "안녕하세요!"만 해도 "한국말 너무 잘하세요!", "발음이 어쩜 그렇게 좋아요!", "한국 사람 다 되셨네" 같은 말들을 들을 수 있다.

러시아는 정반대다. 러시아어를 공부하고 러시아로 유학을 가 본 사람들과 얘기해 보면 공감할 것이다. 러시아 사람은 러시아어를 공부하는 외국인과 만나면 틀린 부분을 지적하기 바쁘다. 이 발음은 이렇게 해야 한다는 둥, 지금 네가 한 말에서 격조사가 틀렸다는 둥, 어떻게든 틀린 부분을 하나하나 짚어 줄 것이다. 오지랖처럼 보일 수도 있겠지만 언어를 더 열심히 배우라는 진지한 의도에서 나오는 지적이다. 러시아어는 대단한 언어이니 함부로 사용해서는 안 되고, 보물처럼 다루며 올바르게 사용해야 한다는 의식이 깔려 있다. 그만큼 러시아어에 대한 자부심이 강하다.

앞서 언급했듯이 러시아에서는 푸시킨을 "러시아어의 아버지"로 부른다. 세종대왕은 한글이라는 문자 체계를 창조했지만 러시아인들은 푸시킨이 러시아어 그 자체를 만들었다고 생각한다. 물론 푸시킨 이전에도 러시아어가 존재했지만 현대 러시아어의 기틀은 그의 업적이라고 생각한다.

모든 언어들이 시간이 지나면서 변화를 겪지만 러시아어는 특히 더 큰 변화를 거쳤다. 언어학적으로 러시아어는 벨라루스어, 우크라이나어와 함께 동슬라브어 어족에 속한다. 하지만 21세기 초인 지금, 슬라브어 뿌리에서 가장 멀리 떨어진 언어가 러시아어다. 정치적 이유로 언어를 인위적으로 바꿨고, 주변 민족과 활발히 교류하며 외래어를 다른 언어들보다 훨씬 많이 받아들였기 때문이다. 이로 인해 다른 슬라브 언어보다 훨씬 변화가 컸다.

이런 변화를 가장 두드러지게 기록하고 아름답게 표현한 작가가 푸시킨이다. 그는 문학을 통해 러시아어의 아름다움을 보여 준 최초의 작가다. 푸시킨은 기존의 문어체에서 사용하지 않던 문법을 도입하거나, 아름다운 비유를 위해 규칙을 위반하기도 했다. 또한 러시아인들이 몰랐던 러시아어의 숨겨진 라임과 리듬을 찾아내어 작품에 새겨 넣었다. 외국어로 번역하면 그 미묘한 느낌이 상실되지만, 러시아어가 모국어인 내가 봐도 푸시킨의 언어 표현은 감탄하지 않을 수 없을 정도로 아름답고 혁신적이다.

시간이 흐르면서 언어가 달라지는 건 지극히 정상적이

알렉산드르 푸시킨

다. 그런데 여기서 중요한 점은 '시간이 흐르면서' 변한다는 것이다. 한국어도 마찬가지로 변해 왔다. 그러나 어떤 한 작가나 인물 때문에 '한국어'가 확 바뀌는 경우는 거의 없다. 그런데 러시아어는 푸시킨이라는 한 작가로 인해 큰 변화가 일어났다. '언어 혁명'과 다름없는 일이었다. 이 '언어 혁명'이 푸시킨의 가장 큰 업적이다. 러시아 문화에서 언어가 얼마나 중요한 정체성 구성 요소인지 보여 주는 사례이기도 하다.

1917년 사회주의 혁명가들도 문학과 문학의 언어가 대중에게 미치는 영향을 잘 알고 있었다. 그래서 혁명 후 대중의 호응을 이끌어 내기 위해 시인들에게 도움을 요청했다. 20세기 초에는 대부분의 사람들이 신문이나 문학 잡지를 통해 뉴스를 접했다. 당시 신문과 문학 잡지를 보면 정치·사회적인 이념을 대중화하기 위한 글들이 가득하다. 당시를 대표하는 작가로는 막심 고리키가 있었으며, 시인 중에서는 블라디미르 마야콥스키가 있었다. 이들은 문학 작품을 통해 새 국가 건설 비전, 사상, 사회 규칙, 정치 이념 대중화 등의 목적을 이루기 위해 활발히 활동했다. 언어가 사회 투쟁의 도구로 사용되던 시대였다.

러시아에서는 정치인들의 발언이 속담처럼 인용되거나

때로는 농담거리가 되곤 한다. 물론 다른 나라에서도 이런 현상이 있지만, 러시아에서는 유독 두드러진다. 때로는 정치인의 업적보다는 그의 말만 기억에 남기도 한다. 예컨대, "사람이 사라지면 문제도 같이 없어진다"라고 한 스탈린. "이 세계에서 딱 네 가지 세력이 있어! 서방과 남방, 동방, 그리고 러시아!"라고 한 러시아의 전 국회 의장. 격조사와 모음 강세가 자꾸 틀려서 어색하게 들렸던 고르바초프. 러시아어 일부 자음 발음을 못하는 사람으로 기억되는 흐루쇼프. 유치하기 짝이 없는 말만 던졌던 옐친. 범죄자들이 쓸 법한 은어와 비속어를 자주 쓰는 푸틴. 러시아인들은 특정 정치인들을 언급할 때, 그의 업적보다는 언어적 특징을 먼저 떠올릴 것이다.

러시아 문화는 언어를 항상 중요하게 여겨 왔다. 그래서 특정 정권이 여론을 통제하려 할 때 가장 먼저 시행하는 정책이 신문과 잡지 탄압, 도서 판매 금지, 작가 및 기자 유배였다. 한국에서 잘 알려진 러시아 작가들 대부분이 한때 유배를 당했거나, 러시아에서 추방당했거나, 혹독한 시베리아 유형을 겪었다. 황제에게 쓴소리를 했던 푸시킨, 제국 체제를 비판했던 도스토옙스키, 소련 수용소의 진실을 폭로한 솔제니친도 예외가 아니었다. 러시아에서 글을 쓰

알렉산드르 푸시킨

는 일은 위험하다. 과거에도 그랬고, 지금도 크게 다르지
않다.

"사람들의 심장을 동사로 불질러라"라는 말은 러시아
문학의 본질을 대변한다. 이 표현은 '말로 생각하게 만들
어라'라는 해석도 가능하다. 러시아에서는 문학 작품이 단
순히 쓰이는 것이 아니라 깊은 의미를 담아야 한다는 신념
이 있었다. 푸시킨은 이런 생각을 한 단계 더 발전시켰다.
글은 사람을 생각하게 하고, 자극하며, 마음속에서 열정의
불꽃이 일게 만들어야 한다는 것이다.

책의 마지막 페이지를 넘겼을 때 아무런 감정이 남지 않
는다면, 그 작품은 나쁜 작품이라는 것이 푸시킨 문학의
핵심이다. 지금 보면 당연하게 느껴질 수도 있지만, 당시
로서는 혁신적인 접근이었다. 이러한 푸시킨의 가르침 덕
분에 러시아 사람들은 지금도 문학 작품을 평가할 때 저자
의 마음과 메시지, 숨은 의도와 의미를 탐구하는 것을 당
연하게 여긴다. '작가가 이 작품을 왜 썼는가?', '작가의 메
시지는 무엇인가?', '작품의 의미는 무엇인가?'라는 질문
을 책을 읽으며 자연스럽게 던진다.

그렇기 때문에 메시지가 없는 작품은 평가가 박하다. 연
애 소설이나 추리 소설이 그 예다. 파울루 코엘류 같은 작

가도 러시아에서는 크게 환영받지 못한다. 뻔한 이야기를 멋있는 척 포장해 설명한다는 이유에서다. 책을 읽고 난 뒤 "도대체 하고 싶은 얘기가 뭔데?"라는 의문이 드는 작품은 질이 낮다고 평가된다. 의미가 깊고, 메시지가 풍부하며, 복잡한 이슈에 대한 작가의 생각이나 고민이 드러나는 작품만이 인정받는다.

푸시킨은 "위대하고 전능한(Великий и могучий, 벨리키이 이 모구치이)"이라는 말로 러시아어를 수식했다. 러시아인들은 지금도 이 표현을 자랑스럽게 사용한다. 나는 러시아어가 모국어라 다행이라고 생각한 적이 많다. 내가 가르치는 학생들이나 러시아어를 배우는 친구들을 보면 존경심이 들 정도다. 만약 내가 다른 나라에서 태어났다면 러시아어를 배우지 않았을 것이다. 러시아어는 완전히 정복하기에 너무 어려운 언어이기 때문이다.

알렉산드르 푸시킨

사랑 앞에서는
나이가 고개를 숙인다

Любви все возрасты покорны.
— Александр Пушкин, 《Евгений Онегин》

사랑 앞에서는 나이가 고개를 숙인다.
— 알렉산드르 푸시킨, 《예브게니 오네긴》

사랑은 누구나 다 한다지만 매우 어렵다. 책, 노래, 영화 같은 문화 예술 매체 대부분이 사랑을 다루고 있으니 말 다 했다. 첫사랑, 이루어지지 못한 사랑, 행복한 사랑, 이별했지만 미련이 남은 사랑…. 이런 이야기는 어디에나 있고, 사람 수만큼 많을 것이다. 러시아도 예외는 아니다.

러시아에서는 사랑을 다룬 소설이나 시가 아주 많다. 12세기에 집필된 것으로 추정되는 러시아 최초의 문학 작품인 《이고리 원정기》에서부터 2020년대에 이르는 소설에 이르기까지, 사랑은 빠지지 않는 주요 소재다. 예컨대, 《안나 카레니나》에서처럼 사랑은 불행의 원인이 될 수도 있고, 《전쟁과 평화》에서처럼 순수하고 행복한 삶의 원천이 될 수도 있다. 사랑과 관련된 명언도 많고, 유명한 관용어도 풍부하다. 위에서 언급한 푸시킨의 명언 역시 그렇다.

어렸을 때부터 러시아 문학을 접하며 자란 내가 한국에 처음 왔을 때 신기했던 것 중 하나가 사랑에 대한 인식이었다. 러시아와 한국은 문화적으로 많은 차이를 보이므로 관습이나 사람들의 가치관, 세계관 등이 다른 것은 자연스럽다. 하지만 사랑에 대한 인식 차이는 특히 독특하게 느껴졌다. 전반적으로 볼 때, 러시아는 한국보다 더 보수적인 문화를 가지고 있으면서도 사랑에 대해서는 더 '진지'하고 동시에 더 '자유'로운 태도를 보인다. 모순된 말이지만, 사실이 그렇다.

남녀의 역할이 뚜렷하게 구분된 러시아는 변화 속도가 빠른 한국에 비해 국민 의식 수준이나 사회 변화의 속도가 훨씬 느리다. 이제 한국에서는 여성을 보호해야 할 대상으로 보거나, 여자라는 이유로 특정 직업을 가질 수 없다는 이야기를 하기가 힘들다. 하지만 러시아에서는 아직도 이런 생각이 '러시아식 상식'으로 널리 받아들여지는 분위기다. 이런 점에서 러시아가 더 보수적이라고 볼 수 있다.

구체적으로 예를 들자면, 한국식 데이트 코스가 있다.

알렉산드르 푸시킨

나를 포함해 많은 러시아 사람들이 한국에 와서 놀라는 것 중 하나가 모텔의 수와 접근성이다. 도시마다 유흥가를 가 보면, 식당, 술집, 노래방 등이 많은 곳에는 모텔 같은 숙박 업소가 정말 많다. 모텔이 커플 데이트 코스의 마지막 단계가 될 수 있다는 설명에 러시아 사람들은 충격에 빠진다. 연애의 이런 측면을 이렇게 노골적으로 보여 주는 것도 그렇고, 업소 이용이 쉽다는 점도 충격적이다. 러시아에서는 전혀 그렇지 않기 때문이다.

러시아에서는 일단 '데이트 코스'라는 개념 자체가 없다. 커플은 주로 집에서 시간을 보낸다. 부모가 집에 없는 시간을 활용한다. 인프라가 잘 구축된 곳에 익숙한 한국인에게는 번거롭게 보일 수 있지만, 러시아인의 시각에서 보면 유혹이 넘쳐나는 한국보다 훨씬 고결하다고 느낀다.

방송이나 공적 생활에서는 남녀 관계에 대한 언급이 자유롭고 수위도 다소 높은 편이지만, 개인적이거나 가족 단위에서는 보수적인 태도를 보인다. 이런 문화에 익숙한 러시아 사람들이 한국에 와서 유흥가에 숙박업소가 쫙 깔린 광경을 보면, 민망해 하면서 한국인들이 대개 음탕한가 보다 하고 생각하게 된다. 러시아인들의 한국 여행 브이로그나 블로그를 보면 이런 내용이 많이 나온다. 이는 시선의 차이인 것 같다. 자연스러운 것을 자연스럽게 받아들이는 한국 문화와 자연스러운 일이라도 노골적으로 드러내서는 안 된다고 여기는 러시아 문화 사이의 차이다.

나는 러시아에 살았을 때 여자 친구를 사귀어 본 적은 없다. 하지만 주변 러시아 친구들의 경험을 들어보면, 연애할 때는 한국보다 제약이 덜한 것 같다. 한국 친구들은 누군가와 교제를 시작하려 할 때 조건을 따지며 계산적인 결정을 내리는 경우가 종종 있다는 느낌을 강하게 받았다. 상대방의 학력, 경력, 집안, 출신 지역 등, 내게는 불필요해 보이는 요소들을 결혼 주선 업체에서 면접을 보듯이 자세히 따지는 모습이었다. 상대의 나이도 중요한 기준이었다. 몇 년 차이가 적당하고, 몇 년 이상 차이가 나면 주변 사람들 눈치가 보인다나? 묵시적인 사회적·문화적 제약이 존재하는 듯했다. 러시아에서 살 때는 이런 기준을 연애 상대를 선택하는 잣대로 삼는 것을 상상해 본 적이 없다.

물론 러시아에서도 사랑에 제약이 전혀 없는 것은 아니다. 평범하지 않은 사랑은 역시 눈길을 끈다. 남녀 간의 나이 차이가 너무 많거나, 전혀 어울리지 않을 것 같은 두 사람이 만나면 사람들은 신기해하며 뒤에서 쑥덕댄다. 하지만 한국과 다른 점은 그것을 신기해할 뿐, 노골적으로 비

알렉산드르 푸시킨

판하거나 간섭하지는 않는다는 것이다. 당사자 역시 딱히 눈치를 보지 않는다.

내가 대학교 1학년 때, 나와 동갑인 남학생이 우리 과를 졸업하고 같은 과의 교수가 된 여자 선배와 연애를 시작했다. 우리는 "학점 잘 나오겠다"며 남학생을 놀렸지만, 아무도 두 사람의 연애를 이상하게 보지 않았다. 당사자의 나이나 사회적 신분은 전혀 문제가 되지 않았다. 놀림거리가 될 수는 있어도 비판거리는 되지 않는 것이다.

러시아에는 알라 푸가초바라는 전설적인 여자 가수가 있다. 라트비아 가요를 러시아어로 번안한 곡인 '백만 송이 장미'를 부른 가수로, 한국에서는 심수봉이 이 노래를 불렀다. 푸가초바는 1949년생으로 남편을 여럿 바꿨는데, 2003년에는 유명 코미디언 막심 갈킨과 결혼해 지금까지 잘 살고 있다. 막심 갈킨은 1976년생. 그러니까 두 사람의 나이 차이는 27년이다. 두 사람이 결혼했을 당시, 푸가초바는 54세였고 갈킨은 27세였다. 물론 푸가초바가 워낙 유명인이었기에 연예 뉴스에서 많이 언급됐고, 악플도 많았다. 특히 갈킨이 결혼한 의도를 두고 논란이 많았다. 하지만 두 사람이 아이도 낳고 행복하게 사는 모습을 보여주자 여론도 점차 차분해졌다. "사랑 앞에서는 나이가 고개를 숙인다"는 말이 잘 어울리는 사례다.

사랑은 젊음의 소유물이라는 인식이 있다. 이런 편견을 깰 때에도 푸시킨의 말이 자주 인용된다. 러시아는 이혼율이 높은 편이다. 해마다 차이가 있지만, 대체로 60~80퍼센트를 오간다. 소련 시절에는 이혼율이 낮았지만, 러시아가 새 출발한 1990년대 이후 꾸준히 상승해 왔다. 그래서인지 재혼율도 높은 편이다.

늦은 나이에 다시 결혼 시장에 뛰어들면 젊은 사람들에게 비웃음과 놀림을 받을 수도 있다. 하지만 그럴 때마다 푸시킨의 말을 인용한다. 좋은 감정은 나이와 상관없이 생길 수 있으며, 특정 연령층의 전유물이 아니라는 것이다. 이런 말은 일상의 대화는 물론 방송, 기사, 책에서도 많이 등장한다. 푸시킨은 이 아름다운 한 문장으로 러시아 사람들의 사랑까지 지켜 주고 있는 셈이다.

알렉산드르 푸시킨

유럽으로
창문을 뚫다

Прорубить окно в Европу.
— Александр Пушкин, 〈Медный всадник〉

유럽으로 창문을 뚫다.
—알렉산드르 푸시킨, 〈청동 기마상〉

17세기 말부터 18세기 초까지 러시아를 통치했던 표트르 대제(Пётр I, 1672~1725)는 러시아 역사상 최고의 지도자로 평가받는다. 한국에서 세종대왕이나 이순신 장군의 업적을 칭송하듯이, 러시아에서는 정치 진영과 관계없이 표트르 대제를 높이 평가한다. 러시아 제국을 세운 황제, 15세기 이후 시궁창에 빠져 있던 나라를 끌어올려 발전시킨 거인, 현재 러시아의 기초를 세운 천재로 칭송받는다. 러시아 역사에서 단 한 명의 위대한 지도자를 뽑는다면, 러시아인들은 십중팔구 표트르 대제를 선택할 것이다. 그 이유는 간단하다. 표트르 대제가 왕좌에 오르기 전의 러시아와 이후의 러시아는 완전히 다른 나라이기 때문이다.

그래서인지 러시아에는 표트르 대제를 찬양하는 문학 작품이 많다. 그중에서도 가장 유명한 작품은 푸시킨의 〈청동 기마상〉이라는 시다. 상트페테르부르크 시내에는 이 시가 새겨진 기념비가 세워져 있다. 관광객들이 꼭 방문해 사진을 찍는 필수 코스다.

이반 4세 이후, 표트르 대제가 왕좌에 오르기 전까지 러시아는 소위 '동란의 시기'를 겪었다. 이 시기는 나약한 왕들의 연이은 통치, 사실상의 무정부 상태, 그리고 국가라 부르기 어려울 정도의 혼란으로 가득했다. 당시 유럽의 강국이었던 폴란드가 실질적으로 러시아를 통치하고 있을 정도였다.

표트르 대제의 등장으로 상황은 급변했다. 그는 러시아가 유럽의 일부라고 누구보다 강하게 믿었다. 황제가 되기 전, 신분을 숨기고 몇 년 동안 유럽 전역을 돌아다니며 과학과 사회 원리를 배웠다. 특히 홀란드(현재 네덜란드)를 좋아했으며, 러시아도 그 나라를 본받아야 한다고 주장했다. 그는 러시아로 돌아와 유럽식 통치를 그대로 실행에 옮겼다. 과학을 배울 수 있는 대학교를 설립하고, 학교 교육을 의무화했다. 여기에 '공무원 제도'라는 유럽식 행정 시스

알렉산드르 푸시킨

템을 도입하고, 네덜란드식 사회 등급화 제도를 시행했다. 이전에는 존재하지 않았던 러시아식 군대를 창설하고 군대 계급 체계도 도입했다.

표트르 대제는 모든 것을 바꾸려 했다. 예를 들어, 궁궐에서 일하는 참모와 비서의 수염을 잘라 버린 일도 있었다. 당시 러시아 권력자들은 수염을 길렀는데, 이는 수염이 권력과 나이를 상징했기 때문이다. 하지만 표트르 대제는 유럽에서는 이런 관습이 없다며 모두 자르라고 지시했다. 19세기 말 조선의 단발령을 연상시키는 이 개혁은, 17세기 러시아에서는 세상이 뒤집혔다고 느낄 정도로 충격적인 일이었다.

표트르 대제의 수많은 업적 중 손꼽히는 것은 상트페테르부르크 건설이다. 사람이 살기에 적합하지 않은 북쪽 늪지대에 새로운 도시를 건설하겠다는 황제의 제안은 당시에 정신 나간 소리로 들렸다. 그것도 발트해 해변, 당시 러시아의 적국이었던 스웨덴 바로 옆에 아무런 인프라도 없는 곳에 도시를 세우고 모스크바에서 수도를 옮기겠다는 계획은 누가 봐도 시도해서는 안 되는 일이었다. 하지만 표트르 대제는 이를 현실로 만들었다.

상트페테르부르크는 짧은 시간 안에 건설됐다. 이탈리

아의 유명 건축가들이 러시아로 와서 도시를 설계했고, 바로 건설을 시작했다. 표트르 대제는 직접 현장에 나와 밤낮없이 일하며 직접 나무를 베고 돌을 옮겼다. 그 결과, 러시아 제2의 도시이자 문화 수도인 상트페테르부르크가 탄생했다. 네덜란드를 본떠 계획된 이 도시는 암스테르담과 매우 닮았다.

상트페테르부르크는 러시아를 여행하는 한국인들에게 꼭 추천하고 싶은 도시다. 모스크바와는 분위기가 사뭇 다르고, 러시아에서 가장 아름다운 도시로 꼽힌다. 적어도 러시아인들은 그렇게 생각한다.

푸시킨은 표트르 대제의 결단을 두고 "유럽으로 창문을 뚫는다"고 표현했다. 유럽과 단절되어 있던 나라를 거대한 노력으로 유럽 문명의 일원이 되도록 만든 표트르 대제의 업적을 이렇게 묘사한 것이다. 그는 훗날 유럽 문화를 받아들여 발전시킬 기반을 다졌다. 그리고 유럽 변두리에 위치해 정치, 경제, 문화 모든 면에서 뒤처져 있던 러시아를 유럽 문화를 선도하는 나라로 탈바꿈했다. 푸시킨은 표트르 대제 이전의 러시아와 유럽 사이에는 장벽이 있었던 것으로 비유하며, 대제가 그 장벽에 '창문'을 뚫었다고 표현했다.

알렉산드르 푸시킨

이 문장은 러시아에서 격언처럼 사용된다. 새로운 분야를 개척하려는 선도자가 등장하면 "유럽으로 창문을 뚫는다"는 표현이 뉴스에 등장한다. 자기 분야에서 위대한 업적을 이룬 사람을 평가할 때도 이 표현이 인용된다. 역사교과서나 학술 논문에서 표트르 대제를 다룰 때는 이 표현이 등장하지 않는 경우를 찾기 어렵다.

요즘 푸틴 대통령은 고립 정책을 펼치며 러시아가 유럽과는 다른 길을 가야 한다는 입장을 표명하고 있다. 언론에서는 이런 서방과의 거리 두기 정책을 "장벽의 창문을 다시 기웠다"고 표현한다. 푸틴이 유럽과의 결별을 선언하는 상황에서 푸시킨의 문장을 빌리는 것은, 현재 러시아가 어디로 향하고 있는지를 상징적으로 보여 준다. 러시아 뉴스에서 푸시킨의 문장이 의미 그대로 인용될 날을 기다려 본다.

러시아는 유럽인가, 아시아인가?

한국은 '아시아인가, 아닌가?'라는 질문에 고민할 필요가 없다. 하지만 러시아의 경우라면 조금 더 고민해 봐야 답할 수 있다. 답변도 사람마다 다르고 시대마다 달라진다. 이것이 바로 러시아의 특징 중 하나다.

한국에서는 러시아를 유럽의 일부로 보는 경향이 있다. 주로 슬라브계 백인들이 살고, 인도·유럽 어족에 속하는 슬라브계 언어를 사용하며, 그리스 정교회를 믿는 사람이 많기 때문일 것이다. 한국이나 일본, 중국에 비해 너무 이질적으로 보여 아시아권이라고 생각하는 사람은 거의 없을 것 같다.

그런데 유럽 사람들은 러시아를 아시아로 본다. 표트르 대제 시대까지만 해도 몽골의 잔재가 뚜렷해서 국가 조직과 문화에 아시아의 영향력이 컸다. 종교 역시 그리스 정교회이지만, 서로마 제국의 기독교를 수용한 유럽과는 미묘하게 다르다. 표트르 대제의 개혁으로 러시아가 유럽 문화권에 진입한 것은 사실이지만, 러시아는 언제나 정치적, 경제적, 지정학적 이유로 유럽과 경쟁을 벌여 왔다. 20세기에 공산주의 정권이 들어선 이후, 이러한 괴리는 더욱 심화되어 심리적 간극도 넓어졌다. 현재 러시아를 유럽으로 생각하는 유럽 사람들은 많지 않을 것이다.

러시아인들은 러시아를 러시아로 본다. 말 그대로. 유럽도 아시아도 아닌 제3의 정체성이다. 러시아 사람들이 '유럽'이라고 할 때는 주로 영국, 프랑스, 독일 같은 서유럽 국가를 가리키고, '아시아'라고 할 때는 한국, 중국, 일본 같은 동아시아나 베트남, 태국 같은 동남아시아를 떠올린다. 이런 점에서 러시아는 매우 다르다. 유럽이든 아시아든 다른 나라를 지칭할 때 항상 '그들'이라는 대명사를 쓰며 선을 확실히 긋는다. 종교가 유럽과 다르기 때문에 신자들은 더욱 확실한 이질감을 느낀다.

다른 장에서도 언급했듯이, 19세기 러시아 문학에서는 이런 정체성 고민이 자주 등장한다. '슬라브주의자'와 '서방주의자' 간의 논쟁이 대표적이다. 17세기부터 러시아 제국의 황제에 오른 로마노프 가문은 서유럽과 혈연이 있고 친밀한 관계를 유지했기에, 러시아는 유럽 국가였다. 한국 사람들이 알 만한 러시아 문화, 즉 발레, 극장, 미술, 예술 등이 발달했고, 러시아 문화가 곧 유럽 문화라는 사실을 부정할 수 없다.

그러나 1917년 사회주의 혁명 이후, 정치적 이유로 러시아는 서유럽과 대립하게 됐다. 문화도 정치를 뒤따랐다. 공산주의 정체성을 확립하기 위해 러시아의 유일무이함을 강조했다. 이런 교육을 받고, 이런 세계관을 가진 사람들이 현재 러시아 기득권층이 되어 정치를 좌우하고 있다.

1991년 소련 붕괴 이후, 러시아는 다시 서방으로 눈을 돌렸다. 서방과 친하게 지내면 얻을 수 있는 정치·경제적 이익이 정체성 고민을 앞질렀다. 하지만 2000년대 들어 경제가 어느 정도 안정되자 푸틴 정권은 이런 고민에 다시 불을 지폈다. 1990년대의 '정체성 혼란'을 극복하고 '유일무이한 러시아'에 집중하기 시작한 것이다. 푸틴이 2010년대에 내세운 '러시아 세계(Русский мир, 루스키 미르)' 개념은 이를 잘 보여 준다. 러시아어로 말하고, 러시아어로 생각하며, 러시아 문화권에 살면 그것이 곧 '러시아 세계'라는 것이다.

문제는 푸틴이 이런 '러시아 세계'를 러시아연방 국경 밖까지 확장하려 한다는 점이다. 이런 러시아의 정체성 고민은 주변 국가들에게 긴장을 유발해 왔다. '독특한 문화'가 '우월한 문화'로 변질되는 데는 그리 오랜 시간이 걸리지 않기 때문이다. 이러한 '러시아 세계'의 위험성은 2022년 2월 러시아의 우크라이나 침공으로 실체화됐다.

러시아는 유럽인가, 아시아인가?

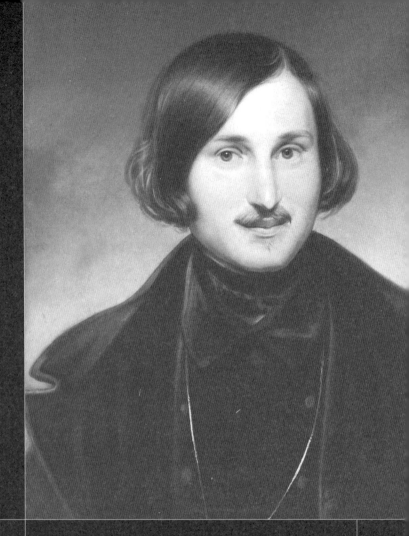

니콜라이 고골

Николай Гоголь, 1809~1852

우크라이나 출신의 러시아 작가다. 우크라이나 민속 이야기를 통해 작가로 데뷔한 후, 러시아 문학계에서 확고한 입지를 다졌다. 사회 불평등과 부조리를 비판하는 여러 대작을 남겼다. 특히 괴물, 도깨비, 귀신 등을 소재로 한 작품들로 유명하다.

빨리 가는 것을 좋아하지 않으면
러시아 사람이 아니지!

Какой же русский не любит быстрой езды?
—Николай Гоголь, 《Мёртвые души》

빨리 가는 것을 좋아하지 않으면 러시아 사람이 아니지!
—니콜라이 고골, 《죽은 혼》

니콜라이 고골만큼 러시아 문화의 핵심을 정확하게 짚은 작가는 드물다. 그는 추상적이고 철학적인 고민보다 실용적인 문화에 관심이 많았다. 고골의 소설 《죽은 혼》은 러시아 고전 문학 중에서도 다섯 손가락 안에 들 만큼 러시아인들이 좋아하는 작품이다. 이 작품에서 그는 러시아인의 심리와 문화를 아주 정확하게 묘사했다. 재미있고 위트 있는 표현이 워낙 많아 어느 것을 고를지 오래 고민해야 할 정도다. 여기서 인용한 문장은 러시아 문화의 흥미로운 면을 고스란히 보여 주기에 소개하고자 한다.

　국토 면적으로 볼 때, 러시아는 현재 세계에서 가장 큰 나라다. 고골이 살았을 때도 마찬가지였다. 이러한 거대함은 러시아의 축복이자 저주다. 지하자원, 인력, 다양한 자연환경과 광활한 영토를 보면 무궁무진한 가능성이 있어 보인다. 실제로도 그렇다. 하지만 동시에 이러한 거대함을 이루는 요소들, 즉 수많은 도시와 마을, 길고 긴 강과 바다 같은 호수, 그리고 진짜 바다, 광활한 평야와 높은 산, 다작이 가능한 남쪽의 옥토와 북쪽의 영구 동토를 생각해 보라. 이를 어떻게 관리할지 감이 잡히는가?

러시아 내의 인접한 두 지방을 이동한다고 가정해 보자. 가까운 거리라 해도 1,000킬로미터쯤 될 것이다. 한국의 교통망을 기준으로 보면, 고속 철도로는 3~4시간, 자동차로는 약 10시간 정도 걸릴 것이다. 그러나 이러한 인프라를 구축하려면 천문학적인 투자와 인력, 기술이 필요하다. 한국에서도 KTX 경부선을 만드는 데 첫 계획부터 첫 운행까지 12년이 걸렸다. 러시아의 국토 면적은 대한민국의 171배다.

그래서일까. 러시아는 항상 교통에 대한 관심이 크다. 유럽이나 미국에서 새로운 교통 기술이 나올 때마다, 러시아는 이를 도입해 교통을 발전시켜 왔다. 역사적으로도 러시아는 교통 수단 분야에서 선두를 달렸다. 바퀴나 마차가 발명되기 이전에도, 물을 나르는 운송 방법으로는 러시아가 다른 유럽 국가들보다 앞서 있었다. 철도가 등장해 유럽에 철도망이 구축될 때도, 런던과 파리를 연결하는 철도보다 상트페테르부르크와 파리를 연결하는 철도가 먼저 생겼다.

19세기 중반, 영토 확장의 절정에 달한 러시아 제국에서는 서부와 동부를 안전하게 잇는 교통 인프라가 반드시 필요하다는 의견이 대두하기 시작했다. 교통이 닿지 않는 지역을 관리하는 것이 어려웠기 때문이다. 게다가 19세기 말부터 아시아 지역에서 부상하기 시작한 일본은 러시아의 시베리아 및 극동 지역에 직접적인 위협이 될 것이 뻔했다. 이것이 바로 전 세계적으로 유례없는 대륙 횡단 철도가 건설된 배경이다. 21세기에 들어와 중국의 '일대일로' 프로젝트로 여러 대안 루트가 생겼으나, 여전히 시베리아 횡단 철도는 러시아의 화물 물류에서 매우 중요하다.

이러한 국가적, 역사적 차원을 넘어, 러시아인들은 일상에서도 항상 교통수단과 그 속도에 큰 관심을 갖는다. 해외여행을 가는 러시아 관광객들은 그 나라에서 가장 빠른 열차, 최첨단 기술로 만들어진 전철과 버스 등을 타기 위해 일부러 시간을 낸다. 한국 생활 초기, 러시아 관광객들

니콜라이 고골

을 모시고 서울 가이드를 많이 했던 나는 러시아인들의 이러한 특성을 온전히 체험했다.

유럽이나 미국에서 온 관광객들은 서울에서 부산으로 이동할 때 별 질문 없이 KTX나 비행기를 탄다. 반면, 대부분의 러시아 관광객들은 교통수단에 대해 꼬치꼬치 질문한다. KTX를 탈 경우, 언제 만들어졌으며 최대 속력은 얼마인지 묻는다. 심지어 선로는 어디에서 제작됐고, 기차 칸이 국내산인지 수입산인지까지 코레일에 문의해야 할 정도로 질문 세례를 퍼붓는다. 그 덕분에 나는 KTX가 첫 운행까지 12년이 걸렸다는 사실을 알게 됐다.

러시아인들의 호기심은 속도에 대한 질문에서 정점을 찍는다. 서울에서 부산행 KTX를 탄다면, 목적은 부산이 아니라 KTX의 속력이다. 한국 사람들이 들으면 다소 의아한 여행 이유다. KTX 속력이 시속 300킬로미터라고 알려 주면, 즉시 이런 반응이 튀어나온다. "에이, 신칸센보다 느리네!"

한국인이 스페인에 가서 고속 열차의 속력을 묻고 "에이, 프랑스 TGV보다 느리구만!"이라고 반응하는 경우는 드물 것이다. 러시아 여행 크리에이터들의 콘텐츠를 보면, 한국 크리에이터들과 다른 점이 있다. 여행지의 아름다움이나 문화보다, 이동 시간, 교통수단, 이동 방법에 집중하는 경향이 강하다. 다른 나라와 기술을 비교하고, 상세하게 따지기도 한다.

빨리 가는 것을 좋아한다는 점에서 러시아와 한국은 비슷한 면이 있다. 한국은 '빨리빨리' 문화로 유명하다. 최대한 빨리 움직이고, 최대한 빨리 가야 한다. 우스개로 대한민국의 국제 전화 국가 번호가 괜히 '82'가 아니라고 하는데, 마음 깊이 공감한다.

러시아인들도 빨리 가는 걸 무척 좋아한다. 고속도로 제한 속도가 100킬로미터라면 기본적으로 120킬로미터로 달리는 것이 당연하다고 생각한다. 그래서 러시아인들은 제한 속도를 엄격히 지키는 독일이나 미국에 가면 늘 신기해한다. "아니, 제한 속도가 130킬로미터인데 왜 130킬로미터로 가는 거야? 말도 안 돼. 인생을 모르는 것들 같으니!"

이런 이유로 러시아에서는 과속 과태료를 받는 일이 흔하다. 그럴 때면 고골이 소환된다. 집으로 과태료 통지서가 날아오면, 아내는 잔뜩 성이 나지만 남편은 반성은커녕 이렇게 말하며 아내의 속을 뒤집어놓는다. "나는 어쩔 수 없는 러시아 사람인가 봐. 차를 타고 빨리 달리지 않으면 무슨 맛으로 살겠어?"

물론 고골이 살았던 시대에는 지금처럼 빠른 자동차나 고속 열차가 없었지만, 러시아인들이 속도를 좋아하는 문화적 특성을 정확하게 짚어 냈다는 점에서 그의 통찰력이 돋보인다. 이는 작가의 위대함을 보여 주는 방증이 아닐까.

하지만 러시아 문화를 경험해 본 사람이라면 의문이 생길 것이다. "러시아 사람들이 빠른 걸 좋아한다고? 절대 아닌데?"

여기가 바로 문화 차이가 드러나는 지점이다. 한국에서 '빠르다'는 단순한 물리적 속도의 개념이 아니다. 빨리 일하고, 빨리 움직이고, 빨리 먹고, 빨리 쉬고, 심지어는 빠른 연생(年生)까지 따진다. 참 빨리 사는 민족이다. 모든 일상의 템포를 끌어올려 속도를 내는 것은 대한민국을 대표하는 정체성이다.

반면 러시아는 다르다. 러시아인들이 좋아하는 '빠름'은 말 그대로 물리적인 속도일 뿐이다. 일상과 사회의 속도는 느리다. 러시아 행정 기관의 일처리나 사회가 돌아가는 속도는 한국인들이 견디기 어려울 정도로 느릿느릿하다. 밥도 천천히 먹고, 일도 쉬엄쉬엄 해야 한다. 러시아에는 '서두르다가 망신당한다(Поспешишь-людей насмешишь, 빠스페쉬쉬-류데이 나스몌쉬쉬)'라는 속담이 있다. 무엇이든 서두르지 말고 천천히, 제대로 하라는 뜻이다. 한국에도 비슷한 속담이 있지만, 대개 '속도는 유지하거나 더 빠르게 하면서도, 시간 내에 완벽하게 끝내라'는 의미로 해석된다. 그러나 러시아에서는 정말로 천천히 하라는 뜻이다. "일을 빨리 처리하면 좋은 거 아닌가?"라는 한국인의 말에 러시아인은 눈을 동그랗게 뜨며 되물을 것이다. "빠른 게 뭐가 좋은데?"

정리하자면, 한국인들이 말하는 '빠름'에는 '좋다'는 가치 판단이 내포되어 있다. 반면 러시아인들에게 빠름은 단순한 속도의 개념일 뿐, 좋고 나쁨의 문제가 아니다. 같은 '빠름'이라도 바라보는 관점이 다르다는 문화 차이가 신기하다.

니콜라이 고골

러시아인에게는
불구대천의 위험한 적이 있다

Есть у русского человека враг, непримиримый, опасный враг, не будь которого, он был бы исполином. Враг этот - лень.
– Николай Гоголь, 《Рим》

러시아인에게는 불구대천의 위험한 적이 있다. 그 적이 없었다면 러시아인은 거인이 되었을 것이다. 그 적은 바로 나태다.
—니콜라이 고골, 《로마》

나태는 러시아 문학의 단골 주제다. 전래 동화나 고전 문학은 물론 소련 시대의 사회주의 리얼리즘을 거쳐 현대 문학에서도 계속 등장한다. 물론 게으른 캐릭터는 세계 어디서나 찾아볼 수 있다. 하지만 러시아에서는 '주변에서 볼 수 있을 법한 게으른 주인공'의 차원을 넘어 '러시아 문화의 일부'로 다룬다. 무슨 의미인고 하니, 나태를 러시아 문화의 특징이자 러시아의 사고방식 중 하나로 여긴다는 의미다. 대개 서유럽의 기독교 문화에서는 나태를 일곱 가지 대죄(교만, 탐욕, 탐식, 색욕, 나태, 분노, 질투) 중 하나로 간주하고 비판한다. 그런데 러시아에서는 꼭 그렇지도 않다.

러시아 전래 동화 한 편을 살펴보자. 러시아 아이들이라면 누구나 아는 《난로에 누워 있는 예멜랴》에는 나태한 인물이 등장한다. 이 동화는 워낙 오래된 이야기라 정확한 출처를 알 수 없고, 지역마다 조금씩 다르지만, 기본적인 줄거리는 비슷하다.

한 마을에 아버지와 세 아들이 살고 있었다. 두 형은 똑똑하고 성실하게 일했지만, 막내 예멜랴는 하루 종일 난로 위에 누워 아무 일도 하지 않았다. 어느 날, 형수들이 예멜랴에게 물을 길어 오라고 심부름을 시키자 그는 마지못해 강가로 갔는데, 그곳에서 말을 하는 황금 물고기를 잡게 된다. 물고기는 자신을 풀어 주면 모든 소원을 이뤄주는 주문을 알려 주겠다고 제안했다. 예멜랴는 그 주문을 듣고 물고기를 놓아 준다.
이제 예멜랴는 집안일을 할 때 손 하나 까딱할 필요가 없다. 주문을 외우기만 하면 강물이 저절로 집으로 오고, 빗자루가 알아서 청소하고, 냄비가 자동으로 밥을 한다. 이 기적 같은 이야기는 결국 차르의 귀에까지 들어간다. 차르가 예멜랴에게 궁궐로 오라고 명령하자, 귀찮았던 예멜랴는 난로에게 자신을 궁궐까지 데려가라고 주문을 외

니콜라이 고골

운다. 그렇게 편하게 궁궐에 도착한 예멜랴에게 차르는 주문을 알려 주면 돈과 명예를 주겠다고 제안하지만, 예멜랴는 귀찮다며 거절한다.

그러던 중 예멜랴는 공주와 사랑에 빠진다. 그러나 차르는 두 사람의 결혼을 허락하지 않는다. 예멜랴는 공주와 무인도로 도망친다. 무인도로 간 그들은 마법의 주문을 사용해 아름다운 궁궐을 짓고 행복하게 살아간다. 결국 차르는 예멜랴를 사위로 인정하고, 함께 나라를 다스린다.

이 동화의 교훈은 간단하다. "노력하지 않아도 운만 좋으면 모든 것을 이룰 수 있다고 믿어라!"

놀랍게도 나태를 긍정적으로 묘사한다. 예멜랴는 형수들의 성화에 못 이겨 마지못해 물을 길으러 갔다가, 운 좋게 마법 물고기를 만난 뒤 아무런 노력 없이 공주와 결혼해 호화로운 삶을 누리게 된다. 다른 문화권에서도 나태를 이렇게 긍정적으로 묘사하는 동화가 있는지 모르겠다. 어쨌든 러시아에서는 인생에서 노력보다 운이 더 중요하다고 여기는 경향이 있다는 점은 부정할 수 없다.

나태라는 개념을 꺼내면, 러시아 사람이라면 누구나 이반 곤차로프의 소설 《오블로모프》를 떠올린다. 주인공은 평생을 집에 틀어박혀 침대에 누운 채 인생이 불공평하다며 투덜대는 인물이다. 어느 날 친구 때문에 무도회에 갔는데, 거기서 인생 최고의 사랑을 만난다. 하지만 이성 관계에도 시간과 노력을 투자하는 것을 귀찮아 한 탓에 결국 사랑은 이뤄지지 않는다. 나중에 자신을 사랑하는 다른 여성과 결혼하고 아이도 낳지만, 결국 비교적 젊은 나이에 사망하면서 소설은 비극적으로 끝난다.

이반 곤차로프는 소설 속 주인공의 나태를 부정적으로 바라보는 편이다. 주인공의 게으르고 나태한 성격이 결국 인생을 망치고 행복을 빼앗아 간다는 줄거리로 짜여 있다. 그러나 곤차로프는 주인공을 대놓고 비판하지는 않는다. 대부분의 러시아인들이 가진 특성인 나태를 '이런 인생도 있을 수 있다'는 식으로 그린다. 19세기 중반에 쓰인 이 소설은 러시아 문학계에서 꽤 유명한 작품으로, 러시아 문화를 설명할 때 자주 언급되는 작품이다. 러시아 문화의 일부인 나태를 부정적으로 보거나 비판하지 않고, 이러한 국민성이 가져올 개연성을 설명했다고 평가받는다. 이는 나태를 대죄로 여기는 서유럽 문화권과 크게 비교된다.

러시아 문화 전문가들은 나태를 받아들이는 러시아인들의 태도를 전통적인 사고방식과 연결짓는다. 러시아 문화에서 게으름은 하늘에 계신 신의 뜻이라고 봐도 무방하다. 개인의 노력보다 신의 뜻대로 이뤄지는 것이 이 세상의 이치라고 생각한다. 그러므로 그저 나에게 주어진 길을 걸으면 되지, 하늘이 나에게 내린 길을 벗어나 운명을 속이려는 행동은 옳지 않다. 그런 틀에서 보면 나태는 신의 뜻을 따르는 행동이고, 죄가 아니다. 나태는 칭찬할 일은 아니지만, 크게 비판받을 일도 아니다. 이는 자연스럽게 운명에 대한 논쟁으로 이어진다.

물론 현재 러시아 사회에서는 이러한 전통적인 사고방식이 많이 퇴색했다. 20세기 초반 소련 정권이 들어서면서 사회주의 사상은 나태와 게으름을 규탄해 왔다. 모두가 국가 건설에 나서야 한다고 강조하며, 심지어 이유 없는 '자발적 실업'을 범죄로 규정하고 이를 처벌하는 법까지 만든 적이 있다. 또한 20세기 후반부터 러시아 문화의 서방화, 즉 미국화가 진행되면서 적극적인 사회 활동은 긍정적으로 평가받고, 나태는 부정적인 시선으로 바라보게 됐다.

그럼에도 불구하고, 러시아 문화에서는 여전히 동화 속 예멜랴처럼 노력하지 않아도 '소원을 들어주는 황금 물고기'를 잡아 단번에 인생을 바꿀 수 있기를 꿈꾼다. 한국인들이 돈을 쉽고 빠르게 벌 수 있는 방법을 찾는다면, 러시아인들은 '난로 위에 누워 있으면서' 아무런 노력 없이 하늘에서 돈이 마구 떨어지기를 꿈꾼다. 감나무 아래에서 홍시가 떨어지기를 기다리는 일이 러시아에서는 일종의 로망인 셈이다.

물론 이러한 전통이 있다고 해서 모든 러시아인을 게으르다고 일반화할 수는 없다. 실제로 사업적으로 러시아 파트너와 일해 볼 기회가 있다면, 그들이 누구보다 열심히 일한다는 것을 알게 될 것이다. 또한 수업 시간에도 러시아 학생들은 누구보다 열심히 공부한다.

러시아식 '나태' 문화는 일상 속에서도 엿볼 수 있다. 러시아인들은 할 일은 하되, 틈만 나면 아무것도 하지 않으려고 한다. 이런 습성은 평범한 러시아인들의 일상을 지켜보면 확연히 드러난다. 이는 한국 문화와의 차이점이기도 하다. 한국인들은 쉴 때도 뭔가를 열심히 하려는 것 같다. 최소한 '열심히 하는 척'이라도 한다. 반면, 틈만 나면 아무것도 안 하려는 러시아인의 시각에서 보면, 한국은 '쉴 줄 모르는 문화'를 가진 나라다.

니콜라이 고골

알렉산드르 그리보예도프

Александр Грибоедов, 1795~1829

19세기 초에 활동한 러시아 외교관이자 작가다. 여러 언어를 구사할 수 있었고, 페르시아(현 이란)에서 러시아 대사로 오래 활동했다. 해외에서는 잘 알려지지 않은 작가이지만, 러시아에서는 명언이 가득한 《지혜의 슬픔》이라는 작품으로 널리 기억된다.

재판을
누가 할 건데?

А судьи кто?
– Александр Грибоедов, 《Горе от ума》

재판을 누가 할 건데?
—알렉산드르 그리보예도프, 《지혜의 슬픔》

간단하지만 강렬한 이 말은 러시아인들이 특히 좋아하는 문장이다. 다른 장에서 정의(正義)에 대한 러시아인의 생각을 몇 번 언급하겠지만, 이 표현은 러시아에서 정의를 이야기할 때 빠질 수 없는 명언이다. 다른 사람을 함부로 재단하지 말고, 근거 없이 판단하지 말고, 맥락을 벗어나 평가하지 말며, 평가하는 사람 자신도 자격이 있는지를 생각해 보라는 취지다.

알렉산드르 그리보예도프의 《고레 앗 우마(Горе от ума)》(국내에서는 《지혜의 슬픔》으로 번역)는 그의 작품 중 가장 유명하고, 러시아에서 관용어가 된 표현들이 많이 등장한다. 줄거리는 다음과 같다. 한 젊은이가 해외에서 3년을 보낸 뒤 고향인 모스크바로 돌아온다. 그는 어릴 때부터 사랑했던 여자에게 청혼하지만, 그 여자는 이미 다른 남자와 약혼한 까닭에 이를 거절한다. 남자는 여자의 약혼남에게 시비를 건다. 작품은 주인공의 독백, 주인공과 여자와의 대화, 주인공과 부모 간의 대화를 중심으로 전개된다. 《지혜의 슬픔》은 주인공이 결국 자기 부모와 기성 세대의 보수적인 분위기를 이기지 못하고 모스크바를 떠나는 장면으로 마무리된다. 작가는 작품 속 수많은 독백과 대화를 통해 당시 러시아의 보수적이고 경직된 사회 분위기를 비판한다.

"재판을 누가 할 건데?"라는 문장은 주인공이 사랑하는 여자에게 던진 말이다. 사람이나 상황을 평가하려면 적절한 조건이 전제돼야 한다는 것을 지적하고, 본인도 실수를 해 놓고는 똑같은 실수를 한 사람을 비판하면 위선적이라는 사실을 꼬집는 말이다.

솔직히 이 작품은 꽤 지루하다. 학교에서 이 작품을 배웠을 때 계속 졸았던 기억이 난다. 줄거리가 흥미롭지 않고 주인공의 말이 와 닿지도 않았다. 귀족 출신인 작가의 도덕적 훈계에 가까운 이야기라 관심을 가지기가 어려웠다. 당시 나는 빨리 다른 작가의 작품으로 넘어가기만 기다렸다. 하지만 지금은 이 작품의 진가를 알게 됐다.

"재판은 누가 할 건데"라는 표현은 《성경》에서 예수님이 "너희 중에 죄 없는 자만 이 여인에게 돌을 던지라"라고 하신 말과 일맥상통한다. 논쟁적 상황에서 새로운 규칙을 만들거나 옳고 그름을 판단할 때, "그런 판단을 과연 누가 할 자격이 있는가?"라고 질문하며 사용할 수 있는 말이다. 옳고 그름을 구분해 평가하려면 절대적인 독립성과 공정성이 필요한데, 그런 자격을 가진 사람은 드물다는 의미다. 혹은 최소한 상대방이 그런 자격을 갖추지 못했다는 점을 공격하는 전략으로 쓰이기도 한다. 한국어 표현으로는 "다른 사람은 몰라도 네가 할 말은 아닌 것 같은데?"와 비슷한 맥락이다.

이 표현은 푸틴 대통령이 애용하는 문장이기도 하다. 특히 미국을 겨냥할 때 꺼내는 말이다. 미국이 온갖 전쟁을 벌이고, 다른 나라 선거에 개입하면서도, 적반하장으로 다른 나라에게 훈계하는 행위를 비판하며, "미국은 다른 나라를 심판할 자격이 없다"는 논리를 펼치기 위해 이 문장을 사용한다. 정치적 포퓰리즘이지만 러시아 대중에게는 잘 먹힌다. '미국은 해도 되는데 러시아는 왜 안 되냐'는 의미로 받아들여진다.

알렉산드르 그리보예도프

전통적으로 러시아에서는 옳고 그름을 판단하는 것은 '신의 권리'라고 믿어 왔다. 불륜이나 배신, 불효 같은 도덕적·윤리적으로 심각한 악행을 저지른 사람을 두고, 러시아에서는 "신이 재판하실 것이다(Бог рассудит, 보흐 랏수딧)"라고 이야기한다. 도둑질이나 강도 같이 상대적으로 가벼운 악행은 사람이 재판할 수 있지만, 인간의 생명이나 정의와 관련된 문제는 때가 되면 신이 재판할 것이라고 믿는다. 그런데 러시아에서는 원래 황제를 지상에서 신의 뜻을 받드는 사람으로 여겼기 때문에, 황제는 재판을 하거나 옳고 그름을 판단할 권리가 있다고 생각했다.

정의는 신의 것이라는 인식은 여전히 러시아 문화에 남아 있다. 그리고 재판을 하고, 올바른 길을 알려주는 사람은 나라의 수장이지 개개인이 아니라고 생각한다. 민주주의의 기본은 삼권 분립이라는 사실은 '민주주의' 국가가 된 러시아에서는 여전히 낯설다. 재판과 나라를 다스리는 일을 나눌 수 없다고 본다. 사법과 행정을 분리해서 서로 다른 기관에 맡기자고 하면, "그럴 거면 대통령을 왜 뽑냐?"라는 반응이 나온다.

부연 설명하자면, 러시아의 종교는 러시아 문화의 알파이자 오메가다. 9세기부터 국교가 된 그리스 정교회는 일상 생활에서 권력에 대한 인식까지 러시아의 모든 측면에 영향을 미쳤다. 1921년에 세워진 공산주의 국가 소련에서 조차 이런 속성을 뿌리 뽑는 데 실패했을 정도였다. 소련 시절에 종교는 금지됐다. 모든 성당과 교회는 물리적으로 철거되거나 다른 용도로 사용됐다. 종교 색채를 띄는 명절 역시 금지됐다. 소련 말기에는 이런 관리가 허술해졌지만 전체적인 분위기가 그랬다. 그럼에도 사람들은 종교를 믿었고 기도했다.

신자들은 크리스마스나 부활절 같은 기독교 명절을 조용히 집에서 기념했다. 널리 알려진 이야기지만, 소련 시절 거의 모든 집에는 소위 '빨간 구석(Красный уголок)'이 있었다. 대도시의 아파트에는 비교적 드물었지만 마을 주택에 사는 사람이면 대부분 이런 공간을 마련했다.

'빨간 구석'은 비밀스러운 기도 장소였다. 집 구조를 활용해 출입구나 복도 등 잘 안 보이는 곳에 커튼을 치고 아주 자그만한 공간을 만들어 거기에 성화, 양초, 작은 성모 마리아상 같은 것들을 놓았다. 그러고는 아침과 밤에 그 앞에서 기도했다. 손님이나 외부인이 방문하면 커튼을 쳐서 숨기거나 가구로 가렸다. 들키면 수용소로 끌려갈지도 모를 시절에도 그랬다. 그만큼 종교는 러시아인들의 일상

알렉산드르 그리보예도프

과 밀접했고 가치관에도 영향을 미쳤다.

물론 러시아만 이렇게 종교적 가치관이 강한 사회 질서를 가진 것은 아니다. 하지만 러시아는 종교가 거대한 영향력을 미치면서도 세속주의가 강한 나라다. 이런 시스템으로 돌아가는 나라가 또 있나 싶을 정도로 독특하다. 시스템만 보면 유럽과 비슷하지만, 사회적 가치보다 종교적 가치가 우월한 사회다. 그런데 또 러시아 정교회가 국교는 아니다. 러시아에는 공식적으로 국교가 없기 때문이다. 그래서 러시아학 전문가 중에는 러시아 문화와 문학을 이해하려면 러시아 종교부터 배워야 한다는 주장을 펼치는 이도 있다. 러시아인들의 속마음을 들여다보려면 종교의 영향을 고려해야 한다는 의미다.

현실적이고 실용적인 문화에 익숙한 한국인 입장에서는 쉽게 이해되지 않을 것 같다. 이런 면이 러시아와 한국의 큰 차이점 중 하나다. 겉으로 보면 러시아인은 종교를 믿지 않는 것처럼 보인다. 하지만 속마음은 다르다. 설령 신을 믿지 않는다고 할지라도 '무엇인가 다른 초월적 존재'가 있을 것이라고 믿는다. 러시아어를 배우다 보면 '보흐(Бог, 신 또는 하느님)'라는 단어가 자주 등장한다. 위에서 언급한 "신이 재판하실 것이다"라는 말 외에도, 일상에서 "신이나 신의 도리가 있다/없다"는 식의 표현이 많이 등장한다. 질문에 대한 답을 전혀 모르겠으면 "Бог его знает(보흐 예워 즈나옛, 신만 알겠지)"라고 하고, 운을 빌어 줄 때도 "Бог в помощь(보흐 브 보모쉬, 신이 도와 주실 거야)"라고 한다. 심지어 러시아어의 "감사합니다"라는 표현도 신과 관련이 있다. "Спасибо(스파시바)"는 "Спаси бог(스파시 보흐)"를 축약한 말로 "신이 너를 구원해 줄 것이다"라는 뜻이다.

《지혜의 슬픔》에서 나온 "재판을 누가 할 건데?"라는 말은 이런 맥락에서 이해할 수 있다. 우리는 타인을 재판할 자격이 없다. 그런데 자격이 없는 우리가 어떻게 윤리와 도덕을 입에 담을 수 있느냐는 말이다. 한국인의 시각에서는 너무 다른 세계이겠지만 이렇게 다른 세계를 이해하고 배우는 것이 문학을 읽는 또 다른 묘미가 된다면, 그것만으로도 의미가 있는 일이 아닐까.

알렉산드르 그리보예도프

믿는 자가
평화롭다

Блажен, кто верует.
─Александр Грибоедов, 《Горе от ума》

믿는 자가 평화롭다.
─알렉산드르 그리보예도프, 《지혜의 슬픔》

알렉산드르 그리보예도프의 《지혜의 슬픔》은 명언의 보석함이다. 러시아의 문화, 사고 방식, 일상을 매우 잘 표현한 명언이 거의 한 쪽에 하나씩 나올 정도다. 《고레 앗 우마(Горе от ума)라는 원어 제목도 러시아에서 많이 인용되는 문구다. 한국어로 직역하면 '똑똑함에서 나오는 슬픔(또는 불행)'이라는 뜻이다. 너무 똑똑하면 오히려 불행해진다는 의미다. 지나치게 논리적이거나 너무 많이 알면 오히려 좋지 않다는 뜻으로, 튀지 말고 그대로 살아가라는 의미가 포함되어 있다. '이게 무슨 소리야?'라는 생각이 들 수 있지만 일리가 없는 말은 아니다.

《지혜의 슬픔》에 등장하는 "믿는 자가 평화롭다"는 표현은 다소 포괄적이고 철학적인 개념으로 사용된다. 비평가들은 단순해 보이지만 속뜻이 깊은 문장이라고 말한다.

러시아어 원문에 사용된 '평화롭다(Блажен)'에 해당되는 동사는 좀 특이하다. 현대 러시아어에서 더 이상 사용되지 않는 형용사 'Блаженный(블라젠늬)'에서 파생됐는데, 종교적 의미가 강하다. '지상 위에서 행복하다', '올바른 종교적 생활로 복 받는 삶을 영위하다' 정도의 뜻을 가지고 있다. 일반적으로 우리가 생각하는 그 '행복하다'는 의미가 아니다. 종교적 의미에서 '하느님이 주신 행복'이지, 우리가 일상에서 구하고자 하는 '만사가 잘 풀리고, 평화로우며, 사랑하는 사람과 함께한다'는 뜻은 아니란 말이다.

우리가 살아가는 세상은 낙원이 아니다. 질병, 전쟁, 도둑질, 강간, 폭행 등 악이 판치는 세상이다. 하느님께서는 이런 악을 보지 말라고 어떤 사람의 정신을 빼앗아 '행복하게' 살도록 한다. 중세 러시아에서는 광인(狂人)을 이런 단어를 빌려 불렀다. 미친 게 아니라 '하느님께서 고생하지 말라고 뇌를 가져 갔다'는 뜻이다. 정신 병원이 없었던 그 옛날 러시아에서는 이런 현상을 질병으로 보지 않고 '하느님이 내려주신 복'으로 본 것이다. 사람들은 살아가

알렉산드르 그리보예도프

면서 기쁜 일도 겪고 고생도 하면서 산다. 반면 어떤 사람들은 하느님이 직접 지목해서 운이 좋은 인간이 된다. 지상의 고생을 전혀 모르고 기쁜 일만 겪으면서 살도록 말이다. 정신과 영혼을 하느님이 가져가지만 그것이 행복이라고 여겨졌다. 정신 질환을 종교를 내세워 합리화했던 것이다.

의학이 발달하면서 정신 질환은 더 이상 축복이 아니라 병으로 간주되어 치료한다. 그래서 이제 이 단어는 러시아에서 '현실을 부정하고, 믿고 싶은 것만 믿고, 보고 싶은 것만 보며 사는 사람'을 가리킨다. 그런 사람들은 아무리 사실을 알려 주고, 현실을 보여 주려고 해도, 그것은 다 악마의 유혹이며 진실이 아니라고 현실을 부정한다.

러시아에서 이 표현은 주로 연애와 가족과 관련된 일에 사용된다. 예를 들어, 주변 사람들이 이미 모두 알고 있는 상황에서 남편이 바람을 피우는 사진이나 영상을 보여 줘도 그의 결백과 사랑을 절대적으로 믿는 아내가 있다면 이런 말을 듣게 된다.

이 표현에는 현실을 외면하는 상대방에 대한 짜증, 아쉬움의 감정이 들어 있지만, 동시에 약간의 부러움도 내포돼 있다. 이런 상황에서도 상대가 행복할 수 있다는 데 감탄하는 것이다. 동정심과 연민도 있지만, '저러니까 이 세상에서 행복하게 살 수 있겠다', '고생을 안 해서 편하겠다', '삶이 평화롭겠다' 같은 뉘앙스가 내포돼 있다. '저 사람이 그렇게 살겠다고 마음먹은 걸 어쩌겠어?'라는 의미도 있다.

"믿는 자가 평화롭다"는 말은 세상에 전혀 관심이 없고 기본 상식도 모르는 사람을 지칭하는 표현이기도 하다. 자신의 분야만 알 뿐 바깥세상 일을 전혀 모르는 사람 말이다. 국제 정세, 정치, 경제, 사회 문제 등의 이슈에 전혀 관심이 없는 것은 물론, 심지어 현재 대통령이 누구인지, 지역구 국회의원이 누구인지 모르는 사람. 개인적으로 이런 사람을 적지 않게 만났다. 대부분 예술 쪽에 활동하는 사람들이었다.

몇 년 전에 러시아에서 디자이너 한 명이 서울에 왔다. 그녀는 나도 이름을 들어봤을 정도로 유명한 패션 디자이너였다. 그녀가 남편과 두 자녀와 함께 한국으로 휴가를 온다는 것이었다. 마침 시간 여유도 있었고 보수도 괜찮아서, 안내 요청을 흔쾌히 수락했다.

그들을 공항에서 만나 미리 준비한 차에 타고 숙소로 이동하는 중이었다. 남편은 주변에 관심이 많아서 서울로 가

알렉산드르 그리보예도프

는 차 안에서 내내 한국에 대한 질문을 쏟아냈다. 반면 디자이너는 창밖만 바라보다 가방에서 종이 한 장을 꺼내 뭔가를 그리기 시작했다. 그때 나와 남편은 한국 음식에 대한 이야기를 하고 있었다. 남편은 한국에서는 손님이 고기를 직접 굽고, 많은 반찬과 곁들여 먹는 것을 어떤 방송에서 본 적이 있다면서 꼭 먹어 보고 싶다고 했다. 그러고는 내게 좋은 음식점을 추천해 달라고 했다. 내가 식당을 추천하자 남편은 무표정하게 그림을 그리는 아내에게 말을 걸었다.

"오늘 저녁은 고기를 먹을 거야! 방송 기억나지? 그, 손님이 직접 굽는 거! 이름은 삼겹살이라고 하네."

"아…?" 디자이너는 잠시 종이에서 눈을 떼면서 남편을 멍하게 바라봤다.

"고기? 난 보르쉬 먹고 싶은데?"

"무슨 보르쉬야, 한국에서! 한국에 왔으면 한국 음식을 먹어야지."

"한국? 우리는 지금 해외에 왔어?"

디자이너의 말을 들은 내가 놀란 표정으로 그녀를 봤지만, 그녀의 남편은 아무렇지도 않게 조용한 목소리로 대화를 이어 갔다.

"어, 우리는 지금 러시아 아냐. 해외에 와 있어. 코리아라는 나라야."

"코리아? 노스야, 사우스야?"

"당연히 사우스지! 노스 코리아에 어떻게 가."

여성의 눈은 다시 종이로 향했다.

나는 다시 집중해서 그림을 그리는 그녀를 신기하게 바라봤다. 남한과 북한 차이를 모른다 해도, 본인이 비행기를 타고 해외에 나가 있다는 사실조차 인지하지 못 하는 정신 세계가 놀랍기만 했다. 그때 바로 "믿는 자가 평화롭다"는 말이 머릿속에서 떠올랐다. 이 정도는 집중해야 유명 디자이너가 될 수 있는 건가? 보고 싶은 것만 보고 자기만의 세상에 집중할 수 있는 그 정신, 솔직히 살짝 부러웠다.

알렉산드르 그리보예도프

악한 입버릇은
총보다 더 무섭다

Злые языки страшнее пистолета.
– Александр Грибоедов, 《Горе от ума》

악한 입버릇은 총보다 더 무섭다.
–알렉산드르 그리보예도프, 《지혜의 슬픔》

많은 러시아인들은 특정 표현의 출처가 《지혜의 슬픔》이
라는 사실도 모른 채 관용어처럼 사용하는 경우가 많다.
"악한 입버릇은 총보다 더 무섭다"라는 말도 그런 사례 중
하나다.

《지혜의 슬픔》에 등장하는 '몰찰린'이라는 인물은 소심
한 사람이다. 윗사람에게 아부를 잘하고 눈치를 엄청 본
다. 그는 여주인공인 소피아와 사랑에 빠지는데, 남들이
뭐라고 할까봐 절대 내색하지 않는다. 소피아가 몰찰린에
게 자기 마음을 표현하자 몰찰린은 제발 그렇게 하지 말아
달라며 위의 말을 날린다. 덜덜 떨면서 "결투보다 더 무서

운 것이 안 좋은 소문"이라면서 말이다. 이 표현이 퍼지면서 악성 루머나 뒷담화가 인생을 망칠 정도로 무섭다는 관용어가 됐다.

러시아인들은 소문을 좋아하지 않고, 뒷담화를 비판받을 짓이라고 생각한다. 뒤에서 안 좋은 말을 퍼뜨리거나 악성 루머를 '전달'하는 사람들을 말린다. 또한 그런 소문을 들어도 별로 믿지 않으려는 태도를 보인다. 물론 친구들끼리 모여서 연예인의 스캔들이나 정치인을 비판하는 이야기, 큰 이슈가 된 뉴스의 비하인드 스토리 정도는 많은 사람들이 즐기고 자주 이야기한다. 하지만 소문의 대상이 내 주변 사람이라면 극도로 말을 아낀다. 저녁을 먹으며 가족끼리 친한 사람이나 친척의 말과 행동을 곱씹을 수 있지만 그런 이야기가 집 밖으로는 잘 나가지 않는다.

성차별적인 이야기처럼 들릴 수 있는데, 러시아에서는 여자들이 소문을 퍼뜨린다는 인식이 강하다. 남자들은 말수가 많으면 안 된다고 생각하는 문화권이라 나쁜 소문을 옮기기는커녕 좋은 말도 자주 안 한다는 이미지가 있다. 실제로는 다를 수 있지만 인식이 그렇다는 말이다. 그런 이미지가 극대화된 것이 '집 앞 벤치 할머니'다. 안 좋은 소문을 퍼뜨리거나 남에 대해 이러쿵저러쿵 뒷

알렉산드르 그리보예도프

이야기를 하는 건 할머니들이 자주 한다는 뜻이다. 한가한 할머니들이 아파트 건물 입구에 있는 벤치에 앉아 다른 할머니들과 세상 돌아가는 꼴에 대해 끝없이 수다를 떠는 모습은 러시아에서 유명한 밈이다. 할머니들이 젊은 여성들을 부러워하면서 악성 루머를 퍼뜨리거나, 더 이상 연애를 못한다는 아쉬움 때문에 젊은 남성들을 욕한다는 고정 관념이다. 누가 누구를 집으로 데려 왔는지, 몇 시에 집으로 돌아왔는지, 몇 시에 출근했는지, 장 보러 가서 뭘 샀는지, 몇 호와 몇 호가 어떤 사이인지, 여기에 요즘 애들은 싸가지가 없다고 떠드는 것은 기본이다. 추리가 KGB를 뺨 칠 정도로 상세하다. 원래 '바부쉬까(Бабушка, 할머니)'들은 포근하고 따뜻한 이미지를 가지지만, '집 앞 벤치 바부쉬까'는 예외다.

이런 이야기들을 해당 이야기의 주인공이 들으면 사회적 약자인 할머니들이 할 일이 없어서 그냥 떠드는 소리로 치부해 버린다. 러시아어에서 '벤치 이야기'라는 표현이 생길 정도다. 누군가가 나에게 무슨 이야기를 하면 상대에게 어디서 들었냐고 물을 수도 있다. 그럴 때 출처가 불투명한 말이라면, "에이, 그게 그냥 벤치 할머니가 말한 거잖아!"라고 무시한다. 별로 중요하지도 않고, 할 일 없는 사람이 만들어 낸 '근거 없는 추정'일 뿐이라는 의미다. 이런 이야기를 믿는 사람도 거의 없고 귀를 기울이는 사람도 거의 없다.

개인적으로 러시아 문화와 한국 문화의 차이점 중 하나는 연예인 및 정치인을 둘러싼 루머에 대한 인식이라고 생각한다. 한국에서는 유명 방송인이나 연예인, 정치인을 비롯한 공인들에게 안 좋은 루머가 돌면 커리어가 위험해진다. 범죄는 말할 것도 없고, 도덕적인 논란이 일 수 있는 스캔들 정도에도 그렇게 된다. 불미스러운 사생활이 공개되거나 정치적인 발언을 하면 당사자에게 공개 사과나 하차 요구가 쏟아진다. 널리 알려진 사람인 만큼 행동에 책임을 지고 대가를 치러야 한다는 인식이 강한 것 같다.

러시아는 한국과 거의 정반대다. 어떤 이유든 화제가 되면 본인에게 무조건 '호재'라고 생각한다. 사람들의 입에 자신의 이름이 오르내리는 사실 자체가 엄청난 홍보라고 여긴다. 무명 배우나 가수, 존재감 없는 정치인 같은 사람들은 자극적인 발언이나 행동으로 언론과 대중의 관심이 본인에게 쏠리면, 덮기는커녕 최대한 많은 방송에 출연하면서 이슈를 널리 퍼뜨리려고 한다. 그래야 자

알렉산드르 그리보예도프

신의 인지도가 올라갈 거라고 믿는다. 그런 이유 때문에 유명 연예인들은 항상 자신의 정치색을 뚜렷하게 표현하고, 공인들도 정치 및 사회 이슈에 대해 비교적 자유롭게 의견을 표명한다.

한국과 달리 전국이 뒤집힐 정도로 아주 핫한 이슈가 생길 땐 대중이 오히려 연예인과 공인에게 입장 표명을 강하게 요구한다. 자기 의견을 대중과 공유하지 않으면 오히려 이 사람이 숨기는 게 있는지 의심을 받고, 그 사람의 이미지가 안 좋아질 가능성도 높아진다. 물론 연예인이 팬들과 전혀 다른 정반대 입장을 내놓으면 욕을 많이 먹지만, 그런 교류 자체가 공익에 필요하다는 인식이 깔려 있다.

공인이나 연예인과 달리, 일반인들은 자신에 대한 악성 루머를 더 두려워하는 경향이 있다. 이는 단순히 "사람들이 나를 어떻게 바라볼까" 하는 막연한 눈치 때문만이 아니라, 사회적 위치나 일자리에 치명적인 타격을 입을까 봐 걱정하기 때문이다. 이런 두려움은 소련 시대에 매우 보편적이었던 사회 분위기에서 비롯됐다. 당시에는 나쁜 소문이 돌면 회사에서 해고되거나 학교에서 퇴학당하는 일이 흔했기 때문이다. 이러한 기억은 여전히 많은 사람들의 머릿속에 살아 있다.

소련이 해체된 이후 러시아 사회는 많이 변화했지만, 이 글을 쓰는 현재, 소련 시절의 옛 관행이 다시 돌아올 조짐이 보여 많이 아쉽다. 앞으로 러시아 사회가 어떤 방향으로 나아갈지는 여전히 불투명하다.

알렉산드르 그리보예도프

이반 크릴로프

Иван Крылов, 1769~1844

러시아에서 우화로 가장 유명한 작가다. 고대 그리스의 이솝 우화를 러시아어로
번역해 유명세를 얻었다. 이후로는 직접 쓴 우화를 통해 작가로서 자리 잡았다.
《여우와 까마귀》,《개미와 베짱이》등은 이솝 우화에 러시아의 정서를 담아 재해
석한 그의 대표작이다. 러시아에서는 아동 문학 작가로 분류되지만, 그의 작품은
초·중·고등학교 교육 과정에서 꾸준히 다뤄진다.

강자는 항상
약자를 탓한다

У сильного всегда бессильный виноват.
—Иван Крылов, 《Волк и ягнёнок》

강자는 항상 약자를 탓한다.
—이반 크릴로프,《늑대와 어린 양》

우화는 일반 소설과 다른 점이 있다. 우선 우화의 주인공들은 항상 동물이나 무정물이다. 그런 의인화를 통해 사회를 풍자하거나 인간의 악한 본성을 비판한다. 그것이 우화의 가장 큰 매력이다. 또한 우화는 도덕적 교훈을 매우 명확하게 전달한다. 짧은 이야기의 마지막 단락에서 항상 교훈적인 메시지를 던진다. 옳고 그름을 가르치고 독자에게 세상의 도리와 이치를 알려 준다.

한국에도 《여우와 까마귀》,《아버지와 아들들》,《개미와 베짱이》 등의 우화가 널리 알려졌다. 치즈를 먹으려다 여우의 아첨에 속아 치즈를 잃은 까마귀 이야기는 아첨에 휘둘리지 말고 신중해야 한다는 교훈을 준다. 여름 내내 놀기만 한 베짱이 이야기는 어떤 일이든 철저히 준비해야 한다는 가르침을 담고 있다. 이처럼 우화는 우리가 일상에서 마주하는 일에 대한 지혜와 윤리적 교훈을 준다. 길지 않고 쉽게 읽을 수 있으며 내용도 재미있어 러시아 아이들이 상당히 좋아한다. 뿐만 아니라, 어른들도 일상에서 자주 인용하고, 뉴스 보도에서도 우화 속 줄거리가 자주 등장한다.

어렸을 때부터 문학에 관심이 많았던 이반 크릴로프는 교육을 충분히 받지는 못했지만, 독학으로 책을 읽고 공부했다. 그러다 어느 날부터 두세 줄도 안 되는 매우 짧은 시를 쓰기 시작했다. 그는 인간의 무지와 관료주의적 틀에 박힌 사고 등을 비판하는 글로 대중의 인기를 얻기 시작했다. 그러다가 이솝 우화를 러시아어로 번역해 출판하면서 인기 작가가 됐다. 그의 글은 날카롭고 신선했으며, 대부분 동물이 주인공이어서 아이들이 읽기에 적합했다. 18세기 말~19세기 초의 러시아에서는 이러한 형식이 큰 호응을 얻었다. 의인화된 동물들의 재미있고 강렬한 이야기가 아이들을 사로잡았고, 사회 비판과 관료주의에 대한 풍자, 불평등 같은 내용은 어른들의 눈길을 끌었다.

이반 크릴로프는 이솝 우화를 번역하는 것에서 한 발자국 더 나아가, 직접 우화를 써서 발표했다. 그의 우화는 러시아인들의 마음을 사로잡았다. 크릴로프의 유명한 우화가 많지만, 러시아 사람들이 그의 이름을 들으면 머릿속에 다음 작품들을 떠올릴 것이다.

《백조, 게 그리고 창꼬치》

어느 날 백조, 게 그리고 창꼬치가 화차를 끌기로 했다. 세 마리가 힘껏 애써서 화차를 움직이려고 노력했지. 그런데 이게 무슨 일이야? 화차가 전혀 움직이지 않는 거야. 화차는 그렇게 무겁지도 않았는데 말이야.

백조는 날아서 화차를 하늘 위로 올리려고 했어. 게는 옆으로 끌고 가려고 했지. 창꼬치는 화차를 물속으로 집어넣으려고 했어. 화차가 움직이지 않은 건 다들 힘을 많이 써서 그런 게 아닐까?

셋 중 누가 잘못했는지 우리가 판단할 일은 아니지만 결론은 어쨌든 화차가 아직 제자리에 있다는 거야.

누구나 이 우화의 의미를 쉽게 이해할 수 있을 것이다.

대책이나 계획 없이 여러 사람이 각기 다른 방향으로 움직이면 아무런 성과를 낼 수 없다는 교훈이다. 각자 추구하는 이익과 결과가 다르기 때문에 협력한다고 해서 반드시 일이 해결되는 것은 아니다.

"화차는 아직 제자리에 있다"는 말은 러시아에서 관용어처럼 쓰인다. 어떤 문제가 발생했을 때, 누군가는 A라는 해결책을 제시하고, 또 다른 이는 B라는 해결책을 주장하지만, 결국 발전은 없고 문제는 그대로 남아 있을 때 딱 들어맞는 표현이다. 한국적인 예를 들자면 이런 것이다. 수능 시험의 문제점이 분명히 드러났는데, 누구는 입시 제도를 개혁해야 한다고 주장하고, 누구는 대학 서열화 철폐를 주장한다. 백가쟁명식의 분석과 대안이 제시되지만, 아무것도 바뀌지 않는 상황이랄까.

이번 장에서 소개한 "강자는 항상 약자를 탓한다"는 《늑대와 어린 양》이라는 우화에서 나오는 말이다. 권력의 부당함을 비판하는 이 우화도 러시아 사람들이 좋아하는 이야기다.

《늑대와 어린 양》

강자는 항상 약자를 탓한단다. 역사적으로 그런 예는 많지만 기록으로는 찾아보기 힘들지. 그러면 우화를 통해서라도 만나볼까?

어느 더운 여름날, 어린 양이 물을 마시러 작은 계곡으로 내려갔단다. 마침 이때 배고픈 늑대가 먹이를 찾으러 다녔지 뭐야. 늑대는 어린 양을 보자마자 곧장 계곡으로 향했어. 그런데 어린 양을 그대로 잡아먹는 건 마음이 꺼림칙했나 봐. 그래서 늑대는 이렇게 트집을 잡았어.

"어린 양아! 어찌 감히 내 계곡에서 물을 마시느냐? 네가 물에 얼굴을 넣는 바람에 강바닥의 모래가 올라와서 물이 더러워지잖아!"

"존경하는 늑대님! 전혀 그렇지 않습니다. 저는 늑대님보다 계곡 아래에 있잖아요. 그러니 절대 늑대님께 더러운 물이 닿을 리 없어요."

"그럼 내가 거짓말을 하고 있단 거야? 아, 맞다! 그러고 보니 작년 이맘때 여기서 나한테 욕을 했지? 내가 그걸 잊었을 것 같아?"

"제가요? 저는 아직 한 살도 안 됐어요… 일 년 전이면 저일 리가 없는데요?"

이반 크릴로프

"그럼 네 형이었겠지!"

"저는 형이 없어요⋯."

"아무튼! 말이 왜 이리 많아? 네가 아니면 네 양치기겠지! 네 녀석들은 항상 내가 죽기를 바라잖아! 어쨌든 난 너희들이 싫어!"

"제가 뭘 잘못했다고 이러세요?"

"아, 피곤해! 네 말에 일일이 대답해야 해? 내가 배고픈 건 네 잘못이야!"

늑대는 어린 양을 잡아 어두운 숲속으로 데려갔단다.

강자는 항상 약자를 탓한단다. 역사적으로 그런 예는 많지만 기록으로는 찾아보기 힘들지. 그런데 우화를 통해 만나 보니 어때?

이 우화는 권력자를 비판한다. 강자라고 해서 약자를 함부로 대해선 안 된다는 메시지를 담고 있다. 단순하면서도 명확한 메시지를 던져 주니 인기가 없을 수 없었다. 아이들은 물론, 어른들 역시 이 이야기를 들으며 당시의 귀족이나 권력자를 떠올렸을 것이다. 이러한 우화들은 러시아 문학의 보물로 여겨지며, 초등학교나 중학교 문학 수업에서 많이 배운다.

《음악가들》

원숭이, 당나귀, 염소, 곰이 4인조로 연주를 하기로 했다. 악기를 구해서 날씨가 좋은 날에 숲속 오솔길로 가서 나무 밑에 앉았지. '전 세계가 우리에게 찬사를 보낼 거야!'라는 희망에 차서 연주를 시작했어. 그런데 웬걸? 음악이 전혀 나오지 않는 거야.

"우리가 잘못 앉아서 그래!"

원숭이가 말했어.

"이러면 당연히 음악이 안 나오지! 곰아, 넌 저기 맨 뒤로 가서 앉아. 나는 맨 앞에 앉을게. 당나귀 너는 염소 바로 왼쪽에 앉으면 온 세상이 감탄할 만큼 아름다운 음악이 나올 거야!"

동물들은 원숭이가 시키는 대로 앉아서 다시 연주를 시작했어. 하지만 이번에도 음악이 제대로 안 나오는 거야. 그러자 이번에는 당나귀가 말했어.

"야, 내가 정답을 찾았어! 우리가 한 줄로 나란히 앉은 다음에 서로를 보면서 연주해야 해. 그러면 아름다운 음악이 나올 거야!"

동물들은 한 줄로 앉았어. 그런데 이번에도 역시 음악은 엉망이었지.

이반 크릴로프

결국 치열한 다툼이 시작됐어. 어떻게 앉아야 하는지 동물들이 열을 내면서 싸우고 난리가 아니었어. 그때 나이팅게일 한 마리가 날아와 앉았어. 동물들은 나이팅게일에게 물었지.

"아름다운 노래로 유명한 새여! 우리에게 조언을 좀 해다오. 우리는 악기도 있고, 악보도 있는데, 왜 아름다운 음악이 나오지 않는 걸까? 도대체 어떻게 앉으면 되지? 좀 가르쳐 줘!"

나이팅게일은 이렇게 대답했어.

"음악을 하려면 음감과 재능이 필요하지. 그리고 너희들이 어떻게 앉든 음악가가 되는 건 아니야."

"너희들이 어떻게 앉든 음악가가 되는 건 아니야"라는 말도 러시아에서 관용어로 자리 잡은 표현이다. 어떤 문제를 두고 치열하게 토론하고 논쟁하지만, 정작 본질과는 완전히 동떨어진 논의가 이어질 때 인용된다. 특히 정치인을 비판할 때 자주 쓰인다. 어떤 이슈가 있을 때 본질을 호도하며 말을 돌리거나, 말도 안 되는 변명을 할 때 이 표현이 떠오른다. 한국에서도 이 말을 떠올릴 때가 있다. 사람 사는 곳은 어디나 마찬가지니까.

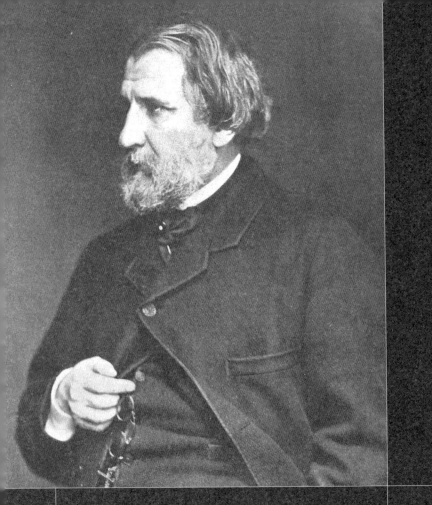

이반 투르게네프

Иван Тургенев, 1818~1883

19세기의 러시아 작가, 번역가, 극작가다. 한국에서는 상대적으로 덜 알려져 있지만, 러시아와 유럽에서는 널리 알려져 있다. 19세기 세계 문학에 무시할 수 없는 영향을 끼쳤다. 옥스퍼드 대학교 명예 박사이자 모스크바 국립대학교 명예 교원으로서, 러시아어와 러시아 문학을 세계적으로 알리는 데 큰 공헌을 했다. 또한 19세기의 러시아 사회를 정확하게 포착하여 '니힐리즘'이라는 현상을 소개한 것으로도 잘 알려져 있다.

행복은
건강과 같다

Счастье - как здоровье: когда его не замечаешь, оно есть.
— Иван Тургенев, 《Фауст》

행복은 건강과 같다. 있을 때는 잘 안 보이거든.
—이반 투르게네프, 《파우스트》

나는 한국의 동화나 소설에 대한 지식이 일천하지만, 지금까지 읽어 본 작품 중에서 '행복'을 주제로 삼는 작품은 많이 만나지 못했다. 반면 러시아 문학에서는 행복이 자주 등장하는 주제다. 행복이 무엇인지, 어떻게 행복할 수 있을지 탐구하는 작가가 많다. 행복이 주요 주제가 아닌 작품에서도 행복에 대한 작가의 고민을 엿볼 수 있는 사례가 허다하다. 《안나 카레니나》에서 안나가 고민하는 것도 행복이고, 막심 고리키의 《밑바닥에서》의 노숙자가 무의식적으로 찾는 것도 결국 행복이다. 러시아 동화를 읽어 보면 거의 모든 동화가 거의 비슷한 문장으로 마무리된다.

이반 투르게네프

"…그러고 나서 그들은 오래도록 행복하게 살았답니다."

(…И жили они долго и счастливо, …이 질리 아니 돌가 이 쉬찻슬리바)

행복에 대한 고민은 러시아 문학뿐만 아니라, 러시아 문화 전체에서 중심 개념 중 하나다. 러시아 문화권에서 행복의 가치는 가장 중요한 요소 중 하나로 꼽히며, 이는 한국과 비교했을 때 뚜렷한 차이를 보인다.

2021년 퓨 연구센터(Pew Research Center)가 실시한 대규모 설문조사 결과를 보면 이를 확인할 수 있다. 전 세계 17개국에서 '인생의 최고 가치'를 조사한 결과, 14개국에서는 '가족'이 1위로 꼽혔지만, 한국에서만 '돈(Material Well-being)'이 최우선 가치로 선택됐다. 그리스나 영국에서는 '돈'이 5위 안에도 포함되지 않은 것과 대조적이며, 한국에서는 '행복'이나 '개인 취미'조차 5위 안에 들지 않았다.

이러한 결과는 한국과 러시아의 문화적 배경을 반영한다고 볼 수 있다. 한국은 자유, 정의, 공동체의 이익, 개인의 물질적 번영에 더 높은 가치를 두는 경향이 있으며, 행복보다는 사회적 성공과 경제적 안정이 우선시되는 문화적 특성이 반영된 결과일 수 있다. 반면, 러시아에서도 자유나 물질적 번영을 중요하게 여기지만, 한국만큼 높은 우선순위를 차지하지는 않는다.

　러시아 문화에서 행복은 개인의 행복보다 가족의 행복과 더 깊이 연결되는 경우가 많다. 러시아는 서구식 개인주의도, 동양식 집단주의도 아닌 독특한 문화를 가지고 있다. 정체성과 개성을 강조하면서도, 가족이나 친구, 회사 동료 같은 소규모 집단을 개인 행복의 기반으로 여기는 경향이 강하다. 그래서 전통적으로 돈을 버는 일보다는 가족을 이루고 자식을 낳는 것이 행복으로 이어진다는 인식이 자리 잡고 있다.

　이러한 문화적 배경 속에서, 러시아 사회는 서구보다 덜 개인주의적이지만, 동양보다 개인의 행복을 중요하게 여기는 특성을 지닌다. 서구 문화에서는 오로지 개인의 행복이, 동양 문화권에서는 집단의 행복이 더 강조된다면, 러시아는 개인을 중심으로 그 개인이 속한 소규모 공동체(가족, 친구, 직장)의 행복을 중요하게 여긴다.

　이 때문에 러시아 문학에서는 개인과 그를 둘러싼 공동체 간의 관계와 갈등이 중요한 주제로 등장한다. 러시아 작가들은 개인이 속한 울타리 안에서 어떻게 관계를 형성하고, 그 안에서 어떻게 행복을 찾아가는지를 깊이 탐구한다.

이반 투르게네프

러시아 문학을 읽다 보면 이런 문화적 차이가 작품 속 캐릭터의 생각이나 행동을 이해하는 데 어려움을 준다. 행복이라는 주제는 러시아 문학에서 어김없이 마주치는 요소인데, 이로 인해 한국 독자들은 혼란을 느낄 수 있다고 생각한다.

러시아 사람이 이반 투르게네프라는 이름을 들으면 머릿속에 떠오르는 두 작품이 있다.《무무(Муму)》와《아버지와 아들(Отцы и дети)》이다.

《무무》는 슬픈 내용의 단편 소설로, 귀머거리 농부와 그의 강아지 '무무'에 대한 이야기다. 청각 장애를 가진 농노 게라심은 작은 강아지를 거두어 무무라고 이름 붙인다. 고독했던 게라심에게 무무는 유일한 친구이자 큰 위안을 주는 존재다. 그런데 어느 날, 소작하던 땅의 여주인이 무무가 짖는 소리가 귀에 거슬린다며 강아지를 죽이라고 명령한다. 결국 게라심은 무무를 죽이고 집을 떠난다.

농노 게라심은 러시아에서 충성심과 불행의 상징으로 여겨진다. 그는 농노에게 강요됐던 사회적 억압을 충실히 따르는 인물이다. 그러나 그로 인해 게라심 개인의 행복은 파괴된다. 결국 그는 주인의 땅을 떠나 속박에서 벗어나려 하지만, 그가 행복을 찾을 수 있을지는 알 수 없다. 줄거리는 단순하지만, 인간의 행복과 사회와의 갈등 관계를 뚜렷하게 보여 주는 명작이다.

작품에서 게라심이 느끼는 슬픔과 불행은 독자들에게 바로 전달되지만, 왜 게라심이 강아지를 죽일 수밖에 없었는지, 그리고 왜 집을 떠나는지는 쉽게 이해하기 어려울 수 있다. 개인과 사회의 관계 속에서 행복의 자리를 찾는 것은 러시아 문학에서 엿볼 수 있는 독특한 요소다. 이러한 배경을 모르면 이 작품을 이해하기 어렵다.

러시아 독자들에게 가장 잘 알려진 이반 투르게네프의 또 다른 작품은《아버지와 아들》이다. 제목에서 짐작할 수 있듯이, 이 작품의 주제는 세대 갈등이다. 전통적 가치관을 가진 구세대와 과학과 이성을 믿는 신세대 간의 충돌이 핵심이다. 이 작품은 러시아뿐 아니라 세계적으로도 인정받는 전설적인 작품인데, 그 이유는 소설에 등장하는 예브게니 바자로프(Евгений Базаров)라는 인물 때문이다.

바자로프는 오로지 과학과 이성을 믿는 허무주의자(니힐리스트)다. 그는 전통적 가치관을 가진 주변 인물들과 끊임없이 충돌하며, 자신의 신념과 감정 사이에 모순이 생겨 고통받는다. 이 작품은 연애 소설로 느껴질 수도 있는데, 결론적으로 바자로프 주변의 '옛날' 사람들은 각자 나름의 행복을

이반 투르게네프

찾아가지만, 바자로프는 쓸쓸히 죽음을 맞는다. 이런 점 때문에 바자로프가 허무주의자의 대명사가 됐고,《아버지와 아들》이 유럽에 알려지면서 '니힐리즘'이라는 개념이 확산됐다.

어릴 적 학교에서 이 작품을 배웠을 때는 혼란스러웠다. 어린 나이에 허무주의를 이해하기 어려웠던 것도 있었지만, 작가의 메시지가 와 닿지 않았기 때문이었다. 일반적으로《아버지와 아들》은 세대 간 갈등과 전통을 부정하는 허무주의의 한계를 보여 주는 작품 정도로 해석된다. 하지만 러시아인들은 이 작품을 조금 다르게 받아들인다. "너의 전통과 뿌리를 잊으면 안 돼. 모든 것을 부정하면 바자로프처럼 고독하게 살다 죽고, 죽은 뒤에도 아무도 찾지 않는 사람이 될 거야!"라는 메시지로 읽힌다는 말이다. 거창한 니힐리즘이니 이성이니 하는 주제보다, 전통을 무시하지 말고 존중하라는 의도가 더 크게 다가오는 것이다.

나이를 먹고 다시 이 작품을 읽으니, 작가의 의도가 더 잘 읽힌다. 지금도 러시아에서는 '바자로프'라는 이름이 기존의 가치관과 질서를 반대하는 사람을 가리키는 대명사로 종종 소환된다. 지나치게 개혁을 추구하거나 전통을 완전히 부정하는 사람을 '바자로프'라고 부르는 경우가 드물지 않다.

이런 작품 속 주인공의 '캐릭터화'는 러시아 문화에서 자주 볼 수 있는 현상이다. 기존 질서에 반대하고 반란을 일으키는 성격의 사람을 '바자로프'라고 부르고, 불처럼 뜨겁고 열정적인 사랑을 하는 청년을 푸시킨의 '오네긴' 같다고 말한다. 또한 평소 게으르고 만사를 귀찮아하는 사람은 곤차로프의 '오블로모프'에 비유하기도 한다. 마찬가지로 엄청난 구두쇠라면 고골의《죽은 혼》에 나오는 '플류쉬킨'과 비교하는 일도 흔하다. 이러한 현상은 러시아 문학이 러시아인의 일상에 얼마나 깊이 스며들었는지를 보여 주는 사례라고 생각한다.

투르게네프의 아가씨

투르게네프의 작품 속에서 상징적인 캐릭터로 자리 잡은 주인공은
바자로프 외에 하나 더 있다. 바로 '투르게네프의 아가씨'다.
'투르게네프의 아가씨'는 작가의 많은 소설에서 반복적으로 등장하
는 여성 캐릭터다. 이 캐릭터들은 내성적이고 말을 아끼지만, 똑똑
하고 낭만적이다. 보통 다른 사람들과 잘 어울리지 못하고 사회성
이 부족하지만, 내면은 매우 깊고 생각이 많으며 감성이 풍부하다.
이들은 남자 주인공을 진심으로 사랑하고, 그를 위해 희생도 마다
하지 않는다.

가장 대표적인 예는 《귀족의 집》의 여자 주인공 '리자'와 《짝사랑》
의 '아샤'다. 이들은 19세기 러시아를 대표하는 귀족 계층의 젊은 여
성을 상징적으로 나타낸다. 약하고 조용한 성격이지만, 사랑에 있
어서는 강렬하고 진심으로 남자 주인공을 위해 모든 것을 바친다.

푸시킨이 그리는 강하고 주체적인 여성상과는 대조적으로, 투르게
네프가 그린 여성들은 약해 보이면서도 낭만적이고 이상적인 사랑
을 추구한다. 시간이 흐르면서 '투르게네프의 아가씨'라는 캐릭터
가 주는 이미지는 점차 변화했지만, 여전히 러시아 문화에서 종종
사용되는 수식어로 남아 있다.

오늘날에는 약해 보이고, 말수가 적고 자기 주장이 뚜렷하지 않으며, 현실감이 떨어지고, 장밋빛 안경을 낀 채 세상을 바라보는 여성을 '투르게네프의 아가씨'라고 부른다. 이 표현은 칭찬은 아니지만 딱히 모욕도 아니다. 19세기 귀족 집안 출신인 듯 우아하고 세련되지만, 현실적이지 못하고 자기만의 세계에서 사는 사람을 일컫는 농담식 표현이다.

투르게네프의 아가씨

안톤 체호프

Антон Чехов, 1860~1904

러시아에서 가장 유명한 작가이자 극작가 중 한 명이다. 작가로 활동하면서 500편이 넘는 작품을 발표했으며, 이들 작품은 100개 이상의 언어로 번역됐다. 《갈매기》, 《세 자매》, 《벚꽃 동산》은 셰익스피어의 《햄릿》이나 세르반테스의 《돈키호테》와 함께 세계에서 가장 유명하고 무대에서 가장 많이 상연되는 희곡들이다. 체호프 작품은 디테일에 중점을 두고, 평범한 일상과 인간의 내면을 통해 보편성을 드러내며, 삶의 다양성과 다채로움을 탁월하게 보여 준다.

사람은 모든 것이
아름다워야 한다

В человеке все должно быть прекрасно: и лицо,
и одежда, и душа, и мысли.
— Антон Чехов, 《Дядя Ваня》

사람은 모든 것이 아름다워야 한다: 얼굴도, 옷차림도, 마음도, 생각도.
—안톤 체호프, 《바냐 아저씨》

이 문장은 러시아의 대문호 안톤 체호프의 희곡《바냐 아
저씨》에서 나오는 대사다. 쉽고 간결한 문장으로 일상의
지혜를 잘 표현하는 말이다. 똑똑하고 교양 있지만 옷차림
이 단정하지 못하고 위생이 불결하거나, 외모는 뛰어나도
교양 수준이 떨어지는 사람이 많다는 의미다. 체호프가 살
았던 시대를 반영한 말이지만 러시아 사람들은 여전히 이
말에 공감하는 것 같다.

《바냐 아저씨》는 1897년에 발표됐다. 러시아의 19세기
말은 사회적, 경제적, 정치적 격변기였다. 황제의 권력은
흔들렸고, 러시아 제국으로 넘어온 마르크스의 사회주의

는 급격히 인기를 얻고 있었다. 인간은 어떤 존재이고, 사회는 무엇이며, 나라는 어떤 방향으로 나아가야 할까를 고민하고 또 고민했던 시절이었다.

새롭게 등장한 마르크스 사상은 러시아 제국을 지배했던 체계, 관습과 충돌하고 있었다. 그런 충돌 중에는 사람의 됨됨이에 대한 평가도 예외가 아니었다. 러시아 제국은 사치스럽고 위계질서가 뚜렷하며 외적인 화려함을 추구한 반면, 사회주의는 외양보다는 사고방식에 초점을 두고 모든 인간이 동등하다고 주장했다. 기존의 체제와 이를 비판하는 새로운 사고 체계는 갈등할 수밖에 없었다.

체호프의 명언은 두 세계관의 장단점을 지적하는 말이다. 제국에서 중요시하는 의식과 질서, 사회주의가 강조하는 인간의 내면과 평등도 모자람이 없어야 완성된 인간이 된다는 의미다.

지금도 체호프의 말은 계속 인용된다. 일상의 대화에서 농담으로 사용될 때가 많다. 친구가 외모에만 너무 신경 쓴다든지, 아니면 자기 생각에만 골똘히 빠져 다른 건 신경 쓰지 않는다든지 하면 "체호프가 그랬잖아. 사람은 다 골고루 갖춰야 한다고. 외모도 생각도!"라면서 반쯤은 진지하게 놀릴 수 있다. 광고에서도 많이 볼 수 있다. 미용실과 스파, 옷 가게와 피부과에서는 체호프의 문장 끝 부분을 잘라내고는 "사람은 외모도, 옷차림도 예뻐야 한다"는 광고 문구를 만든다. 부모님의 잔소리용으로 사용되기도 한다. 지나치게 외모를 꾸미는 데 관심이 많거나, 반대로 공부한다며 외모에는 전혀 신경 쓰지 않는 자식들에게 체호프의 문장으로 한마디한다.

현재 러시아에서 활용되는 상황을 보면 외모 지상주의에 가까운 말처럼 느껴질 수 있을 것 같다. 그러나 체호프의 의도는 모든 측면이 골고루 중요하다는 의미다. 러시아는 기본적으로 외모에 크게 신경을 쓰지 않는 문화다. 물론 외모를 아예 안 본다는 의미는 아니다. 연예인들을 평가할 때는 외모가 중요하지만, 일반인들에게는 엄격하게 적용되지 않는다. 대체로 외모에 민감한 한국 문화에 비해서는 확실히 덜하다. 체호프가 살았던 19세기는 지금보다 더 그랬다. 외양에 신경을 안 써도 너무 안 쓰니 좀 쓰라는 이야기다. 사람은 영혼이 아름다워야 하지만 외적인 부분도 잊어서는 안 된다는 취지다. 무엇이든 적절해야 한다는 의미로 이해해도 무방하다.

체호프가 남긴 명언은 다른 작가와는 결이 조금 다르다. 톨스토이나 도스토옙스키 같은 작가들은 자기 작품에서 보통 아주 깊은 문제를 다룬다. 인생의 의미라든지, 삶의 목표, 인간의 정체성 갈등, 세상이 돌아가는 원리 등과 같은 거대한 주제가 자주 등장한다. 반면에 체호프는 그렇지 않다. 체호프의 작품들도 사회적, 철학적 의미가 있기는 하나 작가가 말하고 싶은 교훈은 간결하고 간단하다. 다른 작품에서도 수없이 많은 명언을 남겼지만 "사람은 모든 것이 아름다워야 한다"는 문장은 체호프의 철학을 정말 잘 보여 준다고 생각한다.

체호프는 자신의 시대에 극장 무대의 수준을 끌어올리는 데에도 큰 역할을 했다. 체호프 작품은 대부분 희곡이다. 《바냐 아저씨》, 《세 자매》, 《갈매기》, 《벚꽃 동산》 같은 작품들이 대표작이다. 그의 희곡은 이전과는 확연한 차이가 있다. 체호프는 희곡을 쓸 때 무대에서 배우들의 연기를 고려하면서 작품을 썼다. 대사는 일상어로 더 자연스럽게 표현했고 무대의 디테일을 살렸다. 작품의 저자이면서 무대 감독 역할까지 한 것이다. 이와 관련하여 체호프가 한 말이 있다.

"연극 첫 장면에서 벽에 총이 걸려 있다면, 마지막에는 반드시 발사돼야 한다(Если в начале пьесы на стене висит ружье, то к концу пьесы оно должно выстрелить)."

체호프는 무대 위 배우의 위치, 가구 배치, 조명의 각도, 소모품 크기와 정확한 위치 등 모든 요소를 치밀하게 계획했다. 무대 위에 펼쳐지는 연극에서 이런 모든 소품이 극의 전개에 중요한 역할을 한다고 믿었기 때문이다. 연극 중 배우들이 사용하는 소품, 무대 위의 가구, 주방용품이나 필기구, 벽에 걸린 그림, 얼핏 보기에 쓸모없어 보이는 구석의 소파와 그 위에 걸쳐진 옷, 작은 펜 하나도 단순히 놓여 있는 게 아니었다.

체호프의 희곡에서는 무대 위의 모든 물건이 극의 내용에 중요한 역할을 하며, 관객이 극을 더 깊이 이해하도록 돕는 도구로 존재한다. 연극의 첫 장면에서 책상 위에 꽃병이 놓여 있다면, 언젠가는 그 꽃병이 반드시 중요한 역할을 하게 된다. 마찬가지로 벽에 걸린 그림도 처음에는 아무 의미가 없어 보일 수 있지만, 연극이 전개되면서 주인공의 대사나 사건과 완벽하게 어우러지며 숨은 뜻이 드러난다.

"연극 첫 장면에서 벽에 총이 걸려 있다면, 마지막에는 반드시 발사돼야 한다"는 말은 무대 위의 사소한 것들도 앞으로 전개될 사건을 예측할 수 있는 단서가 된다는 의미다. 체호프의 말을 확장해 보자면, 우리 주변에는 미래에 대한 징조와 신호로 가득 차 있다. 이러한 단서들의 존재를 인식하고 해석하는 능력만 있다면 미래를 어느 정도 예측할 수 있다는 통찰이다. 체호프의 작품 속 디테일은 단순한 배경이 아니라, 극을 이끄는 중요한 요소이자 삶에 흩어져 있는 작은 일상들이 가진 의미를 상기시킨다.

교양이란 다른 사람이 소스를 흘린 것을
못 본 척하는 것이다

Хорошее воспитание не в том, что ты не прольёшь соуса на скатерть, а в том, что ты не заметишь, если это сделает кто-нибудь другой.
– Антон Чехов, 《Дом с мезонином》

교양이란 식사할 때 테이블에 소스를 흘리지 않는 것이 아니라
다른 사람이 소스를 흘린 것을 못 본 척하는 것이다.
―안톤 체호프, 《다락방이 있는 집》

어떤 두 문화권을 비교할 때 인간관계만큼 다르게 이해되는 주제도 없을 것이다. 사회적 규칙과 규범, 추구하는 가치, 다음 세대를 양육하는 관행 등은 매우 다르며, 끝없이 논의할 수 있는 주제들이다. 일상에서 엿볼 수 있는 일반적인 품위와 매너도 그렇다.

러시아는 역사적으로 유럽 문화와 유사한 문화권에 속했기 때문에 '좋은 매너', '교양 있는 말', '품위 있는 태도' 등 유럽(특히 서유럽)에서 통용되는 개념을 어느 정도 공유하고 있다. 식탁 매너, 극장에서 다른 관람객에게 피해를 주지 않는 배려심 같은 사소한 부분부터 아이 교육이나 인간

안톤 체호프

관계에 이르기까지 유사한 점이 많다.

하지만 한 가지 잊지 말아야 할 점이 있다. 일제 강점기가 한국 역사를 그 전후로 나눈 것처럼, 러시아의 20세기 사회주의 체제도 역사를 양분했다는 점이다.

체호프가 살았던 러시아는 지금과는 전혀 달랐다. 전통적인 가치관이 자리 잡고 있었고, 신분제 사회였으며, 신처럼 숭배 받는 황제와 종교가 압도적인 영향을 미치던 시대였다. 이런 배경 속에서 유럽식 세계관과 가치관은 더욱 두드러졌다.

70년 가까이 이어진 사회주의 체제는 이런 러시아 국민의 인식을 무너뜨리는 데 실패했다. 여전히 '유럽식'이 긍정적이고 진보적인 가치로 여겨졌다. 지금도 러시아에서 '유럽식'이라는 수식어가 붙으면 '품질이 좋다', '수준이 높다'는 의미로 통용된다.

누군가가 집을 "유럽식으로 수리했다"고 하면, 매우 고급스럽고 좋은 재료를 사용했으며, 많이 비싸지만 결과가 훌륭하다는 의미다. 건설사나 인테리어 업체의 홍보물에서도 이런 표현이 흔하다. "우리는 일반 수리 NO! NO! 유럽식 수리만 합니다!"라고 홍보한다. 아이가 '유럽식' 학교에 들어가서 '유럽식' 교육을 받고 있다고 하면, 최고 수

준의 교육을 받고 있으며 엘리트 과정을 밟고 있다는 뉘앙
스를 준다. '유럽식'이라는 개념은 이렇게 허세를 부리기
에도 딱 좋다.

'유럽식'이라는 수식어는 교양이나 품위에도 붙일 수 있
다. "그는 유럽식 교양이 있는 사람이다"라거나, "그는 유
럽식 품위가 있는 사람이다"라는 말은 그가 다른 사람보
다 훨씬 품위 있고, 교육을 잘 받았으며 매너 있는 사람이
라는 뜻이다. 테이블 매너가 좋고, 책도 많이 읽으며, 항상
고급스러운 어휘를 사용하면서 잔잔한 목소리로 조곤조
곤 논리적으로 말하는 사람이다. 이런 사람들이 체호프 시
대의 이상적인 인간상이었다. 위의 명언도 이런 맥락에서
나온 표현이다.

체호프의 다른 작품들을 읽어 보면, '교양'이라는 주제
에 대해 집착이라고 할 정도로 깊이 고민했음을 발견할 수
있다. 그는 유럽식 교양과 러시아식 교양을 비교하거나,
교양이란 무엇인지 고민했다.

이는 당시 러시아 문학의 흐름을 알면 이해하기 쉬워진
다. 19세기 러시아 문학에서 가장 두드러진 경향은 인문
주의였다. 인문주의는 인간을 중심에 두고, 인간의 능력
과 성품, 욕망과 행복을 최우선 가치로 여기는 정신이다.

인문주의 작가들은 항상 "인간이 더 행복해지려면 어떻게 해야 할까? 인간이 더 완벽해지려면 무엇이 필요할까?"를 고민했다. 체호프는 바로 이러한 정신을 가장 잘 대변하는 러시아 작가다. 체호프가 보기에 불완전한 인간과 완벽한 인간, 불행한 삶과 행복한 삶의 가장 큰 차이는 바로 '교양' 수준에 있었다. 위 명언은 이러한 맥락에서 나온 것이다.

체호프는 지금도 러시아에서 '우아하고 세련된 작가'로 인식된다. 그는 완벽함을 추구하고 교양을 강조하면서도, 유럽의 세련됨과 러시아의 독특함을 아름답게 묘사했다고 평가받는다. 이는 인생의 의미와 종교적 문제를 탐구한 톨스토이나, 인간의 어두운 면과 사악한 마음을 드러내기 좋아하는 도스토옙스키와는 차별화되는 부분이다.

체호프는 겉보기에는 가볍고 강한 색채가 없는 작가로 보일 수도 있다. 그러나 그의 작품은 일상의 소중함과 평범함의 중요성, 그리고 그 속에서 발견할 수 있는 아름다움을 추구한다. 위 명언의 의미를 살펴보면, 교양이란 실수를 하지 않는 것이 아니라, 다른 사람의 실수를 너그럽게 이해하고 넘어갈 줄 아는 태도임을 깨닫게 된다.

이런 사소한 일상의 배려는 현대 러시아에서도 여전히 중요한 매너다. 예를 들어, 타인의 몸에서 나는 소리(배고

플 때 나는 꼬르륵 소리, 방귀 소리 등)나, 이 사이에 낀 음식물 등의 사소한 실수를 못 본 척하는 것이 예의라고 생각한다. 물론 친한 사이에서는 이러한 상황이 놀림감이 될 수 있지만, 일반적인 사회생활에서는 모른 척 눈 감아 주는 것이 기본 매너다.

안톤 체호프

알렉산드르 블로크

Александр Блок, 1880~1921

러시아 문학의 '은의 시대'(19세기 말~20세기 초)에 활동했던 시인, 극작가, 평론가다. 해외에서 잘 알려지지는 않았으나 러시아에서는 이 시대를 대표하고 인상적인 문장이 담긴 시를 많이 남긴 작가로 평가받는다. 그는 이 시기에 러시아에서 지배적인 예술 사조였던 상징주의를 대표하는 시인으로 간주되기도 한다. 그의 시에는 주로 추상적인 내용이 많이 담겨 있으며, 애국, 사랑, 슬픔, 희망 등 강렬한 인간의 감정을 다룬 작품이 많다.

평온은
그저 꿈일 뿐

И вечный бой, покой нам только снится.
─Александр Блок, ⟨На поле Куликовом⟩

그리고 영원한 투쟁, 평온은 그저 꿈일 뿐.
─알렉산드르 블로크, ⟨쿨리코보 들판에서⟩

해외에 알려진 러시아 문학 작품의 대다수는 소설이다. 어느 문화권에서나 소설이 존재하며, 상대적으로 번역이 쉽기 때문이다. 하지만 러시아인에게 러시아 문학의 성취를 여실히 보여 주는 장르를 묻는다면, 높은 확률로 시를 언급할 것이다. 가장 위대한 러시아 작가로 꼽히는 푸시킨 역시 러시아인들에게는 시인으로 더 익숙하다.

시와 소설은 다르다. 소설은 특정한 주제, 철학적 개념, 사회적 이슈 등을 다루는 반면, 시는 감정이나 내면과 관련이 깊다. 물론 정치나 사회 문제를 다루는 시도 있지만, 사랑 같은 주제는 시에서 훨씬 더 많이 다뤄진다. 사랑은

알렉산드르 블로크

감정에 관한 것이기에 소설보다는 시로 표현하는 것이 더 적절하다고 여겨진다. 사랑을 고백할 때 시를 읊는 것을 낭만적으로 생각하며, 자연의 아름다움이나 고향에 대한 향수 같은 강렬하고 복잡한 감정은 시로 표현해야 더욱 아름답다.

러시아에서 시는 단순한 감정 표현 이상의 역할을 한다. 아이들의 기억력을 높이기 위해 시를 암기시키며, 집에 손님이 오면 아이를 의자 위에 세워 놓고 시를 읊어 보라고 한다. 아이가 좋알대며 시를 낭송하는 모습이 너무 귀엽기 때문이다. 학교에서도 국어 교육의 일환으로 시를 외우게 한다. 나도 러시아에서 초등학교와 중학교를 다닐 때 시를 외웠다.

러시아인이라면 성인이 된 후에도 기억하는 시가 하나쯤은 있다. 가장 대표적인 예는 푸시킨의 운문 소설 《예브게니 오네긴》 중 '타티아나의 편지'다. 이 부분은 러시아인이라면 누구든 당장 읊을 수 있는 구절이다. 이는 교육 과정에서 머릿속 깊이 각인됐을 뿐만 아니라, 사랑이라는 감정을 매우 적절하게 표현한 대중적인 시이기 때문이다.

러시아 문학에서는 푸시킨, 톨스토이, 도스토옙스키와 같은 대문호들이 활동했던 18세기 말~19세기 초를 '황금 시대'라고 부른다. 이후 20세기 초반은 시의 전성기, '은의 시대'라고 칭한다. 이 시기에는 알렉산드르 블로크, 마리나 츠베타예바, 블라디미르 마야콥스키, 세르게이 예세닌 등이 활약했다. 이때 발표된 시가 매우 많고 다양해서, 러시아 고등학교에서는 이 시기 문학을 집중적으로 배우는 학기가 따로 있을 정도다. 나는 소설을 더 선호하지만, 나조차도 좋아하는 시가 몇 개 있다. 어린 시절에는 잘 이해하지 못했지만, 나이가 들면서 복잡미묘한 감정을 아름답게 표현하는 시의 매력을 알아가기 시작한 것 같다.

위에서 인용한 시는 알렉산드르 블로크의 시 '쿨리코보 들판에서(На поле Куликовом, 나 뽈례 쿨리코봄)' 중 두 줄이다. 하지만 나는 사실 이 시보다 블로크의 또 다른 시를 더 좋아한다. 러시아어의 문법적 특징과 독특한 라임, 리듬을 활용해 매력을 발산하는 작품이다.

Ночь, улица, фонарь, аптека, [노취, 울리짜, 파나리, 압데카]

밤, 거리, 가로등, 약국,

Бессмысленный и тусклый свет. [볫스믓슬렌늬 이 뚜스끌릐 스벳]

흐릿하고 의미 없는 불빛

Живи еще хоть четверть века - [쥐비 이쇼 홀 체트베르티 베카]

앞으로 25년을 더 산다 해도

Всё будет так. Исхода нет. [브쇼 부딧 딱. 이스호다 넷]

달라질 것은 없다. 출구가 없으니.

Умрёшь - начнёшь опять сначала [우므료쉬 나취뇨쉬 아빠찌

스나찰라]

죽는다 해도 다시 시작일 뿐,

И повторится всё, как встарь: [이 바브따리짜 뵤쇼 깍 브 스따리]

모든 것이 예전처럼 반복되리라.

Ночь, ледяная рябь канала, [노취, 례댜나야 랴비 까날라]

밤, 운하의 차가운 파문,

Аптека, улица, фонарь. [압데카, 울리짜, 파나리]

약국, 거리, 가로등.

　나는 이 시의 어둡고 흐릿한 분위기가 좋다. 밤거리의
모습을 통해 인간의 절망과 무기력을 묘사한 데에서 아름
다움을 느낀다. 일상의 풍경 속에 시인의 감정을 투영해
공감을 불러일으킨다. 번역으로는 느끼기 어렵지만, 이 시
는 리듬과 라임을 맞추기 위해 동사를 거의 사용하지 않고
명사를 많이 사용했다. 러시아어 사용자라면 작가의 탁월

한 솜씨에 감탄한다.

이 장에서 인용한 두 줄의 시로 다시 돌아가자. 이 시는 러시아에서 일상적으로 인용되는 문구다. 시의 배경은 1380년 러시아와 몽골 사이에서 벌어진 쿨리코보 전투다. 몽골의 지배를 받던 러시아가 압도적인 승리를 거두면서 몽골 제국의 몰락을 재촉한 사건이다. 이는 러시아 독립의 토대를 마련한 역사적 사건으로, 러시아인들에게는 '러시아가 몽골 제국을 이긴 날'로 기억된다. 외세의 침입을 물리친 대표적인 사례로 1812년 나폴레옹과의 조국 전쟁, 제2차 세계 대전 당시 히틀러를 상대로 한 대조국 전쟁과 함께 러시아의 영광스러운 승리로 꼽힌다. 한국으로 치면 살수대첩이나 귀주대첩과 비슷한 위상이다.

블로크는 본인 시대의 삶을 전쟁에 비유했다. 평온을 얻기 위해 모두가 일어나 계속 싸워야 한다는 메시지를 담았다. 블로크는 이 시를 1908년에 발표했는데, 당시 러시아는 격변기였다. 그는 과거의 영광을 통해 러시아의 민족적 정체성을 찾으려 했다. 현대 러시아에서는 다소 비장하고 민족주의적인 색채를 띠는 이 시가 바쁠 때 농담처럼 인용하는 표현이 됐다. 친구나 가족이 너무 바쁘게 사는 거 아니냐고 걱정하면, 블로크의 시를 인용한다. 학교에서 돌아

알렉산드르 블로크

와 허겁지겁 밥을 먹고 다시 나가려는 자식에게 부모가 걱정하면서 좀 쉬라고 하면, "인생은 전쟁이고 평화는 꿈"이니 학원에 가겠다고 말하는 것이다. 전형적인 사춘기 말투다. 진짜 전쟁터에 사는 것처럼 생활하는 한국의 학생들은 이런 상황에서 어떤 말을 할지 궁금해진다.

마리나 츠베타예바

Марина Цветаева, 1892~1941

20세기 초반에 활동한 유명한 러시아 시인이다. 1917년 러시아 혁명으로 인해 고국을 떠나 타지 생활을 하다가 기근으로 막내딸을 잃었다. 1930년대에 소련으로 돌아갔지만, 남편이 스파이로 의심받아 정권으로부터 처형을 당했고 또 다른 딸은 투옥됐다. 츠베타예바는 1941년 스스로 생을 마감했다. 작가의 인생이 고난과 고통의 반복이었던 만큼 그녀의 시에는 미련, 아픔, 향수 그리고 사랑에 대한 내용이 담겨 있다.

난 널 여름 내내
사랑할 거야

"Я буду любить тебя всё лето",-это звучит куда убедительней,чем
"всю жизнь"и-главное-куда дольше!
－Марина Цветаева

"난 널 여름 내내 사랑할 거야"라는 말은 "평생 사랑할 거야"보다
훨씬 설득력이 있다. 무엇보다도 '훨씬 더 길게' 느껴진다!
—마리나 츠베타예바

마리나 츠베타예바는 러시아 사람들이 가장 좋아하는 시
인 중 한 명이다. 20세기 초반 러시아에서는 소설보다 시
가 더 유명했는데, 가장 유명한 시인 중 한 명이 츠베타예
바였다. 인생에 대한 고찰, 사랑에 대한 아름다운 표현, 인
간성에 대한 고민 등은 이 작가가 주로 다루는 주제들이
다. 유명한 작곡가들은 츠베타예바가 쓴 시에 음악을 얹
어 러시아 국민이라면 누구나 좋아하는 국민 노래를 만들
었다. 러시아 역사상 비극의 정점에 도달했던 시기에 여성
시인으로 활동했던 점이 눈에 띄는 작가 이력이다.

러시아 문학에서 시 장르는 특별한 지위를 가지고 있다.

앞서 간략하게 설명했듯이, 보통 러시아 문학은 크게 두 시기로 나뉜다. 첫 번째는 18세기 말부터 19세기 말까지, 두 번째는 20세기 초반이다. 전자는 '황금 시대', 후자는 '은의 시대'로 불린다. 분류 기준은 당시 유행했던 문학 장르다. '황금 시대'는 해외에서도 이름을 날린 러시아 작가들이 소설 작품을 많이 냈던 시기다. 푸시킨, 톨스토이, 도스토옙스키 등이 대표적이다. 다른 시대에 비해 유명한 작가가 많고 그만큼 작품도 많아서 '황금 시대'라는 명칭이 붙었다.

'은의 시대'는 소설보다 시가 더 유행한 시기다. 러시아 어로 쓰인 시는 언어의 특징 때문에 노래처럼 들린다. 한국어에는 없는 러시아어 특유의 강세, 운율과 라임 때문에 시를 낭독하면 자연스럽게 노래처럼 시를 '부르게' 된다. 물론 이런 이유로 시를 쓸 때도 강세와 음절 수를 고려하고 리듬과 라임을 맞춘다. 이런 이유 때문인지 러시아 독자들은 시를 더 선호한다.

러시아 작가들은 강한 감정이나 인상을 주고 싶을 때 소설보다 시를 선택해 왔다. 20세기 초반은 더욱 그랬다. 사회주의 구호를 간단명료하면서도 감정 넘치게 전달해야 하는 상황에서, 사회주의 혁명가나 혁명을 지지하는 작가들은 시를 통해 독자의 마음을 사로잡으려고 했다. 소설은 작가 입장에서 매력적이지 않은 장르였다. 집필하기 위한 시간과 노력이 많이 필요했기 때문이다. 독자 입장에서도 소설은 시에 비해 시간과 노력을 더 투자해야 하고 책 읽기에 적합한 환경도 필요하다.

반면에 시 한 편을 쓰는 일은 소설에 비해서는 상대적으로 시간이 덜 들고, 읽는 시간도 1분을 넘기지 않는다. 시 위대 앞 연단에 올라 구호처럼 외치거나 선전용 전단지 앞면에 쓰기에 딱 적합한 분량이었다. 감정적이고 표현이 거칠 수도 있었던 시는, 예전에도 인기였지만, 정세가 급변하던 러시아의 20세기 초반에는 소설보다 더 중요한 장르였다. 이런 역사적인 이유도 있지만 '감성의 왕'인 시는 사람의 감정을 묘사하는 영역에선 항상 산문보다 더 사랑받았다. 러시아 문학을 읽어 보면 사랑이나 미련, 향수 등과 같은 강한 감정을 다루는 작품은 소설보다 시가 더 많고 그만큼 독자들의 선택을 받았다.

츠베타예바는 사랑과 인생을 주제로 한 시를 주로 창작했다. 개인적인 경험을 바탕으로 쓴 그녀의 시는 독자들의 감정을 깊이 사로잡으며, 문학적 아름다움을 한층 더 높였다. 앞서 언급했듯이, 그녀의 시를 바탕으로 만든 노래는

마리나 츠베타예바

오늘날 러시아에서 국민적인 사랑을 받고 있다. 특히 러시아의 격동기 속에서 비극적인 삶을 살았음에도 불구하고, 그녀의 시는 러시아인들의 내면을 어루만지고 위로하는 힘을 가졌다. 또한, 츠베타예바는 러시아 문학사에서 거의 최초의 여성 시인이었다. 이는 그녀를 더욱 독보적인 존재로 만들었으며, 러시아 문학에서 중요한 위치를 차지하게 했다.

이 장에서 소개한 츠베타예바의 문장을 두고 러시아에서는 사랑에 대한 지적이고 신선한 고찰이라고 평가한다. 츠베타예바는 사랑도 다른 감정처럼 유효 기간이 있다고 생각했다. 영원한 것은 아무것도 없듯이 사랑 역시 마찬가지다. 그래서 "널 영원히 사랑할 거야"라는 말은 거짓말과 다름없다. "평생", "영원히"라는 표현은 자제하는 게 더 솔직한 태도다. 그보다는 "여름 내내 사랑할 거야"가 솔직한 마음이고, 실제로도 지킬 수 있는 말이다. 그래서 더 아름답고 설득력이 있다고 본다.

"평생"보다 "여름 내내"가 더 "길다"고 한 것은 러시아의 문화를 알아야 이해할 수 있는 표현이다.

러시아에서는 "여름은 곧 작은 인생이다"라는 말이 있다. 이 말의 뉘앙스를 알게 되면 러시아 문화의 또 다른 매력인 고맥락성을 엿볼 수 있다. 러시아 문화에서는 감정을 하루 중 특정 시간대나 계절에 비유하는 것을 종종 볼 수 있다. 인생의 말기를 가을에 비유하거나, 어두운 기분을 밤과 같다고 표현한다. 첫사랑은 꽃이 피는 따스한 봄이라고 말하기도 한다. 츠베타예바 역시 마찬가지다. 1년 중 가장 따뜻하고 느낌이 좋은 여름을 사랑에 비유하면서 솔직한 감정으로 아름다운 시를 완성했다.

여름은 러시아 문화에서는 항상 긍정적이고 따뜻한 이미지를 가지는 계절이다. 러시아의 여름은 그렇게 길지 않고, 2~3개월이 채 되지 않는 지역이 대부분이다. 날씨가 따뜻하고 외부 활동이 쉬운데다 자연이 아름다운 이 계절은 항상 작가나 시인에게 영감을 주었다. 기후가 이렇다 보니 러시아인들의 생활 패턴도 여기에 맞춰져 있다. 아이들이 가장 기다리는 때는 1년 중 가장 긴 여름 방학이고, 어른들도 여름 휴가철을 기대한다. 1년 중 가장 행복한 시기다. 날씨가 탐탁치 않고, 생활도 지겹고, 일과 공부가 많은 다른 계절보다, 자유롭고 여유가 넘치며 어릴 때부터 좋은 추억만 남기는 여름은 또 하나의 '작은 인생'이다.

러시아 사람들이 인식하는 여름은 한국 사람들의 머릿속 이미지와는 전혀 다르다. 후덥지근하고 습기가 높으며

마리나 츠베타예바

매미 소리가 시끄러운 한국의 여름은 야외 활동을 하기에 적합한 계절이 아니다. 점점 덥고 습해지는 한국의 여름은 즐거움과 열정보다는 불쾌감과 피로감을 먼저 떠올리게 한다. 러시아의 여름은 이런 이미지와는 정반대다. 러시아인들에게 여름은 항상 따스하고 즐겁고 여유로우며, 일 년 중 가장 좋은 계절이라는 이미지가 머릿속에 새겨져 있다. 물론 러시아의 땅덩어리가 워낙 크기 때문에 지역의 차이는 있지만 대체로 그렇다는 이야기다.

내가 나고 자란 블라디보스토크의 여름은 한국과 큰 차이가 없지만 모스크바가 위치한 러시아 중부 기준으로 보면 여름은 두말할 나위 없이 가장 아름답고 생활하기에 편한 계절이다. 열대야 현상도 없고, 낮에도 활동하기 딱 좋은 25~27도 정도다. 자유롭게 캠핑을 가고, 숲 산책도 가능하며, 마음대로 실외 활동을 하기 딱 좋다. 좋아하지 않을 수 없다.

한국인들에게 제주도가 있다면 러시아인들에게는 소치(Sochi)가 있다. 아름다운 흑해 해안에 위치한 이 도시와 주변 지역은 항상 따뜻하고 평온한 기후를 자랑한다. 러시아에서는 가장 유명한 휴양지다.

현대 러시아인들의 '여름 휴가'라는 개념은 소련 시절

에 있었던 '휴가 배정제'에서 기인한다. 소련에서 휴가는
개인이 직접 계획하고 떠나는 것이 아니라, 국가 차원에
서 관리하는 '근로자 복지 시스템'이었다. 각 지역에 있는
회사의 모든 인사과에서는 직원들에게 12월부터 대략 한
달간 다음해 휴가 계획을 받는다. 티오(TO)가 채워지면 일
정표를 짠다. 누가 언제 며칠 동안 어디로 간다는 식이다.
사람들은 당연히 여름에 휴가를 가고 싶어 한다. 그래서
7~8월의 휴가 일정표, 그것도 휴양지인 크림반도나 소치
같은 곳을 갈 수 있는 휴가 일정표는 경쟁이 치열하다. 휴
가 시기는 물론 휴가지도 국가에서 정해 주기 때문에 벌
어지는 현상이다. 인맥이 없거나 일을 잘 못하는 직원들은
3~4월에 휴가를 배정받고, 업무를 잘하거나 '지인'이 많
은 사람들은 가장 인기가 높은 7~8월에 휴가를 간다. 한
국인들은 상상하기 어려운 계획 경제의 일면이다.

　이렇다 보니 여름 휴가는 더욱 소중해지고 가치가 올라
갔다. 내 마음대로 휴가 시간과 장소를 고르지 못하니 잘
풀려서 여름에 소치로 휴가를 가게 되면 그 휴가는 그야말
로 '작은 인생'이라고 해도 과언이 아닐 정도다. 소련 사람
들이 여름을 더 소중하게 여기고 좋은 계절로 인식하게 된
배경이다. 물론 지금 러시아는 공산주의 국가가 아니기에

이런 시스템이 사라진 지 오래지만 사람들의 머릿속에는 여전히 '여름의 소중함'이 남아 있다. 이런 배경을 알면 츠베타예바의 저 문장을 러시아 사람들이 왜 공감하는지 더 잘 이해할 수 있을 것 같다.

여름과 사랑은 러시아인들이 좋아하는 단어다. 츠베타예바는 이것을 러시아인들이라면 공감하는 방식으로 한 문장에 엮어 냈다. 사랑은 영원하지 않지만, 가장 빛나고 소중한 계절인 여름에 하는 사랑만큼은 의심할 필요가 없다. 여름이 끝나는 것처럼 언젠가 사랑도 끝날지 모른다. 하지만 후회하거나 그리워할 필요는 없다. 내년에는 또 내년의 여름이 찾아올 테니까.

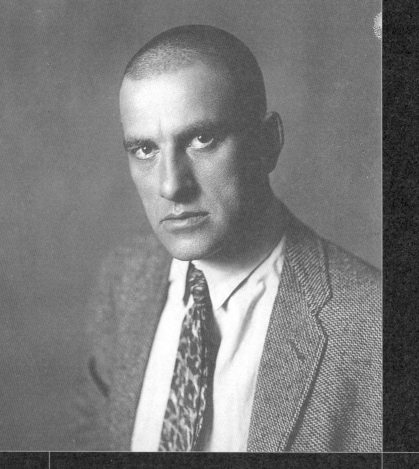

블라디미르 마야콥스키

Владимир Маяковский, 1893~1930

러시아 문학의 '은의 시대'를 대표하는 시인이자, 소련을 가장 열렬히 지지했던 활동가 중 한 사람이다. 시의 장르적 특성 때문에 그의 작품은 해외에서 많이 번역되지 않았고, 그로 인해 국제적으로는 잘 알려져 있지 않다. 그러나 러시아에서는 "러시아어 그 자체를 재해석한 시인"이라는 평가를 자주 받는다.

그의 작품은 독특한 라임, 기존 문법 구조를 깨는 파격적인 문장 구성, 그리고 시에서 보기 드물게도 직설적이고 솔직한 표현들을 구사하는 특징이 있다. 그의 시는 단호하고 강렬한 메시지를 담고 있어, 현재에도 널리 인용되는 명언으로 자리 잡은 구절이 많다.

별빛을 켜 주는 건
누군가에게 필요해서가 아닐까

Послушайте!
Ведь, если звезды зажигают –
значит – это кому-нибудь нужно?
– Владимир Маяковский, 〈Послушайте!〉

들어 봐!
별빛을 켜 주는 건 누군가에게 필요해서가 아닐까?
— 블라디미르 마야콥스키, 〈들어 봐!〉

1917년에 일어난 사회주의 혁명은 러시아에서 많은 것을 바꾸어 놓았다. 러시아 제국이 무너지고, 이념을 중심에 둔 사회주의 정권이 과거를 과감히 버리고 새로운 나라를 만들겠다고 선언했다. 이는 단순한 구호가 아니었다. 말 그대로 혁명이 시작된 1917년부터 소련이라는 국가가 건설된 1922년까지 5년 동안 내전이 벌어졌는데, 그 시기에는 바뀌지 않은 것이 없었다. 정치, 경제, 사회 모든 분야에서 극적인 변화가 빠른 속도로 이뤄졌다.

　문학계도 예외가 아니었다. 사회주의에 반대하는 예술인들은 나라를 떠나 이민 길에 올랐다. 나중에 이런 작가

　　　　　　　　　블라디미르 마야콥스키

들 중 일부는 세계적으로도 엄청난 명성을 얻었다.《롤리타》를 쓴 블라디미르 나보코프가 대표적이다. 러시아 문학에서 '20세기 이민파 문학'이라는 별도의 카테고리가 있을 만큼, 해외에 흩어진 지식인들도 문학계 발전에 큰 역할을 했다고 평가받는다.

반면 새 정권을 열렬히 지지한 지식인들은 러시아에 남아 더욱 활발한 활동을 이어 갔다. 가장 대표적인 작가로는 막심 고리키, 미하일 불가코프, 블라디미르 마야콥스키가 있다.

새로운 나라는 국민과 새로운 의사소통 방법을 요구했다. 사회주의 정권의 지도자들은 문학을 일종의 선전 도구로 간주했다. 그래서 자신들을 지지하는 예술인과 지성인에게 지원을 아끼지 않았다. 막심 고리키와 블라디미르 마야콥스키는 이러한 지원을 받은 대표적인 사례다.

그 당시 문학을 분석해 보면, 혁명 이전과는 달리 문학장르가 크게 변화했다는 것을 알 수 있다. 20세기 초까지만 해도 철학적이고 추상적인 주제를 다뤘던 대부분의 러시아 문학은 1917년 혁명 이후 매우 실용적인 주제를 다루기 시작했다. 인생의 의미, 인간의 도리, 종교와 영혼의 도덕과 같은 추상적인 주제 대신에, 새 나라 건설, 새로운 사회 체제, 러시아어의 공용화, 지하자원의 개발과 같은 구체적이고 정치적이며 이념에 부합하는 주제들이 등장했다. 사회주의의 장점, 다민족 러시아에 대한 찬양, 자원의 풍부함, 그리고 사회주의적 윤리 및 도덕 기준이 새 문학의 주요 과제가 됐다. 이러한 주제를 가장 적극적으로 파고든 작가 중 한 명이 마야콥스키였다.

마야콥스키는 러시아어로 시를 쓰는 작업에 새로운 시도를 접목했다. 그는 시의 주제, 구조, 전달하는 메시지 등을 바꾸려 도전했다. '시의 왕'이라 불리는 푸시킨이 도입한 러시아어 시의 전통적인 틀을 완전히 깨트렸다. 그의 파격적인 도전은 높은 평가를 받았다. 하지만 그만큼 많은 독자들에게 반감을 샀다. 러시아 내에서 마야콥스키만큼 호불호가 극명하게 갈리는 작가도 드물다.

푸시킨이 19세기 초에 도입한 러시아어 시의 형태는 오늘날에도 러시아인들에게 '시적 아름다움의 기준'이자 '올바른 시'의 전형이다. 푸시킨은 러시아어 특유의 리듬과 라임을 능숙하게 활용하며, 음절 수와 강세를 고려한 시를 창작했다. 이러한 시의 패턴은 '황금 기준'이라 불리는데, 이런 시를 읽으면 마치 노래처럼 리듬감이 생긴다. 푸시킨은 시의 아름다움은 내용뿐만 아니라 형태에서도 드러난

블라디미르 마야콥스키

다고 생각했다.

마야콥스키는 '시의 혁명'이라면서 이 모든 규칙을 전적으로, 그리고 의도적으로 어겼다. 그는 라임, 리듬, 음절 수조차 전혀 고려하지 않았으며, 기존의 시적 규칙을 따르지 않았다. 러시아 독자들은 이를 아름답게 느낀다. 완성되지 않은 문장, 의도적으로 틀린 문법, 과격한 단어 선택, 맞지 않는 리듬과 라임은 마야콥스키 시의 특징이다. 그는 새로운 국가가 등장한 것에 발맞춰 언어 또한 변화해야 한다고 주장했다. 사회를 바꾸기 위해서는 그 사회가 사용하는 언어부터 바꿔야 한다고 믿었다.

그의 시는 일제 강점기에 활동했던 이상의 시와 비슷한 면이 있다. 〈오감도〉처럼 문학적 원칙을 깨뜨리며 새로운 방식으로 메시지를 전달하려는 점이 그렇다. 두 작가에 대한 동시대의 평가는 달랐다. 이상이 생전에 충분히 평가를 받지 못하고 후대에 그의 천재성이 재조명된 것에 비해, 마야콥스키는 그 시대에 이미 혁신적인 문학가로 인정받으며 영향력을 발휘했다.

위에서 언급된 "별빛이 켜진다"는 표현도 이러한 배경에서 나온 것이다. 별이 스스로 반짝이는 것이 아니라 누군가가 별을 '켜서' 반짝이게 한다는 발상은 신선한 은유다. 또한, 별을 켠 주체에게 의문을 던지는 것도 독창적이다. 별빛 뒤에 숨겨진 의도를 탐구하게 한다. 별이 우주의 법칙에 따라 자연스럽게 반짝이는 것이 아니라, 누군가가 의도를 가지고 별을 켜서 빛나게 한다는 표현은 러시아 독자들의 마음을 사로잡았다. 이처럼 엉뚱한 표현은 마야콥스키만의 매력이다. 처음 보면 무슨 뜻인지 혼란스럽지만 차분히 읽으면 숨겨진 의미를 발견하며 재미를 느낄 수 있다.

이 표현은 보통 어떤 일이 우리가 모르는 이유로 발생했을 때 사용된다. 겉으로 보기에 행동의 원인을 이해할 수 없거나, 논리가 전혀 보이지 않는 사람의 행동이나 말을 설명할 때 쓰인다. 그 사람이 왜 그런 말을 했는지, 왜 그런 행동을 했는지 지금 당장은 이해가 가지 않더라도, 분명한 이유가 있다는 뜻이다. 넓고 넓은 하늘의 별이 아무 이유 없이 반짝이는 것이 아니듯, 사람의 행동과 됨됨이 역시 겉으로 드러나지 않을 뿐, 반드시 이유가 존재한다는 것이다.

아래는 마야콥스키의 시 중 러시아인이라면 누구나 알고 좋아하는 작품인 〈소련 여권에 대한 시〉다. 이 시는 '소련임'을 찬양하는 내용인데, 러시아인들에게 신성함과 해

방감을 동시에 느끼게 한다. 시의 깨진 구조는 못을 박듯 단단하게 들리고, 칼로 베는 듯한 과감한 표현은 강렬한 쾌감을 준다.

Стихи о советском паспорте (소련 여권에 대한 시)

Я волком бы

                выгрыз

                                бюрократизм.

К мандатам

                почтения нету.

К любым

                чертям с матерями

                                катись

любая бумажка.

                      Но эту⋯

По длинному фронту

                купе

                        и кают

чиновник

            учтивый

                движется.

Сдают паспорта,

            и я

                сдаю

мою

        пурпурную книжицу.

К одним паспортам -

                        улыбка у рта.

К другим -

              отношение плевое.

С почтеньем

             берут, например,

                        паспорта

с двухспальным

                английским левою.

Глазами

         доброго дядю выев,

не переставая

              кланяться,

берут,

         как будто берут чаевые,

паспорт

          американца.

На польский -

              глядят,

                   как в афишу коза.

На польский -

              выпяливают глаза

в тугой

            полицейской слоновости -

откуда, мол,

            и что это за

географические новости?

И не повернув

          головы кочан

и чувств

        никаких

              не изведав,

берут,

      не моргнув,

            паспорта датчан

и разных

      прочих

          шведов.

И вдруг,

      как будто

          ожогом,

             рот

скривило

      господину.

Это

    господин чиновник

          берет

мою

    краснокожую паспортину.

Берет –

      как бомбу,

          берет –

             как ежа,

как бритву

      обоюдоострую,

берет,

    как гремучую

        в 20 жал

змею

       двухметроворостую.

Моргнул

         многозначаще

                  глаз носильщика,

хоть вещи

        снесет задаром вам.

Жандарм

        вопросительно

               смотрит на сыщика,

сыщик

     на жандарма.

С каким наслажденьем

                  жандармской кастой

я был бы

        исхлестан и распят

за то,

     что в руках у меня

               молоткастый,

серпастый

       советский паспорт.

Я волком бы

         выгрыз

             бюрократизм.

К мандатам

       почтения нету.

К любым

      чертям с матерями

                катись

любая бумажка.

Но эту…

Я

    достаю

        из широких штанин

дубликатом

           бесценного груза.

Читайте,

      завидуйте,

          я –

              гражданин

Советского Союза.

나는 늑대처럼

      관료주의를

           물어 뜯고 싶다.

직함에 대한 존경은

          하나도 없다.

수많은 증명서여!

      남김 없이

         완전히

당장 꺼져라!

     하지만 이 증명서는…

전선을 달리듯 긴 복도를 따라

방을 지나

칸을 지나

친절한 공무원이

이동한다.

승객들은 여권을 제시하고

나도

나의

빨간 여권을

제시한다.

어떤 여권은

미소를 부르고

다른 여권은

왕 무시를 받기도 한다.

예를 들어,

사자가 새겨져 있는

영국 여권을

존경스럽게

건네 받는다.

계속

블라디미르 마야콥스키

절을 하면서

눈으로

착한 주인에게 복종하듯이

팁을 애절하게

받는 것처럼

미국 여권을

받지.

폴란드 여권을

벽에 붙인 공연 포스터를 쳐다보는 염소처럼

본다.

폴란드 여권은

소처럼 멍청한 경찰관이

느릿하게

빤히 쳐다 본다.

이게 웬

새 지리학

어이 없는 뉴스이지?

그리고

아무 감정 없이

머리도

안

    돌리고

눈 깜빡도 없이

       덴마크 여권을

           받는다.

다른

   스웨덴

     여권과 함께 말이지.

그리고

     갑자기

       화상을 입은 것처럼

             입을

쫙 벌리는

     이 공무원!

이게 바로

     이 공무원이

        나의

빨간색 여권을

      받아서다.

폭탄처럼

블라디미르 마야콥스키

받지.

　　고슴도치처럼

　　　　받지.

양면의

　　날카로운

면도처럼 조심스럽게.

　　　　20개가 넘는

　　　　　　가시가

길디길고 독한

　　뱀처럼 아주 조심스럽게!

나는 늑대처럼

　　관료주의를

　　　　물어 뜯고 싶다.

직함에 대한 존경은

　　　　하나도 없다.

수많은 증명서

　　남김 없이

　　　　완전히

당장 꺼져라.

　　하지만 이 증명서는…

나는

　　넓은 바지

　　　　주머니에서

어마무시한 보물처럼

　　　　　　　꺼낸다.

읽어라!

　　부러워하라!

　　　　　　나는

　　　　　　　소련

국민이다!

블라디미르 마야콥스키

세르게이 예세닌

Сергей Есенин, 1895~1925

러시아 문학의 '은의 시대'를 대표하는 시인(사진 왼쪽 인물) 중 한 명이다. 주로 사랑과 자연을 주제로 한 시를 많이 남겼으며, 러시아 문학사에서 독보적인 위치를 차지하고 있다. 뛰어난 언어 감각과 시적 표현력으로 유명하다. 그의 시는 읽기만 해도 감정이 북받쳐 오르는 깊은 울림을 준다. 특히 러시아의 자연과 이에 대한 감정을 예술적으로 묘사하는 데 탁월했다. 그의 시는 러시아 국민 모두에게 사랑받고 있다.

하얀 사과나무 꽃구름이 사라지는 것처럼
모든 것들 또한 지나가리라

Не жалею, не зову, не плачу
Все пройдет, как с белых яблонь дым.
Увяданья золотом охваченный
Я не буду больше молодым.
─Сергей Есенин, 〈Не жалею, не зову, не плачу〉

후회하지도, 부르지도, 울지도 말라
하얀 사과나무 꽃구름이 사라지는 것처럼 모든 것들 또한 지나가리라.
시들어 가는 황금빛에 감싸인 채
나는 더 이상 젊지 않으리라.
─세르게이 예세닌, 〈후회하지도, 부르지도, 울지도 말라〉

나는 시를 그리 좋아하지 않는다. 길고 복잡한 이야기를
좋아해서 시보다 소설을 더 선호한다. 하지만 나도 좋아하
는 시인이 있는데, 바로 이 장에서 소개하는 세르게이 예
세닌과 앞서 언급한 마야콥스키다.

예세닌의 언어는 너무 아름다워서 감동적이고 뭉클하
다. 읽을 때면 때로는 눈물이 흐르고, 때로는 미소가 절로
지어진다. 그의 시에는 자연이 자주 등장한다. 인간의 감
정을 자연과 비교하거나, 자연을 통해 표현한 구절이 많
다. 다른 시인들에게는 찾아보기 어려운 독창적이고 아

름다운 비유, 언어 유희, 그리고 웅장하면서도 세련된 말투는 예세닌 시의 큰 특징이다. 하지만 독특한 어투와 특정 문법을 사용하기 때문에 다른 언어로 그의 시를 정확히 번역하기가 매우 어렵다. 개인적으로 이 사실이 매우 안타깝다. 그렇지만 러시아 문학사에서 중요한 위치를 차지하고 있기에 완벽한 번역은 아니지만 예세닌의 시를 소개했다. 소개한 시는 나이에 대한 아름다운 통찰을 담고 있다.

나이에 대한 러시아와 한국의 인식은 비슷한 점을 많이 공유하면서도 미묘하게 다르다. 유교적 원리가 강한 한국에서는 나이를 매우 중요하게 여긴다. 형, 오빠, 누나, 언니 등의 호칭은 나이를 기준으로 정해진다. 반면 러시아어에서는 나이를 기준으로 한 호칭이 없다. 한국인이 보기에 러시아어는 어른에게 존경을 표하는 방법이 제한적이라고 느낄 수도 있다. 하지만 러시아는 유럽, 특히 미국과 비교하면 여전히 매우 보수적이고, 나이에 대한 존중이 엄격한 나라다. 내 경험을 떠올려 보아도 그렇다. 모든 것은 상대적이지만, 한국과 미국을 극단이라고 본다면 러시아는 그 중간쯤에 있다.

나이에 관련하여 러시아와 한국이 비슷한 점은 대가족

개념이다. 전통적으로 러시아에서는 대가족이 함께 살아왔다. 한 지붕 아래 여러 세대가 같이 사는 모습이 흔했다. 부모와 자식이 함께 살며 손주는 조부모가 돌보는 일이 자연스러웠다.

나이 든 부모를 자식들이 모셔야 한다는 인식 또한 강하다. 러시아인들이 미국 사회를 보며 깜짝 놀라는 문화가 요양원과 실버타운이다. 부모를 요양원으로 보내는 문화는 러시아에서 흔히 정 없는 문화, 살벌한 자본주의의 산물, 노인 혐오의 방증으로 본다. 러시아인들은 이런 문화를 도저히 이해하지 못한다. 나이가 들어 힘없고 정신이 흐려진 노인을 생판 남에게 맡긴다는 것은 말도 안 된다. 부모를 요양원에 보내는 행위는 매우 심각한 불효다. 자식으로서 자격이 없는 짓이다.

물론 현재는 상황이 조금씩 변하고 있다. 자식들이 독립하면서 대가족이 해체되는 모습을 종종 볼 수 있다. 특히 대도시에서 그렇다. 그러나 요양원에 노인을 보내는 경우는 여전히 드물다. 자식들이 어쩔 수 없이 다른 도시로 이주하더라도, 멀지 않은 동네에서 살려고 노력한다. 나이가 들면 장 보러 가기도 힘들고, 자주 아플 수도 있으니, 가급적 보살펴 드릴 수 있도록 가까운 곳에서 사는 게 도리라

세르게이 예세닌

고 생각한다.

손녀와 손자가 자주 할머니, 할아버지를 방문해 시간을 보내는 것도 마찬가지다. 노년기에 최대한 행복한 시간을 누릴 수 있도록 하는 것이다. 어르신들이 지방에 거주한다면 아이들은 방학 때 무조건 '할머니네 마을 집'으로 간다. 이 '할머니네 마을 집'은 러시아 문화에서 아주 중요한 개념이다. 가족의 따뜻함, 자연과의 어울림을 비롯해서 세대 간의 의사소통을 원활히 하고 인생의 다양한 모습을 보여주려는 것이 목적이다.

한편 언어적으로는 한국과 차별점이 있다. 러시아어에는 한국어와 같이 매우 뚜렷한 존댓말이 없지만 두 가지 대명사로 존대를 표현한다. 'ты(뜨)'와 'вы(브)'다. 'ты'는 한국어의 '너'에 해당된다. 상대가 나의 친구이거나 동갑내기, 혹은 나보다 나이가 어린 경우에 사용한다. 'вы'는 '당신', '선생님'의 의미로서 상대방에 대한 존경과 격식을 나타내는 대명사다. 나보다 나이 많거나 모르는 사람, 혹은 격식을 지켜야 하는 상황에서는 이 대명사를 쓴다. 예외도 있지만 기본적으로는 나이가 기준이다. 상대가 나보다 어리면 'ты', 나보다 나이가 많으면 'вы'가 적합하다.

이런 원칙은 가족에게는 적용되지 않는다. 자식이 어머니나 아버지, 심지어 할아버지와 할머니를 부를 때라도 무조건 'ты'를 사용한다. 조부모는 나보다 나이가 몇 배 많지만, 가족 관계이기 때문에 존댓말을 쓰면 냉정하고 정 없게 들린다. 한국과는 크게 다른 지점이다.

한국에서도 어린아이가 자기 부모에게 반말을 사용할 때가 있지만, 보통 나이가 들면 존댓말을 사용한다. 할아버지와 할머니에게도 마찬가지다. 가족이라고 해도 어른에게 존댓말을 써야 한다는 문화가 작동한다. 한국에서는 나이가 관계를 앞서지만 러시아에서는 나이보다 관계가 더 중요하다. 가족이나 아주 친한 사람이면 나이와 관계없이 반말을 쓰는 게 자연스럽다. 존대의 기준이 한국과 다른 것이다.

러시아와 한국의 또 다른 차이점은 젊음에 대한 인식이다. 한국에서는 젊음을 숭배하는 것처럼 느껴진다. 나이를 먹는 일이 마치 죄인 것처럼 나이를 숨기려고 애쓴다. 피부 관리에 신경 쓰고, 옷도 유행에 맞춰 입으려고 한다. 아이돌 문화도 이런 분위기를 부추긴다. 많은 사람들이 젊은 사람만 보고 싶어하고, 젊은 사람만 좋아한다. 나이를 먹었다고 조롱하거나 비꼬기도 한다. 예를 들어, "너 그새 많

세르게이 예세닌

이 늙었네!"라는 말로 친구들끼리 농담을 주고받는다. 나이를 존중한다는 유교 문화에서 이런 현상은 역설적으로 보이는데, 실재하는 한국 사회의 현실이다. 나 역시 처음 한국에 왔을 때 이런 면을 보고 놀란 적이 있다.

반면 러시아에서는 젊음을 그렇게 찬양하지 않는다. 물론 러시아 여성들도 젊게 보이기 위해 화장품을 사용하고 피부과에 다닌다. 하지만 한국만큼은 아니다.

러시아인들은 각자 나이에 맞는 매력이 있다고 믿는다. 젊을 때는 세상을 다 바꿀 것 같은 힘과 패기가 매력이지만, 노년기에는 인생의 '황금기'로서 그동안 쌓아 온 지혜와 현명함이 매력이다. 그런 이유로 "너 나이 먹었구나!"라는 표현은 러시아에서 매우 긍정적인 뉘앙스를 가진다. '철이 들었다', '현명해졌다'는 의미로 받아들여지기 때문이다.

반면 "젊어 보인다"는 말은 러시아에선 부정적인 뉘앙스에 가깝다. 젊게 보이거나 동안(童顔)인 사람은 그만큼 철이 들지 않았거나, 아이처럼 어리석다는 인상을 줄 수 있어서다. "아주 젊어 보이세요!"라는 말은 여자에게는 모르지만 남자에게는 분명한 모욕이다.

이런 사고방식은 '예쁘다'라는 개념과 자연스럽게 연

결된다. 세상 모든 사람과 사회는 아름답고 예쁜 것을 좋아하지만, '예쁘다'의 기준은 문화마다 다르다. 한국에서는 젊음이 곧 '예쁨'이다. 나이가 어리고 피부가 좋으며, 젊음의 풋풋함 자체가 '예쁘다'고 여겨진다. 즉, 예쁨은 젊음과 직접적으로 연결된다. 이러한 사고방식은 화장품 광고와 성형외과 홍보에서도 잘 드러난다. "젊게 보인다" 혹은 "젊어진다"와 같은 표현으로 가득 차 있다. 아이돌 문화 역시 마찬가지의 개념으로 만들어진다.

러시아에서는 '젊다'와 '예쁘다' 사이에 직접적인 연관성은 그렇게 강하지 않다. 젊지 않아도 충분히 예쁠 수 있고, 젊더라도 예쁘지 않을 수도 있다는 관점이다. 물론 러시아인들 중에서도 외모를 중요하게 여기며 성형 수술을 받는 이가 적지 않다. 하지만 한국인들과는 기본적인 목표가 다르다.

러시아에서 이러한 노력은 '예뻐지기 위해서' 하는 것이지, '젊게 보이기 위해서' 하는 것이 아니다. 러시아인들은 나이별로 예쁨의 기준이 다르다고 믿으며, 이러한 기준에 맞추려고 노력한다. 젊음은 당연히 좋은 것이지만, 젊다고 해서 반드시 예쁜 것도 아니며, 굳이 젊게 보일 필요성도 느끼지 않는다. 젊음은 아름답고 매력이 넘치는 시기이지

세르게이 예세닌

만, 인생의 한 단계에 불과하다는 인식이다.

세르게이 예세닌은 인생의 단계를 시적으로 아름답게 표현했다. 그는 이 시에서 젊음을 사과나무와 비교하는데, 이는 러시아에서 봄의 상징성과 깊은 연관이 있다. 한국에서 봄을 떠올리면 가장 먼저 개나리가 생각나듯, 러시아에서 봄은 꽃이 피는 사과나무로 상징된다. 춥고 눈이 많이 오는 겨울이 지나고 따뜻한 날씨가 다가온다는 확실한 징후가 바로 약한 바람에 흔들리는 연한 색깔의 사과나무 꽃이다. 이는 봄의 절정을 상징하며, 예세닌은 이 따뜻함과 기대감으로 넘치는 계절을 풋풋한 젊음에 비유했다.

젊음은 봄날의 사과나무에서 꽃이 만개한 아름다운 꽃구름과 같다. 하지만 꽃이 피고 꽃잎이 떨어지듯, 젊음도 빨리 지나가 버린다. 그렇다고 이를 후회하거나 우울해할 필요는 없다. 봄이 지나가고 가을이 찾아오듯, 젊음이 지나면 자연스럽게 늙음이 다가온다. 예세닌은 늙어 가는 과정을 노란 단풍에 비유했다. 여름이 끝나고 나뭇잎이 노랗게 물들었을 때, 우리는 지나간 여름을 아쉬워하면서도 공기가 맑아지고 시원해지는 가을 또한 아름다운 계절로 반긴다.

인간의 인생을 사계절에 비유하는 방식은 예세닌만의 독창적인 접근은 아니지만, 이를 예세닌만큼 아름답고 섬세하게 표현한 시인은 러시아에서도 드물다.

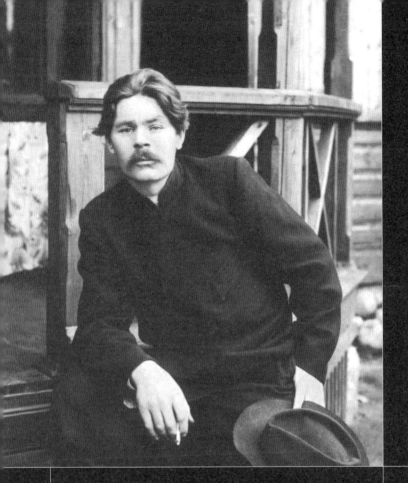

막심 고리키

Максим Горький, 1868~1936

20세기 초반에 활동했던 소련 작가다. 소련 작가 중 가장 유명하고, 작품이 가장 많이 출판되는 작가이기도 하다. 1917년 사회주의 혁명을 지지하지 않았으나 소련이 만들어졌을 때부터는 공산당을 적극적으로 지지했고, '스탈린(Йосиф Сталин, 1878~1953)이 가장 좋아하는 작가'로 불려 왔다. 이런 이유로 러시아에선 그에 대한 평가가 갈리지만 작품의 가치를 부정할 수는 없다. 한국에서는 특히 《밑바닥에서》로 많이 알려졌다. 사회 이슈, 공산주의 사회, 새로운 도덕 등이 그가 주로 다룬 주제들이다.

유럽을
전속력으로!

Галопом по Европам!
−Максим Горький

유럽을 전속력으로!
−막심 고리키

"유럽을 전속력으로!"

이 문장은 '대충대충 빨리', '수박 겉핥기 식으로'라는 뜻이다. 한국어로 번역하면 어감이 전달되지 않는데, '유럽'과 '전속력'의 러시아어 발음이 비슷해서 언어유희 같은 느낌을 준다.

　1920년대 신생 국가였던 소련은 젊은 작가 세 명을 유럽으로 보냈다. 유럽에 머물고 있는 러시아 작가들과 경험을 공유하고 소통하기 위한 출장이었다. 그들은 두 달 동안 유럽 전역을 돌며 많은 행사에 참여했다. 당시 이탈리아에 머물던 막심 고리키와도 만남을 가졌다. 지금은 유럽을 두

막심 고리키

달간 도는 일이 평범하게 느껴질 수 있지만, 100년 전 교통과 통신이 발달하지 않았던 시절에는 매우 빡빡한 일정이었다. 그야말로 빛의 속도로 유럽을 돌았던 주마간산급 출장이었다. 그런데도 소련으로 귀국한 후 그들이 경험한 유럽 이야기가 대대적으로 보도되며 큰 화제가 됐다.

막심 고리키는 그들에 대한 기사가 마음에 들지 않았다. 기본 사실조차 틀린 부분이 많았고, 기자의 자질이 의심될 정도로 상식이 부족한 기사도 눈에 띄었기 때문이다. 한 소련 기자는 기사에서 "나폴리는 아드리아해 해안에 위치해 있으며, 도시에서 베수비오 산이 잘 보인다"고 썼다. 이에 대해 고리키는 "다 아는 바와 같이 나폴리는 티레니아해 해안에 위치해 있다"고 비꼬며 반박했다.

이탈리아는 한국처럼 반도 국가로, 반도 서쪽에는 티레니아해가, 동쪽에는 아드리아해가 있다. 나폴리는 이탈리아 서쪽 해안에 위치하므로 티레니아해에 접해 있다. 비유하자면, 기자는 목포가 동해안에 있다고 쓴 셈이다. 사실 확인 없이 기사를 작성한 것이다.

고리키는 언론의 질이 떨어지는 상황을 아쉬워하며, 소련 기자와 유럽 기자의 작업 방식을 비교했다. 유럽 기자들은 천천히 움직이며 사실을 꼼꼼히 기록하고 보도에 매우 신중한 반면, 소련 기자들은 대충대충 기사를 작성하며 "말이 전속력으로 뛰는 듯하다"고 혹평했다. 그의 이 평가는 다른 작가와 비평가 사이에서 큰 호응을 얻었고, 곧 인용되기 시작했다.

그 이후 "유럽을 전속력으로!"는 러시아의 국민 관용어로 자리 잡았다. 크고 복잡한 주제를 과도하게 단순화하거나 대충 다룰 때 이를 비판하며 쓰는 표현이다. "일주일 만에 끝내는 영어 회화!", "하룻밤에 읽는 세계사" 같은 문구를 러시아인들이 본다면, 코웃음을 치며 "유럽을 전속력으로!"를 떠올릴 것이다.

막심 고리키는 러시아에서 논란이 많은 작가다. 문학적 업적으로 보면 뛰어난 작가임은 분명하지만, 그의 정치적 입장과 행보를 비판하는 이들도 많다. 고리키는 소련 초기 사회주의를 열렬히 지지했던 대표적인 지식인이며, 스탈린이 가장 좋아하는 작가라고 할 정도였다. 그의 작품에는 사회주의에 대한 찬양, 공산주의 홍보, 당시 당 지도부의 입장을 대변하는 듯한 문체와 태도가 뚜렷하게 드러난다. 이 책에서 소개하는 그의 문장들은 이런 배경을 감안하고 읽어야 한다.

고리키는 소련에서 가장 많은 작품이 출판된 작가였다.

(이 자리는 1990년대 소련 해체 이후 톨스토이가 되찾았다.) 이 사실만 놓고 봐도 소련과 러시아가 각각 어떤 가치를 추구했는지 엿볼 수 있다.

1917년 사회주의 혁명 당시, 고리키는 혁명을 적극적으로 응원하지는 않았으나, 이후 입장을 바꿔 새 정권의 열렬한 지지자가 됐다. 이는 비판의 대상이 됐다. 물론 혁명 이후에도 소련에 남아 활동한 작가들은 적지 않았다. 《거장과 마르가리타》, 《개의 심장》으로 유명한 미하일 불가코프 같은 작가가 대표적이다. 그러나 불가코프는 공개적으로 공산주의 사상이나 스탈린을 지지한 적이 없으며, 오히려 자신의 작품을 통해 소련 체제를 비판했다. 이러한 차이로 인해 현재 불가코프와 고리키에 대한 평가는 크게 엇갈린다.

그렇다고 고리키의 문학적 가치가 떨어진다는 뜻은 아니다. 한국에서도 유명한 《밑바닥에서》는 사회적 불평등, 절망, 희망 등 보편적 가치를 다루며 높은 평가를 받는다. 러시아에서 그의 작품은 많은 관용어와 인용구를 남겼고, 사람들은 이를 일상에서도 자주 사용한다. 20세기 초반의 아주 영향력 있는 작가임에는 이견이 없으며, 위대한 작품을 남긴 지성인으로 널리 인정받고 있다.

인생은 오로지 두 개의 형태가 있다:
부패와 불꽃

Есть только две формы жизни: гниение и горение.
－Максим Горький, 《Часы》

인생은 오로지 두 개의 형태가 있다: 부패와 불꽃.
—막심 고리키, 《시계》

러시아 문학은 인생의 의미에 대한 해답을 늘 모색해 왔
다. 우리가 살아가는 세상에서 인간의 역할, 존재의 의미,
인생의 핵심 가치 등이 그것인데, 정말 많은 작품 속에서
엿볼 수 있는 주제다. 러시아 사람이라면 문학은 정신 세
계와 의사 소통을 해야 한다고 생각하고, 책을 펼칠 때 그
것을 기대한다. 위 문장 역시 그런 맥락에서 나온 것이다.

앞에서 언급한 바와 같이 막심 고리키는 20세기 초반에
소련에서 활동한 작가다. 사회주의 혁명과 공산주의 건설
을 찬양하고 대중에게 쉽게 전달하고자 하는 예술 사조인
'사회주의 리얼리즘'이 그로부터 시작됐다. 고리키는 고민

가득한 철학으로 세상을 바라봤던 19세기 작가들보다 훨씬 더 직설적이고 극단적인 발언들을 많이 했다. 물론 당시 정치적 배경이 한몫했다. 러시아 제국을 무너뜨리고 인류가 한 번도 경험해 보지 못한 사회주의 국가가 탄생했으니 이를 묘사하는 문학도 극단적이어야 했다. 이런 극단주의가 새로운 문학 장르까지 탄생시켜 러시아 문학사에 새로운 페이지를 열어젖혔다.

《시계》에서 고리키는 인생의 의미를 극단적으로 단순화한다. 고리키가 언급한 '부패'는 오로지 자신만을 위해 사는 삶을 뜻한다. 이기주의, 자기 만족, 욕심, 야망 등으로 채워진 삶을 비하하고 조롱한다. 삶의 목적이 오로지 돈과 이익 같은 욕망을 위해 달리는 것이라면 결코 행복한 인생이 아니라고, 실패한 전략이라고 단호히 규정한다.

반면 '불꽃'은 희생, 봉사, 헌신 같은 사회적 가치를 체화한 인생을 말한다. '불탄다'는 비유는 막심 고리키의 작품에 자주 등장하는 표현이다. 작가는 다른 작품에서 인간을 성냥에 자주 비유한다. 성냥은 자신을 태우면서 불을 밝힌다. 짧지만 환하게 주변을 밝힌다. 짧은 인생이라도 더 숭고한 목표를 위해 헌신했다면 인생을 제대로 산 것이다.

나는 이 문장이 러시아 문화의 핵심을 대변한다고 생각

한다. 러시아 문화에서는 전통적으로 뛰어난 인재, 강렬한 개성, 날카로운 지혜를 가진 사람을 좋아한다. 문학 작품을 봐도 거의 모든 주인공들은 특별함이 있다. 이런 특징 때문에 고통을 받고 고민도 많다. 하지만 그것이야말로 '제대로 된 인생'이다.

러시아 문화에서 가장 멸시하는 인생은 '평범함'이다. 평범함을 경멸하고 깔보며 비웃는다. 이런 현상은 20세기로 넘어 와서 더욱 두드러진다. 막심 고리키가 이런 성향을 제일 정확하게 집어낸 것 같다.

'제대로 살거나 죽어라. 둘 중에 하나를 선택하라.' 러시아 문학은 직접적이든 간접적이든 이 메시지를 꾸준히 전달해 왔다. 고전 문학에서는 그렇게 자주 등장하는 개념은 아니지만 항상 뒤에 숨어 있다. 체호프나 고골 같은 작가의 작품에서도 평범함에 대한 조롱과 비판을 자주 찾아볼 수 있다.

게으르고 야망이 없는 인물은 비판의 대상이 된다. 전래동화부터 장편 소설까지 러시아 문학은 이런 사람을 가만두지 않는다. 아무 생각 없이 온 종일 난로 앞에 누워 있는 '바보 이반', 무기력한 잉여 인간 '오블로모프' 등이 대표적이다. 시대와 문학 장르를 가리지 않고 게으름과 나태를 비판하는 메시지는 뚜렷하다.

하지만 이것은 한국을 포함해서 아시아권에서 보편적으로 이해되는 '열심'과는 의미가 다르다. 개인적으로 한국어에서 가장 싫어하는 표현 중 하나가 '열심히 하다'라는 말이다. 빈말이기도 하고, 별 의미가 없는 말로 보이기 때문이다. 윗사람이 아랫사람에게 "열심히 해"라고 말할 때 지금 하고 있는 일을 "훌륭하게 끝내라"라는 격려보다, "알맹이가 없어도 겉으로는 매우 바쁜 척해라"라는 야단처럼 들린다고 할까. 위에서 고리키가 말하는 개념과 전혀 다른 발상이다.

'불꽃' 같은 인생의 의미는 '남들과 꼭 다르게 하라'다. 남과 같아진다는 것은 바로 평범해진다는 뜻이기 때문이다. 그리고 평범해진다는 것은 바로 썩는다는 뜻이다. 한국어와는 달리 '평범하다'라는 말은 러시아어에서는 부정적인 뉘앙스가 매우 강하다. 남들과 비교했을 때 별다른 게 없고 자기만의 색깔이 없다는 뜻이다. 막심 고리키는 바로 이 부분을 비판하고 있다. 인간이라면 평범해지지 않도록 노력하라. 타인의 의지가 아닌 내 의지로 삶을 살라는 것이다.

고리키의 명언에는 이런 의미가 내포되어 있다. 남들에

게 끌려가지 말고 자기 의지대로 살아가라는 의미를 '불
꽃'이라는 말로 표현한 것이다.

평범하다 = 나쁘다

러시아와 한국에서 이해되는 '평범'은 매우 다르다고 느낀다. '평범하다'라는 의미의 러시아어 'обычный(아브치늬)', 'заурядный(자우라드늬)'는 부정적인 어감을 담고 있다. 한국어 '평범하다'라는 말은 중립적이지만, 러시아어에서는 그렇지 않다. '남들과 비슷하다', '자기 색깔이 없다'는 뉘앙스다. 러시아 사람들이 매우 싫어하는 개념이다. 며칠 동안 러시아를 방문하는 관광객이라면 이런 문화를 느끼기 어렵겠지만, 러시아 문화를 조금이라도 공부하거나 러시아 사람들과 소통을 하다 보면 바로 알게 된다.

"넌 다른 사람과 비교했을 때 별다를 게 없구나", "넌 누구랑 비슷한 거 같아"와 같은 표현은 러시아에선 모욕으로 받아들여진다. 러시아 사람이 한국에 와서 가장 이해하지 못하는 모습 중 하나는 커플룩이다. 애인과 함께 똑같은 티셔츠를 입거나 옷을 맞춰 입고 데이트를 하는 모습은 러시아인에게는 '문화 충격'과 '이해 불가'의 대상이다. 한국인들은 이를 귀엽게 받아들이거나, 하나됨을 의미하는 연대의 표시로 생각하겠지만 러시아인들은 도무지 받아들일 수 없는 문화다.

러시아에서는 유행하는 브랜드의 같은 패딩을 입고 다니는 모습을 상상하기 어렵다. 길거리에서 자신과 같은 옷을 입은 사람을 만나면 쑥스러워 도로 반대편으로 피하고 싶어 한다. 같은 사무실에서 마주친다면 비웃음의 대상이 되거나, 심지어 싸움으로 이어질 수도 있다. 자신만의 색깔과 정체성을 잃었다고 느끼기 때문이다. 다시 말해, '평범해졌다'고 생각하기 때문이다.

고리키는 이런 러시아적 정서를 바탕으로 독자의 마음을 흔드는 말을 남겼다. "평범해지지 말고, 성냥처럼 불타올라 환하게 빛나라!"

평범하다 = 나쁘다

남자의 교양 수준은
여자를 대하는 태도로 결정된다

Уровень культуры мужчины определяется его отношением
к женщине.
—Максим Горький, 《Жизнь Клима Самгина》

남자의 교양 수준은 여자를 대하는 태도로 결정된다.
—막심 고리키, 《끌림 쌈긴의 생애》

러시아는 전통적으로 매우 가부장적인 사회지만 가정 내
에서 여성의 위치는 꽤 높다. 가정을 책임지는 이는 남자
지만 집안의 권력은 아내가 쥔다. 일반적으로 정치 권력
은 남자의 영역, 집안일과 육아는 여자의 영역이라고 여겨
진다. 하지만 여성이 성공한 사업가가 되거나 높은 사회적
지위에 오르면 무한한 칭찬과 열렬한 박수를 받는다. 외부
인의 시각에서는 모순으로 보이는 현상이다.

　러시아의 젠더 관련 문제를 다룰 때마다 언급하지만, 러
시아에서는 사생활과 공적 활동의 구분이 뚜렷하다. 한국
인이 보기에는 이런 구분이 더욱 명확하게 느껴질 것이다.

러시아가 유럽 문화권의 일부여서 그렇다고 생각할 수 있지만, 이면은 다르다. 영역별로 여성의 활동 범위와 책임이 다르기 때문이다.

공적 영역에서는 여성의 활동에 제한이 딱히 없다. 이는 소련의 유산이다. 1922년에 탄생한 소련은 1917년 러시아 혁명 때 이미 여성에게 투표권이 부여된 상태였으며, 사회주의 이념에 따라 남녀평등을 주창하고 실천했다. 과거 '여성적이지 않다'고 여겨졌던 직업에서도 여성 채용 제한이 풀렸다. 건설 현장의 막노동, 철로 설치, 농사 등이 그 예다.

소련의 사회주의 이념은 성별 차별 없이 여성을 '사회 건설에 꼭 필요한 일원'으로 보았다. 내 어머니에 따르면, 우리 할머니도 제2차 세계 대전 당시 공장에서 남성들과 똑같이 폭탄을 만들어 트럭에 실어 보내는 작업을 몇 년간 했다고 한다. 어쩌면 극단적인 남녀평등주의의 사례라고 볼 수 있다.

이러한 '평등'은 소련 말기에 들어서면서 점차 약해졌지만, 공식적으로는 여전히 유지됐고, 몇 세대를 거치며 국민 의식에 깊이 자리 잡았다. 이로 인해 여성도 막노동뿐만 아니라 권력 기관의 고위직에 오를 수 있다는 사회적

인식이 보편화됐다. 통계상으로도 러시아는 권력 기관, 회사 고위직, 고위 공무원에서 여성의 비율이 다른 나라보다 높은 편이다.

사적 영역에서는 상황이 다르다. 가부장제가 여전히 지배적이다. 가정의 으뜸은 남성이고, 최종 결정권 역시 남성에게 있다. 여성을 '약한 성(слабый пол, 슬라븨 뽈)', 남성을 '강한 성(сильный пол, 실늬 뽈)'으로 지칭한다. 한국에서는 사적인 대화에서조차 사용할 수 없는 표현이지만, 러시아에서는 대통령이 명절 축사에서 사용하기도 한다. 여성은 보호와 배려의 대상이다.

이러한 문화는 일상에서도 드러난다. 대중교통에서 여성에게 자리를 양보하는 것은 기본이다. 차에 탈 때 문을 열어 주거나, 출입문을 통과할 때 문을 받쳐 주는 일도 당연시된다. 여성이 무거운 짐을 들고 있으면 반드시 도움을 준다. 지하철이나 공공장소에서 무거운 트렁크를 끌고 계단을 오르려 하면, 지나가는 남성이 다가와 도와주는 모습을 자주 볼 수 있다. 이런 문화 때문에 러시아 여성이 한국에 처음 오면 한국 남성들이 여성을 배려하지 않는 태도를 보여서 당황스러웠다는 이야기를 정말 많이 들었다.

나도 그런 문화에서 자랐다. 엄마는 장을 보러 마트에

갈 때면 항상 나를 데려가셨다. 장을 다 보고 쇼핑백을 내가 들어야 하기 때문이다. 물론 자연스럽게 받아들였고 싫다는 생각도 해 본 적이 없다. 9층이었던 우리 집 창문에서 엄마가 퇴근하는 모습을 보면, 곧바로 1층으로 뛰어 내려가 엄마의 가방을 받아 함께 올라오곤 했다.

러시아에서 3월 8일은 '여성의 날'이다. 러시아에서는 새해 명절 다음 순위로 중요한 공휴일이다. 이날은 모든 남성이 모든 여성을 축하해야 한다. 남편은 아내와 딸에게, 남성 동료들은 여성 동료들에게, 남성 고객은 여성 판매원에게 무조건 축하한다며 선물을 준다. 관계에 따라 다르지만, 간단한 꽃 한 송이부터 비싼 선물까지 다양하다. 대통령도 방송을 통해 꼭 축사를 한다. 말 그대로 여성을 기리는 날이다.

이런 날은 여성도 남성도 절대 부담스러워 하지 않는다. 서로의 관계를 다시 한 번 확인하는 것일 뿐이라고 생각한다. 평소 감정을 잘 드러내지 않는 러시아 남성도 주변 여성들에 대한 존경과 사랑을 행동으로 보여 줘야 하기 때문에 여성들이 좋아하지 않을 수 없다. 러시아에선 남성이 감정을 드러내는 걸 꺼리는 문화이기 때문에 일 년에 한 번이라도 이를 제대로 표현하라고 만든 기념일이고, 여성

막심 고리키

역시 이를 환영하는 분위기다. 당연하겠지만 사랑한다는 말을 아예 못 듣는 것보다는 한 번이라도 듣는 게 낫지 않을까.

고리키가 "남자의 교양 수준은 여자를 대하는 태도로 결정된다"는 문장을 남겼을 때의 러시아는 지금과 달랐다. 제국 시절 러시아에서는 여성 인권이라는 개념을 찾기 어려웠다. 여성은 '남편 뒤에 있는 존재'로 여겨졌고, 사회 활동은 사실상 불가능했다. 물론 이는 귀족 계층의 이야기였다. 평민이나 농노 여성들은 밭에서 고된 노동을 해야 했다.

소련이 세워지면서 세상이 달라졌다. 공산주의 국가는 남녀를 구분하지 않고 동등한 권리를 부여했으며, 책임 또한 똑같이 물었다. 이러한 변화는 간단한 문제가 아니었다. 가정 내 전통적인 역할 구분도 사라져야 새로운 사회 제도가 자리 잡을 수 있었다. 그러나 수백 년간 이어진 문화가 한순간에 사라질 수는 없었다. 사람들은 남녀평등 시대의 새로운 남녀 관계에 쉽게 적응하지 못했다.

고리키의 문장은 바로 이 시기에 나왔다. 여성을 사회의 일원으로 받아들여야 하는 새로운 시대에 적응하지 못한 가부장적인 남성들에게 훈계를 내린 것이다. 물론 고리키

역시 시대와 문화를 완전히 벗어나지는 못했다. 그의 문장은 여성을 보호해야 할 약자로 보면서도, 동시에 사회의 동지로 대우해야 한다는 뜻을 담고 있다. 실제로 고리키가 어떤 의도로 이 말을 했든, 러시아 남성들은 이를 이런 의미로 받아들였던 것으로 보인다.

그 결과 지금과 같은 모순적인 러시아가 됐다. 고리키의 노력 덕분인지 사회에서는 여성들이 보호와 배려를 받았다. 그러나 집안에서는 여성들이 혁명 전과 마찬가지로 육아와 가사를 전담했다. 러시아는 여성의 사회적 권리를 가장 빨리 보장해 준 나라들 축에 속했지만, 가정에서는 여전히 전근대적인 지위에 머물러 있었다.

소련 시절 여성들은 남성들처럼 공장에서 고된 일을 하고 파김치가 돼어 집에 와서는, 현모양처로서 가족의 일상을 책임져야 했다. 이로 인해 여성들 입장에서는 사회생활과 집안일을 모두 책임질 바에야 집안일에만 전념하는 것을 더 선호하는 경향도 생겼다. 소련에서는 직업과 업무를 자유롭게 선택할 수 없었기에, 공장에서 육체노동을 하는 것보다 집안일에 전념하는 게 부담이 덜했던 것이다. 이런 역사적 배경 때문에 러시아의 젠더 인식은 모순과 기묘함으로 가득하다.

막심 고리키

시간이 흐르면서 러시아도 많이 바뀌고 있다. 적어도 모스크바 같은 대도시에서는 유럽이나 미국에서 생각하는 남녀평등과 가치관이 뿌리를 내리고 있다. 하지만 지방으로 가면 여전히 고리키 시대의 사람들과 마주칠 수 있다.

기어다니도록 태어난 자는
날 수 없다

Рожденый ползать летать не может.
—Максим Горький, ⟨Песня о соколе⟩

기어다니도록 태어난 자는 날 수 없다.
—막심 고리키, ⟨매의 노래⟩

대학로 소극장에서 연극 관람을 즐기는 사람이라면 ⟨밑바닥에서⟩라는 연극이 익숙할 것이다. 막심 고리키의 작품을 원작으로 한 이 연극은 사회주의 체제가 되기 직전의 러시아 사회를 그린다. 흥미롭게도 이 연극은 한국 정서와 잘 맞아떨어지는지, 약간의 현지화 작업을 거쳤음에도 핵심을 잘 살려 큰 성공을 거뒀다.

앞서 말했듯이 막심 고리키는 러시아에서 평가가 엇갈리는 작가다. 20세기 초반에 활동할 당시, 소련 시절, 소련이 붕괴한 후 러시아에서 다른 평가를 받았다. 1917년 사회주의 혁명의 지도자인 블라디미르 레닌(Владимир Ле́нин,

막심 고리키

1870~1924)은 고리키를 많이 좋아했고, 이반 부닌(Иван Бунин, 1870~1953)이나 레프 톨스토이도 그의 작품을 높이 평가했다. 스탈린은 고리키의 장례식에서 직접 고리키의 관을 들 정도로 그를 좋아하고 존경했다고 알려져 있다.

그 당시 정치가들이 고리키를 좋아했던 이유는 그의 소설이 가진 특징 때문이다. 문학 평론가들은 고리키 문학을 시기별로 구분하는데, 특히 1917년 이후 그의 작품은 '사회주의 리얼리즘'이라는 예술 사조를 탄생시킬 정도로 큰 위상을 지닌다고 평가한다. 한국에서는 《밑바닥에서》와 《어머니》라는 작품이 비교적 알려져 있지만, 이 소설들은 고리키의 가장 유명한 작품도, 가장 훌륭한 작품도 아니다. 1906년에 완성된 《어머니》는 고리키 본인이 "내가 쓴 가장 나쁜 소설"이라고 자평했던 작품이다. 이에 동의하는 문학 평론가들도 많다.

"기어다니도록 태어난 자는 날 수 없다"는 말은 러시아에서 매우 유명하고 널리 쓰이는 표현이다. 이 문장은 〈매의 노래〉라는 서사시에 나온다. 〈매의 노래〉는 해외에서 많이 알려진 작품은 아니지만, 상징성이 크고 흥미롭다.

하늘에서 싸우다가 치명상을 입고 땅에 떨어진 매는 풀뱀을 만난다. 처음 매를 본 풀뱀은 하늘이 어떤 곳이냐고 묻는다. 매는 피를 흘리며 "영광스러운 곳이며 진정한 자유와 행복"이라고 답한다. 그러고는 죽기 전에 그 자유를 다시 한 번 느끼고 싶다고 덧붙인다. 풀뱀은 바위에서 뛰어내리면 그 자유를 다시 느낄 수 있지 않겠냐고 제안한다. 매는 마지막 힘을 쥐어짜 하늘을 바라보며 바위에서 뛰어내리지만, 날지 못하고 바위 아래 흐르는 강에 떨어져 죽는다. 이를 지켜본 풀뱀은 매가 추구한 자유가 무엇인지 궁금해졌고, 매를 따라 바위에서 뛰어내린다. 그러나 풀뱀은 죽지 않는다. 풀뱀은 웃으며 "진정한 자유와 행복은 하늘에서 떨어지는 거구나!"라고 생각한다.

풀뱀은 죽어 가는 매가 왜 마지막으로 다시 하늘을 날고 싶어 했는지 이해하지 못한다. 그 이유는 풀뱀이 매처럼 날 수 있도록 태어난 존재가 아니기 때문이다. 이 우화의 의미를 풀어 보면, 세상 모든 존재는 주어진 운명이 있고, 그 운명대로 살아야 한다는 것이다. 매는 하늘을 날고, 풀뱀은 기어다녀야 한다는 말이다. 이는 "송충이는 솔잎을 먹고 살아야 한다"는 한국 속담과 비슷하다. 러시아에서는 이런 말을 대놓고 쓴다. 예를 들어, 성적이 C 정도인 지방 학교 학생이 모스크바에 위치한 최고 수준의 대학교에 원서를 낸다거나, 몸치에다 음치인 아이가 아이돌 오디

막심 고리키

션에 나간다면 이 말을 듣게 될 것이다. 자기 분수에 맞게 행동하라는 뜻이다.

〈매의 노래〉를 보면 스탈린을 비롯한 지도자들이 고리키를 좋아했던 이유를 짐작할 수 있다. 작가의 메시지를 사회 통제 논리로 써 먹을 수 있기 때문이다. 소련 시절 문학 평론가들은 '날아갈 운명'을 지닌 사람은 공산주의 혁명을 이끄는 사람이라고 주장했다. 반면 '기어다니는 운명'을 타고난 사람은 자본주의자들이다. 이 둘은 서로를 이해할 수 없으며, 동반자가 될 수도 없다. 기어다니는 이들은 그들이고, 우리는 높이 자유롭게 날아다니는 사람들이다. 다분히 운명론적인 태도다. 인생에는 모든 것이 예정되어 있으며, 우리는 그 도리에 따를 뿐이라는 것이다.

이런 운명론의 배경에는 여러 복잡한 이유가 있다. 러시아 사회는 전통적으로 신분제가 강한 사회였다. 유럽과 비슷한 측면도 있지만, 사회 변화의 속도가 한 발 늦다보니 유럽보다 한참 늦은 20세기 초반이 돼서야 신분제가 무너졌다. 1917년 노동자들에 의해 이루어진 사회주의 혁명은 신분제를 없애는 데 성공했다는 평가를 받지만, 현실은 훨씬 복잡했다. 전통적인 자본을 기반으로 한 사회 구분은 사라졌지만, 공산주의 체제는 권력에 기반한 새로운 구분을 만들어 냈다.

공산주의에서는 돈보다 권력, 그 권력에 대한 접근성이 중요했다. 권력을 쥔 계층은 그것을 휘두르고, 권력이 없는 사람들은 이에 복종해야 하는 새로운 사회 구조가 형성됐다. 이는 모든 사회 구성원의 완벽한 평등을 외치던 공산주의의 가장 큰 모순이었다. 신분의 기준이 바뀌었을 뿐, 신분 자체가 완전히 사라졌다고 보기는 어려웠다.

러시아는 건국 이래 위아래가 뚜렷한 사회 구조를 가진 나라였다. 1991년 공산주의 체제가 무너지며 서방식 민주주의가 잠시 도입됐지만, 잘못된 정치 운영과 개방 사회 운영 경험 부족으로 혼란스러웠고 엉망이 돼 버렸다. 이후 2010년대에 이르러 다시 독재 체제로 서서히 회귀하며 완전히 퇴보했다. 이는 19세기 말부터 여러 사회 변화를 통해 인권 중심의 자유 사회로 변화한 유럽이나, 1980년대 이후 본격적인 민주화를 이루어 완전한 민주 공화국이 된 대한민국과의 큰 차이점이다. 간단히 말하면, 러시아는 신분제가 없는 개방 사회를 경험한 적이 거의 없다고 해도 과언이 아니다. 정치적 의지가 없으면 문화 역시 따라오지 못한다.

황제를 신으로 여겼던 러시아의 전통적 사고방식과, 모

막심 고리키

든 권력이 당에 있고 당의 결정에 무조건 복종해야 한다
는 공산주의 체제의 사고방식이 묘하게 섞여 버렸다. 러시
아 지도자들은 이를 교묘히 이용해 왔다. 권력에 반항해서
는 안 되며, 질서 유지를 위해 모든 사람은 자기 자리에서,
욕망 없이 조용히 살아가는 것이 도리라는 메시지를 반복
적으로 전달했다. 앞서 언급한 막심 고리키의 표현은 이를
잘 보여 준다. 이러한 메시지는 정부의 공식 입장뿐 아니
라 영화, 문학 작품을 비롯한 사회 분위기 등에서 묵시적
으로 드러난다.

정치적 메시지에 문화적 배경이 더해지며 이러한 사고
방식이 형성됐다. 러시아의 철학과 사고방식은 너무나 다
른 배경에서 비롯된 것이기에 이를 설명하는 것은 쉽지 않
다. 독특한 문화적 차이를 감안하고 이해해야 접근이 가능
할 것이다.

알렉산드르 볼코프

Александр Волков, 1891~1977

소련 시절에 활동했던 역사학자이자 번역가, 작가다. 러시아 역사 속 인물에 대한 단편 소설을 다수 출판했다. 가장 유명한 작품은 미국의 《오즈의 마법사》를 러시아어로 번역하고 재해석해 출판한 《에메랄드 도시의 마법사》다. 나중에 원작과 상관이 없는 후속편까지 집필해 출판하면서 러시아 아동 문학계에서 손꼽히는 작가로 자리 잡았다.

뇌가 없는 사람들은 말하는 걸
그렇게 좋아하더라고요

"А как же ты можешь разговаривать, если у тебя нет мозгов?"
-спросила Элли.
"Не знаю",-ответил Страшила,
- "но те, у кого нет мозгов, очень любят разговаривать."
—Александр Волков, 《Волшебник Изумрудного города》

"당신은 뇌가 없는데 어떻게 말을 할 수 있어요?" 엘리가 물었다.
"나도 모르겠어요." 허수아비가 대답했다.
"그런데 뇌가 없는 사람들은 말하는 걸 그렇게 좋아하더라고요."
—알렉산드르 볼코프, 《에메랄드 도시의 마법사》

1939년 소련 작가 알렉산드르 볼코프는 미국 작가 라이먼 프랭크 바움(Lyman Frank Baum, 1856~1919)의 동화 《오즈의 마법사》를 러시아어로 번역해서 출판했다. 우연히 찾아간 마법사의 나라에서 여러 모험을 하는 어린 소녀에 대한 이야기는 러시아 독자들의 마음을 흔들었다. 1959년 러시아의 유명 화가 레오니드 블라디미르스키(Леонид Владимирский)의 그림을 더한 책이 나오면서 더 큰 인기를 끌었다.

볼코프는 책을 내면서 제목을 《에메랄드 도시의 마법

사》로 변경하고, 주인공의 이름도 '도로시'에서 러시아 사람이 듣기 편한 '엘리'로 바꿨다. 덕분에 아동 문학 부문에서 인기가 높아졌고, 급기야 러시아 국민 동화 수준으로 자리 잡았다. 나도 어렸을 때 이 책을 정말 좋아했다. 노란 벽돌 길이 펼쳐진 마법사의 나라를 상상하며 읽고 또 읽었다. 게다가 러시아어를 읽을 줄 아는 이들에게는 아주 특별한 혜택이 있었다. 《에메랄드 도시의 마법사》의 인기가 매우 높아지자 알렉산드르 볼코프가 후속편을 다섯 권이나 추가 집필한 것이다.

볼코프가 《오즈의 마법사》를 접하게 된 건 그의 아이들 때문이었다. 재미있는 동화를 들려 주기 위해 이런저런 책을 찾다가 미국 작가 프랭크 바움의 소설을 발견한 것이다. 우연히 마법의 나라로 끌려 간 어린 소녀의 이야기에 흠뻑 빠진 볼코프는 아예 《오즈의 마법사》를 출간하기로 했다. 하지만 그가 출판사로 보낸 원고는 《오즈의 마법사》를 그대로 번역한 게 아닌 재해석한 버전이었다. 원본의 몇 챕터를 삭제하고 자신이 쓴 몇 챕터를 추가했다. 또한 줄거리상 여러 디테일을 수정했다. 볼코프는 '미국적인 분위기'를 보여 주는 결말, 너무 '자본주의스러운' 몇 장면을 빼고 더 원활한 스토리를 만들어 보고 싶다고 출판사에 편지를 보냈다.

가장 크게 바뀐 부분은 주인공의 이름, 일부 캐릭터, 오즈에 있는 작은 나라들의 이름 등이다. 주인공의 이름이 바뀐 데에는 이유가 있다. 러시아어로 '도로시(Dorothy, dɒrəθi)'는 발음이 어렵고 어감이 좋지 않다. 10대 여자아이와는 전혀 어울리지 않는 느낌이다. 그래서 작가는 주인공의 이름을 러시아인들에게 훨씬 부드럽고 여성스럽게 느껴지는 '엘리(Элли)'로 개명했다. 러시아에서 도로시는 한국 이름으로 치면 '강자', 엘리는 '예린' 정도의 어감이다.

또, 바움의 원작에서 도로시의 강아지 토토는 말을 하지 못했는데, 볼코프 버전에서는 토토가 오즈에 도착하자마자 말을 한다. 또 다른 차이점도 있다. 원작에서 도로시는 노란 벽돌 길을 따라 동쪽에서 서쪽으로 간다. 하지만 볼코프의 《에메랄드 도시의 마법사》에서 엘리는 서쪽에서 동쪽으로 이동한다. 이것은 두 나라가 확장해 온 과정을 반영한 것이다. 미국은 동쪽에서 태평양쪽인 서부로 확장했지만, 러시아는 서쪽에 위치한 모스크바에서 시베리아를 거쳐 동쪽으로 나아갔다. 변방에서 중심으로 가는 방향이 정반대인 것이다.

《오즈의 마법사》는 프랭크 바움이 쓴 후속편이 있다. 그런데 볼코프는 이 후속편을 좋아하지 않았다. 그는 자신의 일기장에 프랭크 바움의 후속편이 재미가 없고, 논리적 결합이 부족하며, 캐릭터도 부자연스럽다고 썼다. 그럼에도 볼코프는 '오즈' 이야기에 상당한 애정이 있었던 것 같다. 《에메랄드 도시의 마법사》가 큰 성공을 거둔 뒤 독자들이 후속편을 요구하자 볼코프는 다섯 편의 후속편을 집필했다. 볼코프의 후속작은 프랭크 바움의 후속편보다 이야기 구조가 탄탄하고, 시리즈가 진행될 수록 사회적인 메시지도 두드러졌다. 개인적으로 후속편은 볼코프의 오리지널 스토리가 훨씬 낫다고 생각한다. 여기서는 한국 독자들이 아마 전혀 들어보지 못했을 볼코프판 이야기를 간략하게 소개한다.

《우르핀 주스와 그의 나무 병사들》
Урфин Джюс и его деревянные солдаты, 1963

마녀가 죽은 뒤, 그녀의 목수였던 '우르핀 주스'는 스스로를 마녀의 계승자라 선언한다. 어느 날, 태풍이 그의 집에 이상한 가루를 날라다 줬는데, 이 가루는 무생물을 생물로 바꿀 수 있는 마법의 가루였다. 실수로 한 나무를 살린 우르핀 주스는 복수를 결심하고, 나무로 병사를 만들어 오즈를 장악한다. 그는 에메랄드 도시의 왕인 허수아비를 감옥에 가둔다.

허수아비와 양철 나무꾼의 연락을 받고 급히 오즈로 돌아온 엘리는 허수아비를 구출하고 도시를 되찾기 위한 방법을 고민한다. 결국 다른 나라의 도움을 받아 우르핀 주스를 몰아내고 에메랄드 도시를 되찾는다.

《지하 왕국의 일곱 왕들》

Семь подземных королей, 1964

오즈의 땅 아래에는 또 다른 왕국이 있다. 이 왕국에는 7명의 왕이 있지만, 동시에 나라를 다스리지는 않는다. 오래전에 정해진 순서에 따라 6명이 마법의 물을 마시고 잠드는 동안, 한 명의 왕이 일정 기간 동안 통치한다.

어느 날 마법의 물이 사라지면서 7명의 왕이 동시에 잠에서 깨어나고, 왕국은 혼란에 빠진다. 마침 엘리가 이 지하 왕국에 도착한다. 엘리는 캔자스에서 사촌 오빠와 함께 강에서 보트를 타다 동굴로 들어가게 되었고, 산사태로 인해 동굴에서 빠져나오지 못한 채 강을 따라 땅속으

알렉산드르 볼코프

로 이동하다가 이곳에 도착한 것이다.

엘리는 전쟁을 벌이는 7명의 왕들을 달래고, 허수아비와 함께 지하 왕국에 다시 평화를 가져온다. 이 과정에서 한 마녀를 만나게 되는데, 마녀는 엘리가 더 이상 오즈에 올 일이 없을 것이라고 예언한다.

《마란족의 불 신》

Огненный бог марранов, 1968

우르핀 주스는 원한을 품고 깊은 숲속에 은거한다. 어느 날 그는 독수리들의 싸움을 목격하고, 상처 입은 독수리 한 마리를 집으로 데려와 치료해 준다. 건강을 회복한 독수리는 보답으로 우르핀 주스에게 멀리 사는 '마란족' 마을을 보여 준다. 마란족은 불도 모르는 미개한 부족이었고, 우르핀 주스는 그들에게 불 사용법과 집 짓는 방법을 가르치며 자연스럽게 그들의 왕이 된다.

시간이 흐른 뒤, 우르핀 주스는 주변 마을이 마란족을 공격할 것이라는 거짓말로 그들을 선동해 오즈를 다시 정복한다. 결국 그는 에메랄드 도시를 장악하고 오즈의 왕이 된다.

한편, 엘리에게는 '엔니'라는 여동생이 생긴다. 엔니는 언니에게 들은 오즈의 이야기에 흥미를 느껴 직접 가 보고 싶어 한다. 엔니는 친구 팀이 만든 특별한 기계를 타고 그와 함께 오즈로 떠난다. 오즈에 도착한 엔니는 허수아비를 만나 우르핀 주스가 다시 왕이 됐다는 사실을 접한다. 엔니는 다른 마을의 현지인들을 동원해 에메랄드 도시를 탈환하려 한다. 그러던 중 마란족은 엔니와 팀이 배구를 하는 모습을 우연히 보고 흥미를 느낀다. 아이들은 배구 시합을 열고, 경기에서 패배한 마란족이 에메랄드 도시에서 물러나면서 오즈는 다시 평화를 되찾는다.

《노란 안개》
Жёлтый туман, 1970

오즈를 창조한 신은 과거 마녀 아라흐나와 싸워 승리한 뒤, 그녀가 오즈에 해를 끼치지 못하도록 5000년 동안 잠들게 하는 주문을 걸었다. 하지만 시간이 흘러 5000년이 지나자 아라흐나가 잠에서 깨어난다. 오즈에 원한을 품은 그녀는 마법의 나라를 정복할 방법을 고민하다가 우르핀 주스를 부른다. 우르핀 주스는 그녀를 말리지만, 아

알렉산드르 볼코프

라흐나는 복수를 결심하고 오즈의 여러 마을을 공격한다. 그러나 모든 시도가 실패로 끝난다.

이에 아라흐나는 마법 책을 꺼내 오즈에 '노란 안개'를 퍼뜨리는 주문을 건다. 노란 안개로 인해 오즈 사람들은 눈이 잘 안 보이고, 심한 기침에 시달리며, 더 이상 햇빛을 볼 수 없게 된다.

에메랄드 도시의 왕인 허수아비는 엔니에게 도움을 요청한다. 엔니는 사촌과 함께 오즈로 와서 다양한 전략을 구사해 결국 아라흐나를 물리친다. 이후 엔니는 아라흐나의 마법 책에서 노란 안개를 없애는 주문을 찾아내 오즈 사람들에게 평화로운 삶을 되돌려 준다.

《버려진 성의 비밀》
Тайна заброшенного замка, 1976

오즈를 창조한 신이 살았던 집 근처에 외계인들이 도착한다. 이들은 두 민족으로 이뤄져 있는데, 하나는 주인 민족이고, 다른 하나는 노예 민족이다. 주인 민족은 지구를 점령하기 위해 오즈에 도착했으며, 한 시민을 납치해 고문하며 오즈를 연구한다.

허수아비는 홀로 외계인을 물리칠 수 없다고 판단해 엔니를 부른다. 엔니와 팀이 오즈에 도착해, 지하 왕국의 마법의 물을 외계인에게 이용하려는 계획을 세운다. 그 과정에서 노예 민족 외계인들은 에메랄드 도시의 에메랄드가 자신들을 주인 민족의 지배로부터 보호해 줄 수 있다는 사실을 알게 되고, 반란을 일으킨다. 엔니와 팀의 도움으로 노예 민족은 모든 주인 민족 외계인을 물리치고, 자유를 되찾아 자기 행성으로 돌아간다.

내가 소개한 문장은 원작인 《오즈의 마법사》에 나오는 유명한 대사다. 똑똑하지 않은 사람들이 말을 많이 한다는 뜻인데, 이게 러시아 사람들의 정서와 딱 맞아떨어졌다. 러시아 문학을 읽다 보면 기본적으로 '똑똑한 사람'을 좋아하지 않는다는 사실을 발견할 수 있다. 조금 이상하게 들릴지 모르겠지만, 이것이 러시아 문화의 특징이다. 무엇인가를 많이 알거나, 알고 싶어 하는 사람을 경계하고 조롱하는 경향이 있다. 그렇다고 해서 멍청한 사람을 좋아하는 건 아니다. 그 경계선이 중요하다.

러시아 문화에는 두 가지 개념이 있다. '움(Ум, 교양)'과 '마즈기(Мозги, 뇌 또는 머리)'다. '움'을 한국어로 번역하면,

알렉산드르 볼코프

'지식이 많다', '교양이 풍부하다'에 가까운 의미다. '마즈기'는 '머리가 잘 돌아가다', '재치 있다' 정도의 뜻이다. 비슷해 보이지만, 러시아 사람이 볼 때는 꽤 다른 결이다.

'움'은 주로 습득한 지식을 뜻한다. 공부를 하거나 책을 많이 읽어서 박식하다는 의미다. 대학교에서 'All A' 성적을 받은 학생이라면 '움늬(Умный, 박식한·교양이 있는)'라는 표현을 사용할 수 있겠다. 공부가 적성에 맞고, 많이 배워서 전문성을 가진 사람을 지칭할 때 쓰이는 단어이기도 하다. 이런 류의 똑똑함은 존경받을 만하지만 사회적으로는 그다지 높은 평가를 받지 못한다. 누구나 공부만 제대로 하면 지식은 충분히 쌓을 수 있다는 인식이 있기도 하고, 러시아 문화에서는 지식보다는 감정과 정의를 인생의 주요 가치로 삼아야 한다고 여기기 때문이다. 그래서 '움'이 뛰어난 사람은 종종 비웃음의 대상이 된다. 이 개념을 가장 잘 드러내는 표현이 다른 장에서 소개한 그리보예도프의 《고레 앗 우마(Горе от ума)》다. 한국어로 직역하면 '똑똑함에서 나오는 슬픔'이라는 의미인데, 똑똑함이 꼭 좋은 것은 아니라는 러시아의 정서를 드러낸다.

지나친 박식함과 교양을 풍자하는 속담과 관용어도 많다. "너무 많이 알면 빨리 늙는다(Много будешь знать, скоро состаришься)"는 속담이 대표적이다. 지나치게 많이 알면 고통을 초래한다는 뜻이다. 일상에서는 '남의 일에 간섭하지 마라'는 의미로 사용된다. 아이들이 부모에게 질문을 너무 많이 해서 귀찮을 때 빠져나가기 위해 쓰거나, 직장 동료가 지나치게 사적인 질문을 할 때 반농담으로 대화를 마무리할 때 사용된다.

어쨌든 메시지는 간단하다. 지나치게 많이 알려고 하지 말고, 적당한 호기심을 유지하면서 살라는 것이다. 공부를 많이 한다고 사람들이 알아주는 것도 아니고, 오히려 손해만 볼 수 있다는 일침이다.

한국에서는 이해하기 어려운 문화일지도 모르겠다. 한국에서는 공부를 잘하고 성적이 좋아야 사회에서 성공할 수 있다는 믿음이 있는 것 같다. 러시아는 다르다. 공부와 인생의 성공은 별개라고 본다. 대다수 러시아 부모들은 아이에게 공부가 중요하긴 하지만 그보다 더 중요한 게 많기 때문에 공부에 인생을 바칠 필요는 없다고 가르친다. 이런 맥락으로 '욤'은 그리 높은 평가를 받지 못한다. 만약 러시아 어린이가 좀처럼 움직이지 않고 책만 읽고 있다면, 엄마가 "밖에 나가서 친구들과 놀아라"는 잔소리를 할 것이다.

'마즈기'는 지혜, 상식, 그리고 눈치를 의미한다. 책으로

알렉산드르 볼코프

는 배울 수 없는 일상 속 지혜와 타고난 현명함 같은 것들이다. '뇌가 있는' 사람은 성적이 좋지 않거나 명문대를 졸업하지 못해도, 일머리가 좋고 눈치가 빨라서 직장 생활이나 인간관계에서 성공한다. 이런 믿음 때문에 러시아에서는 인생에서 어떤 문제에 부딪치면 철학적이거나 학문적인 방법보다는 일상의 지혜로 문제를 해결하는 것을 중요하게 여긴다. 한국어에서 '생각하고 판단하는 능력'을 뜻하는 '머리'와 비슷한 개념이다. 러시아어에 이런 '뇌'는 보통 '갈라바(Голова, 머리)'라는 단어로 표현한다. '어깨 위에 머리가 있다(Голова на плечах, 갈라바 나 플레차흐)'라는 말은 상식적이고 현명한 사람을 칭찬할 때 사용하는 표현이다.

이런 맥락으로 러시아에서는 '멍청하다', '똑똑하지 못하다'보다 '뇌가 없다'는 말을 훨씬 더 심한 모욕으로 받아들인다. '움이 없다'는 것은 단순히 '공부를 못했던 사람', '교양 없는 사람'이라는 뜻이지만, '뇌가 없다'고 하면 '못난 놈'이라는 의미다. '상식도 기본도 없는 바보 멍청이'라는 말이다. 전자의 경우는 '별 사람 다 있네' 하는 정도로 넘길 수 있지만, 후자의 경우는 확실히 모욕을 주는 표현이다. 동물도 뇌가 있고 무리 속에서 질서를 지키는데 '뇌가 없는 너'는 그보다 못하다는 뜻이다. 러시아인에겐 엄청난 치욕이다.

그렇다면 허수아비가 말한 '말 많은 사람'은 어떤 부류일까? 엘리가 러시아 말로 사용한 단어는 바로 '마즈기'다. 즉, '뇌가 없다'는 표현이다. 말 그대로 짚으로 된 머리 속에 뇌가 없는 허수아비가 말을 하는 것에 놀란 엘리의 반응은 러시아어로는 말장난이 된다. 작가는 이를 통해 '뇌가 없는 사람들'을 조롱하며 비꼰다. '뇌 없는 사람들'이 사회에서 쓸데없는 말만 늘어놓으며 돌아다닌다는 비판이다. 미국의 풍자가 러시아에서는 취향을 저격하는 말장난이 되어 버린 것이다.

콘스탄틴 스타니슬랍스키

Константин Станиславский, 1863~1938

세계적으로 유명한 소련 영화감독, 교육자, 연기 철학자다. 연기의 기본으로 자리 잡은 '메소드 연기법'의 창시자이기도 하다. 영화 기술이 등장한 20세기 초반, 그는 사실상 배우의 연기 철학을 정립하고, 연기법을 개발했으며, 극장 무대에서 배우의 기술을 재해석했다. 이러한 업적으로 그는 러시아 무대 및 영화 예술의 아버지로 불린다. 오늘날에도 여전히 전 세계에서 연기를 공부하는 학생들이 그의 가르침을 배우고 있다.

극장은
옷걸이에서 시작된다

Театр начинается с вешалки
−Константин Станиславский

극장은 옷걸이에서 시작된다.
−콘스탄틴 스타니슬랍스키

러시아인들은 문화 생활을 많이 좋아한다. 아니, 좋아한다기보다는 많이 즐긴다. 미술관, 박물관, 극장에 가는 일이 매우 흔하고 자연스럽다. 물론 소도시나 작은 마을에는 예술 인프라가 제대로 마련되지 않은 곳이 많다. 나는 문화 시설 접근성이 다소 떨어지는 블라디보스토크에서 나고 자랐기 때문에 연극이나 유명 화가의 전시회, 다양한 박람회 등을 많이 접할 수 없었다. 수도인 모스크바나 유서 깊은 상트페테르부르크에 사는 사람들은 당연히 경험의 수준이 다를 것이다.

한국어를 배우면서 신기했던 표현 중 하나가 '문화생활'

이었다. 한국인에게는 연극을 보러 가거나 전시회와 박물관을 방문하는 것이 없는 시간을 쪼개어 접하는 의식적인 행동처럼 보였다. 이런 일은 친구나 직장 동료에게 자랑삼아 말할 수 있는 소재가 되기도 한다. 예를 들어, 월요일 아침에 동료들과 커피 한잔 마시며 주말에 무엇을 했냐는 질문에 "전시회에 갔다 왔다"고 말한다. 마치 따로 언급할 만한 이벤트로 여기는 것 같다. 러시아와는 다른 분위기다.

러시아어에는 '문화생활'이라는 표현이 없다. 문화가 곧 생활의 일부이기 때문이다. 독서나 연극 관람, 전시회 방문 같은 활동이 일상에 스며들어 있어 따로 언급하지 않는다. 물론 매우 유명 화가의 특별전이 열리거나 유명 감독과 배우가 함께 만든 연극을 본다면 이야깃거리가 될 수 있다. 하지만 일반적으로 지난 주말에 상트페테르부르크에 위치한 에르미타주 박물관에 다녀온 이야기는 러시아에서 자연스럽지 않다. 왜 굳이 그런 얘기를 하냐는 반응이 나온다. 이는 마치 지난주 일요일 밤에 '런닝맨'을 보면서 후라이드 치킨을 먹었다고 하는 일과 비슷하다. 스몰토크를 나눌 때 질문이 들어오면 답은 하겠지만, 일상에 불과한 이야기를 굳이 먼저 꺼내지는 않는다.

이런 국민 의식이 정착된 데에는 여러 계기가 있다. 우선 소련 시대에는 문화 시설에 대한 접근성이 이전보다 많이 개선됐다. 계획 경제하에서 문화의 보급도 계획적으로 이뤄졌기 때문이다. 모든 학생들은 필수 과목으로 교육 프로그램에 포함된 박물관 방문, 전시회 관람, 유적지 견학 등의 활동을 의무적으로 수행했다. 물론 모든 것이 무료였다. 이러한 상황이 수십 년 동안 이어지다 보니, 문화 시설을 방문하고 문화생활을 즐기는 것이 자연스러워졌고 일상의 일부가 됐다.

문화생활의 일상화 사례로는 '음악 학교(музыкальная школа)'를 들 수 있다. 초·중·고 학생들이 정규 수업을 마치고 오후 시간에 다니는 교육 기관으로, 악기와 음악을 배우는 곳이다. 이 학교는 일반적인 취미나 시험 대비반 성격의 학원을 넘어선, 말 그대로 '학교'다.

초등학교 1학년에 입학해 고등학교 3학년까지 매일 공부하며, 국가가 운영하는 일반 학교와 같은 교육 일정을 따른다. 다만 프로그램은 음악과 악기 관련 수업 위주로 편성돼 있다. 이 학교도 일반 고등학교처럼 졸업 시 졸업장이 나오고, 일반 학교와 마찬가지로 등록금은 없다.

필수는 아니지만, 대부분의 부모가 자녀를 이 학교에 보내려고 한다. 이는 자녀의 오후 시간이 공부로 채워진다는

콘스탄틴 스타니슬랍스키

편의성도 있지만, 자녀의 미래를 대비하려는 측면에서도 나쁘지 않은 선택이기 때문이다.

나는 음악에 소질이 없어서 이 학교를 다니지 않았지만, 그곳에 다니는 주변 친구는 많았다. 친구들은 이 학교가 너무 싫어서 땡땡이를 치기도 했다던데, 막상 어른이 되고 나니 오히려 좋았다는 말을 많이 한다. 음악 학교 덕분에 음악에 대한 이해가 높아진 것은 물론, 예술에 대한 이해가 풍부해졌고, 악기를 다룰 줄 아는 실력이 사회생활에 의외로 도움이 된다고들 한다. 러시아에서는 이 '음악 학교' 졸업장이 딱히 큰 쓸모는 없지만, 해외로 이민을 간 친구의 경우, 이 졸업장 덕분에 초등학교에서 아이들에게 음악을 가르치고 있다.

다시 우리 명언으로 돌아가 보자. "극장은 옷걸이에서 시작된다"는 문장을 이해하려면, 먼저 러시아 문화 시설에 출입할 때의 드레스 코드를 알아야 한다. 러시아인들은 극장, 발레, 콘서트, 음악 연주회에 갈 때 옷을 차려 입는다. 이는 무대에서 예술을 선보이는 배우들에 대한 예의일 뿐만 아니라, 극장을 찾는 것 자체가 일상 속 화려한 경험이기에 관객들도 그 분위기에 맞춰 옷을 차려 입어야 한다고 생각하기 때문이다. 그렇다고 해서 사치스러운 복장은 아니다. 깔끔하고 단정한 옷차림이다.

물론 서울 대학로처럼 자유로운 분위기의 공연장이나, 젊은이들이 모이는 힙한 행사, 틀을 깨는 현대 예술 이벤트에서는 이러한 드레스 코드가 덜 엄격하게 적용될 수 있다. 그러나 모스크바의 볼쇼이 극장이나 상트페테르부르크의 마린스키 극장과 같은 전통적인 공연장에서는 복장 규정이 엄격하다. 이러한 극장에서는 입구에 통제 요원이 배치되어 있으며, 반바지, 청바지, 샌들, 티셔츠처럼 지나치게 캐주얼한 복장을 한 관객은 입장이 거부될 가능성이 크다.

또 다른 드레스 코드도 있다. 극장이나 박물관을 방문할 때 반드시 웃옷을 벗고 들어가야 한다. 여름에는 상관없지만, 가을, 겨울, 봄에 방문한다면 코트나 외투를 걸친 채 실내에 들어가는 것은 금지다. 반드시 웃옷을 벗어 특정 장소에 맡기고 들어가야 한다.

이는 문화적인 이유라기보다 현실적인 이유 때문이다. 비나 눈이 오는 날에는 웃옷과 신발이 더러워지기 마련이다. 이러한 상태로 전시품이나 그림이 있는 공간에 들어가면 외부 먼지, 빗방울, 눈꽃이 유입될 수 있다. 위생적인 이유라고 볼 수 있다. 실용적인 이유도 있다. 러시아는 겨울철 실내 난방이 매우 잘 되어 있어 외투를 입은 채 들어가

콘스탄틴 스타니슬랍스키

면 금방 더위를 느낀다. 연극을 보거나 전시회를 관람하며
실내에서 몇 시간을 보낼 수 있어서 웃옷을 벗고 관람하는
것이 현명하다.

'가르디롭(Гардероб, 프랑스어에서 유래된 단어로 '옷 보관실'이라는
뜻)'은 이런 문화 시설의 1층 입구 근처에 있다. 실내로 들
어가 웃옷을 벗어 가르디롭에서 옷을 받아 주는 아주머니
에게 건네면, 숫자가 새겨진 토큰을 준다. 이후 천천히 콘
서트를 보러 대강당으로 들어가면 된다. 행사가 끝나면,
아주머니에게 토큰을 돌려주고 옷을 되돌려 받는다. 참고
로 가르디롭에서 일하는 사람 대부분은 나이가 든 아주머
니들이다. 러시아인들 사이에서도 불친절하기로 유명하
다. 혹시 가르디롭 아주머니들의 퉁명스러운 태도를 경험
한다면 어쩔 수 없다. 러시아 문화의 일부로 받아들이길
바란다.

다시 명언으로 돌아가 보자. 문장에 등장하는 '옷걸이'
는 가르디롭에서 아주머니들이 관람객의 옷을 걸어 두는
옷걸이를 의미한다. 심리학적으로 보자면, 관람객이 웃옷
을 벗어 가르디롭 옷걸이에 거는 행위는 편안한 상태에서
문화를 받아들일 준비를 하는, 일종의 심리적 전환이다.
이런 맥락에서 스타니슬랍스키가 '옷걸이'를 언급한 것은,

극장은 입구부터 시작된다는 점을 강조하기 위함이다.

메소드 연기법을 개발한 스타니슬랍스키는 무대 주변 환경도 관람객이 연극을 이해하는 데 큰 도움을 준다고 믿었다. 그는 극장을 단순히 '배우들이 연기하는 장소'로 이해하지 않고, 종합적인 '문화 공간'으로 보았다. 따라서 무대 위 연극뿐 아니라, 극장의 전체적인 분위기 역시 관람객들에게 큰 영향을 미친다고 생각했다. 인테리어 색상, 배경 음악, 은은한 조명, 표를 판매하는 직원들의 태도 등 모든 요소가 극장을 구성하는 중요한 부분이며, 곧 예술이라고 보았다. 이런 맥락에서 "극장은 무대만이 아니라 입구에 있는 옷걸이도 포함된다"는 개념이 탄생한 것이다.

요즘 러시아인들은 이 표현을, 핵심뿐 아니라 주변의 사소한 것들도 중요하다는 뜻으로 사용한다. 예를 들어, 누군가가 행사장으로 가는 길에 안내판을 설치하자고 제안했을 때, "그런 건 왜 해? 행사 준비에만 집중하자. 뭐하러 그렇게까지 해?"라는 반대 의견이 나올 수 있다. 그럴 때 이렇게 답하는 것이다. "아냐, 극장은 옷걸이에서 시작된다잖아! 손님들에게 좋은 인상을 주려면 사소한 디테일까지 챙겨야 해. 그래야 좋은 인상이 남지."

콘스탄틴 스타니슬랍스키

파이나 라넵스카야

Фаина Раневская, 1896~1984

20세기 초중반에 소련에서 활동했던 배우다. 시대를 초월한 연기력과 독특한
개성으로 사랑받았고, 날카롭고 재치 있는 입담으로 수많은 명언을 남겼다. 미
국에 매릴린 먼로가 있다면, 소련에는 파이나 라넵스카야가 있다고 할 정도로
20세기 소련 여성들의 아이콘이었던 배우다. 남녀 관계, 일상의 상식에 대한 유
머러스하면서 통찰력 있는 명언들이 많아, 그녀의 명언들은 '라넵스카야주의'라
고 명명될 정도로 하나의 장르가 됐다.

진짜 남자는 여자의 생일은 꼭 기억하지만
나이는 절대 모르는 사람이다

Настоящий мужчина - это мужчина, который точно помнит день
рождения женщины и никогда не знает, сколько ей лет.
Мужчина, который никогда не помнит дня рождения женщины,
но точно знает, сколько ей лет - это ее муж.
― Фаина Раневская

진짜 남자는 여자의 생일은 꼭 기억하지만 나이는 절대 모르는 사람이다.
여자의 생일은 전혀 기억하지 못하면서
나이만 정확히 아는 남자는 그녀의 남편이다.
―파이나 라넵스카야

러시아에서는 남녀 관계에 대한 농담이나 문학 작품 속 명언이 매우 많다. 사랑과 남녀 관계는 항상 중요한 주제다. 예를 들어, 시인 세르게이 예세닌이나 알렉산드르 푸시킨처럼 이 주제를 진지하게 다룬 문학의 거장들이 있는가 하면, 농담과 유머를 통해 유명해진 사람도 있다. 배우 파이나 라넵스카야는 그중 한 명이다.

라넵스카야는 19세기 말에 태어나 소련 시절 유명 배우로 자리 잡았다. 그녀는 88년의 생애 동안 결혼한 적은 없었지만, 남자를 보는 날카로운 통찰력과 재치로 소련 국

파이나 라넵스카야

민들에게 많은 사랑을 받았다. 또한 유머 감각이 뛰어나고 독특한 말투로 유명했다. 20세기 초중반 상당히 보수적인 사회였던 소련에서 그녀는 담배를 공개적으로 피우고, 비속어나 은어를 사용하는 등 당시 여배우로서는 파격적인 행보를 보였다.

러시아에서는 전통적으로 남편과 아내의 관계, 사위와 장모의 관계가 농담의 단골 소재였다. 일상의 가벼운 농담은 물론, 코미디 방송에서도 이런 주제가 인기 있다. 한국과 문화적 배경이 다른 이유도 있고, 남녀평등에 상대적으로 덜 민감해서 그런 것 같기도 하다. 남녀의 차이를 강조하는 코미디가 더 인기를 얻는다. 라넵스카야는 이를 아주 잘 활용했다.

라넵스카야가 남긴 명언을 이해하려면 러시아 문화에 대한 이해가 필요하다. 먼저 러시아에서 나이를 묻는 것은 매우 무례한 행동이다. 동성 간에는 어느 정도 허용되지만, 이성에게 나이를 묻는 것은 엄청난 실례다. 이는 여성이 조금이라도 젊게 보이고 싶어 하는 사회적 분위기와도 관련이 있다. "여자는 항상 18세다"라는 농담이 있을 정도다. 50대 여성의 생일 파티에서 "우리 사랑하는 아내는 오늘 18세+384개월째다!" 하는 식의 오글거리는 농담을 자주 들을 수 있다. 나이 들어가는 것을 싫어하고 젊게 보이고 싶은 마음은 어디든 똑같다.

이런 맥락에서 자기 생일을 잊은 남자 친구를 용납하는 러시아 여자는 없을 것이다. 나이는 모를지언정 생일만큼은 꼭 챙겨야 한다. 물론 연인 사이에서 서로의 나이를 정말로 모르는 건 아니다. 나이는 모르는 척하고 생일을 챙기는 것이 사회적 예절이라는 말이다. 다른 문화권 사람들이 보면 나이는 묻지 않지만 생일은 꼭 알고 있어야 한다는 게 모순처럼 보일 수 있다. 이게 바로 이해하기 어려운 러시아 문화다.

라넵스카야는 이런 문화를 재치 있게 지적했다. 상대가 남자 친구일 때는 사회적 예절에 따라 여자의 나이를 묻지 않고 생일 선물을 챙겨 준다. 하지만 남자 친구가 남편이 되면 사회적 예절이 깨진다는 것이 이 문장의 웃음 포인트다. 결혼이라는 '감옥'에 갇히면 더 이상 예의를 지키지 않아도 된다는 발상은 오랫동안 코미디의 소재였다.

꼭 이해해야 할 러시아 문화는 또 있다. 전통적으로 러시아 가정에서 여성은 항상 강력한 영향력을 발휘해 왔다. 겉으로 보기에는 가부장적이고 보수적인 문화에서 이런 이야기가 모순처럼 보일 수 있다. 그러나 러시아 문화의 관점에서는 이 현상이 전혀 모순이 아니다. 사회와 가정을 철저히 구분하는 러시아 특유의 문화 때문이다.

일반적으로 러시아 사회는 남성이 우월한 위치에 있다. 회사 임원, 정치인, 결정권이 있는 직책에 남성이 여성보다 압도적으로 많다. 남녀평등을 지향했던 소련 시절에는 이런 비율이 어느 정도 균형 있게 유지됐지만, 소련이 붕괴한 뒤로는 성비가 무너졌다. 이는 독특하게 형성된 러시아 사회의 전통적인 남녀 관계와 직결된다.

가정에서는 정반대다. 사회에서 으뜸인 남성이 가정에서는 모든 권한을 아내에게 양보하는 게 일반적이다. 가정의 돈 관리는 대부분 여성이 한다. 자녀 양육에 관한 중요한 결정도 무조건 여성이 한다. "남자는 나라 걱정, 여자는 집안 걱정을 한다"는 표현이 있을 정도로, 성 역할이 뚜렷하다.

이런 독특한 현상의 배경에는 여러 요인이 있다. 그중 하나는 1941년부터 1945년까지 벌어진 독소전쟁이다. 약 5년에 걸쳐 진행된 이 비극적인 전쟁은 약 3,000만 명에 달하는 소련 국민의 목숨을 앗아갔다. 그중 압도적인 다수가 남성이었다. 전쟁 후 1950년대에 접어들면서 소련의 남녀 성비는 심각하게 균형이 무너졌다. 정확한 통계를 찾기 어려우나 1959년 자료에 따르면, 여성 1,000명당 남성은 641명에 불과했다고 한다. 이는 당시 세계에서 가장 극심한 남녀 불균형이었다.

이 인구학적 비극은 사회에 큰 영향을 미쳤다. 남성이 부족했기 때문에 여성들이 사회의 모든 분야에서 더 적극적으로 활동해야 했다. 전쟁으로 초토화된 땅의 복구, 공장 건설 및 가동, 토지 개척 및 농사, 주택 건설 등 거의 모든 분야에서 여성 노동자의 비율이 전쟁 전보다 배로 증가했다. 여성의 사회 참여가 자연스럽게 증가한 것이다. 현재 러시아의 60~70대들은 이러한 분위기 속에서 성장했기 때문에 여성의 사회 활동을 당연하다고 생각한다.

사생활에서는 상황이 정반대였다. 남녀 간의 심각한 불균형으로 인해 결혼 경쟁이 치열해졌다. 간단히 말하면, 여성 10명 중 4명은 결혼하지 못한다는 계산이 나온다. 따라서 '남자 헌팅'이 치열해질 수밖에 없었다. 밖에서는 활발히 활동하는 여성이라도 집 안에서는 남성의 위상과 권위가 훨씬 더 높았다. 이 과정에서 겉으로는 남성에게 순종하고 가부장적인 문화를 받아들인 것처럼 보이면서도, 실제로는 가정 내에서 권력을 은밀하게 행사하는 여성들도 있었다. 이는 여성들이 역사의 승자로 평가받게 된 배경 중 하나다.

결과적으로 이러한 문화는 러시아 여성들에게 사회적 활동과 가정 내 전통적 역할이라는 이중적인 정체성을 만들어 냈다. 힘든 육체 노동을 하고 높은 사회적 위치에 오른 여성이라도, 남성과 결혼하고 아이를 가지려면 러시아의 전통적인 가부장적 역할 분담을 따라야 했다. 이는 공적인 영역과 사적인 영역의 남녀의 역할 구분을 더욱 뚜렷하게 만들었다.

소련 붕괴 이후, 러시아는 서방식 민주주의가 성공적으로 정착하지 못했기 때문에 남녀평등이라는 개념도 제대로 자리 잡지 못했다. 소련 시절보다 개선된 남녀 비율, 전통 문화의 잔재, 1990년대의 경제적 어려움 등이 남녀평등 이슈를 가렸다. 남녀평등은 2020년대가 돼서야 사회적인 이슈로 등장하기 시작했다.

최근 들어 상황이 많이 변했다. 모스크바나 상트페테르부르크 같은 대도시에서는 맞벌이 부부가 늘어나며, 가정 내에서도 남녀가 평등하게 역할을 분담하는 경우가 많아졌다. 유럽과 별 차이가 없을 정도다. 그러나 소도시나 농촌 지역으로 갈수록 전통적인 성 역할에 따라 집안일을 분배하는 가정이 여전히 많다.

파이나 라넵스카야의 유머는 이러한 러시아 사회의 독특한 문화적 모순과 남녀 관계의 특징을 날카롭게 관찰한 것으로, 지금도 그녀의 발언들이 자주 인용되는 이유다.

일리야 일프
Илья Ильф, 1897~1937

예브게니 페트로프
Евгений Петров, 1902~1942

소련 시대에 '코미디의 왕'이라고 평가받았던 작가들(사진 왼쪽 인물이 일리야
일프, 오른쪽 인물이 예브게니 페트로프)이다. 《열두 개의 의자》와 《황금 송아
지》를 공동 집필했다. 다수의 설문 조사에 따르면, 러시아 국민들은 《열두 개
의 의자》를 '러시아 역대 최고 소설'이라고 꼽는다. 이 소설의 주인공인 '오스타
프 벤데르'는 러시아 국민이 가장 좋아하는 문학 캐릭터 중 하나다. 《열두 개의
의자》는 명언의 보물 창고라고 불릴 만큼 러시아 문학에 큰 영향을 미쳤다.

돈은 아침에,
의자는 저녁에

Утром - деньги, вечером - стулья.
— Илья Ильф и Евгений Петров, 《Двенадцать стульев》

돈은 아침에, 의자는 저녁에
—일프 & 페트로프,《열두 개의 의자》

《열두 개의 의자》는 한국에서는 잘 알려지지 않았지만, 러시아에서는 누구나 알고 좋아하는 국민 소설이다. 이 소설은 영화로도 제작되어 많은 사랑을 받았다. 위에서 언급한 문장은 이 책에서 나오는 수많은 명언 중 하나다.《열두 개의 의자》에 나오는 캐릭터, 대사, 지명, 줄거리 등은 러시아인들에게 매우 친숙해서, 일상의 대화에서 속담처럼 사용되는 표현도 많다. 이 작품은 '러시아 최고의 코미디 소설'이라고 평가해도 과언이 아닐 정도로, 20세기 문학과 영화계에 거대한 영향을 미쳤다. 소설은 1927년에 출간됐고, 1976년에 이를 원작으로 한 영화도 큰 인기를 얻었다.

일리야 일프 & 예브게니 페트로프

이 명언의 의미를 이해하려면 소설의 줄거리를 간략히 알 필요가 있다. 이야기는 지방의 한 소도시에서 평범한 삶을 살던 주인공의 장모가 죽기 직전, 자신이 사실 엄청난 부자라고 고백하는 장면에서 시작한다. 장모는 평생 모아 온 다이아몬드를 집에 있던 빈티지 의자 12개 속에 숨겼다고 말한 후 숨을 거둔다. 문제는 이 12개의 의자를 집안의 빚 때문에 이미 모두 팔아 버렸다는 점이다.

주인공은 이 의자를 찾기 위해 먼 여행을 떠나고, 그 과정에서 온갖 코믹한 사건들이 벌어진다. 다이아몬드 찾기에 동참한 사기꾼, 장모의 유언을 엿듣고 돈에 눈이 멀어버린 목사, 의자를 되찾기 위해 주인공과 결혼까지 한 여사 등의 캐릭터가 등장하고, 이들을 주축으로 풍자적이고 유머러스한 의자 찾기 미션이 펼쳐진다.

명언은 주인공과 사기꾼이 새로운 의자 주인 한 명을 찾아가 대화를 나누는 상황에서 등장한다. 사기꾼이 의자를 넘겨 주면 바로 돈을 주겠다고 하자, 의자 주인은 이렇게 대답한다.

"그건 안 되지. 돈은 아침에 (다오), 의자는 저녁에 (줄게)!"

이 말은 사람에 대한 믿음이 아니라 돈에 대한 신뢰만 있다는 의미다. 소설 속 유머 포인트다. 동시에 이 표현은 책이 집필됐던 당시의 사회를 풍자적으로 묘사한 대사이 기도 하다. 특히 사기꾼에게 사기를 치려는 의자 주인의 말이 아이러니가 되어 웃음을 유발한다.

현대 러시아에서도 이 명언은 일상 대화에서 매우 자주 사용된다. 상대방에게 도움을 요청하기 전에 자신이 무엇을 줄 수 있는지 먼저 생각해 보라는 취지로 쓰이거나, 세상 모든 것에는 대가가 따른다는 교훈을 전할 때 인용된다.

이 표현의 유머 포인트는 전통적인 러시아 문화와의 대조에서 나온다. 러시아 전통 문화에서 돈은 그리 큰 가치로 여겨지지 않는다. 우정, 사랑, 공정, 대인 관계, 인생 목표의 모색과 같은 철학적 가치가 훨씬 중요하다. 이러한 러시아 문화는 현실적이고 자본주의적 가치인 돈을 무시하거나 경시하는 경향이 있었다.

돈보다 약속이다.

(Уговор дороже денег.)

100루블보다 100명의 친구가 더 소중하다.

(Не имей сто рублей, а имей сто друзей.)

돈을 잃으면 잃는 게 없지만, 시간을 잃으면 이 세상의 모든 것을 잃는다.

(Деньги потерял - ничего не потерял, время потерял - много потерял.)

이 속담들에서 알 수 있듯이 러시아 문화에서는 돈보다 대인관계, 상호 신뢰, 현실적인 것보다 영적인 가치를 더 중요하게 여긴다.

실제로《열두 개의 의자》외에 다른 러시아 문학 작품들에서도 돈에 집착하는 캐릭터는 대부분 악당처럼 묘사되고, 그렇게 살면 안 된다는 교훈을 준다. 도스토옙스키의《죄와 벌》에서 나오는 전당포 노파,《카라마조프 가의 형제들》에 등장하는 카라마조프 아버지, 막심 고리키의《밑바닥에서》의 캐릭터인 값싼 여인숙의 여주인 등은 각기 다른 이유로 악당으로 묘사되고, 돈에 대한 집착이 큰 인물로 그려진다.

이런 배경을 고려하면,《열두 개의 의자》에서 나온 대사가 왜 비웃음거리가 되는지 쉽게 이해할 수 있을 것이다. 돈에 눈이 멀어 의자에 집착하는 캐릭터는 러시아 독자들에게 오로지 불쌍하고 허탈한 웃음을 자아내는 존재로 받아들여진다.

다만 러시아 사람들이 돈을 완전히 무시하고 전혀 신

경 쓰지 않는다는 오해는 하지 말아야 한다. 그들에게 돈은 절대적인 가치가 아니라는 것뿐이다. 이 세상에 돈을 싫어하는 사람은 없을 것이다. 단지 유럽이나 미국, 한국과 비교하면 러시아 사람들이 상대적으로 덜 집착한다는 뜻이다.

미국 문화에서는 부가 기본적이고 절대적인 가치로 인식된다. 얼마나 버느냐에 따라 사회적 위치가 결정되고, 이번 생의 성공 여부를 가늠하는 기준이 된다. 적어도 러시아 사람들은 미국을 그렇게 바라본다. 반면 러시아 사람들은 스스로를 전혀 다른 시각으로 본다. 러시아 사람과 지내다 보면, 입버릇처럼 "러시아의 영혼 혹은 마음(Русская душа, 루스까야 두샤)"이라는 말을 내뱉는 것을 알 수 있다. 물질적인 것보다 더 높은 무언가, 즉 인간관계, 삶, 사랑과 철학 같은 가치를 추구한다는 이야기다. 일상에는 이런 사고방식이 녹아 있다. 미국인이나 한국인 같은 외국인이 러시아 사람들의 행동이나 말을 이해하기 어려운 이유다. 러시아 사람들은 이런 것이 있다고 진심으로 믿는다.

러시아인들은 인간관계에서 가장 중요한 것이 의리라고 생각한다. 돈 때문에 의리가 흔들리지 않는다고 본다. 명확한 예를 들기는 어렵지만, 좀 과장한다면 이런 이야기

일리야 일프 & 예브게니 페트로프

다. 1991년 소련이 붕괴한 뒤 많은 외국 기업들이 러시아 시장에 진출했다. 미국, 일본, 유럽의 기업들이 새로운 시장을 찾아 러시아로 몰려와 지사를 설립하기 바빴다. 그중에는 한국 기업들도 있었다. 이제 막 자본주의 체제를 받아들이기 시작한 러시아 시장은 외국 기업들이 돈을 벌기에 좋은 곳이었다. 하지만 과열의 대가가 뒤따랐다. 1998년 러시아에 금융 위기가 찾아온 것이다. 러시아 경제는 엄청난 타격을 받았다. 러시아 기업을 포함한 모든 기업이 지난 10년 동안 벌어들인 돈을 한번에 잃을 위기에 처했다. 손실을 최소화하기 위해 많은 기업들이 철수하기 시작했다. 그때 이름이 알려진 브랜드 중에 철수하지 않은 기업은 한국 기업뿐이었다.

위기가 지나가고 2000년대 유가가 폭등하면서 러시아는 부유해졌다. 이와 함께 한국 기업들은 큰 성공을 거뒀다. 러시아 소비자들이 미국이나 일본 기업보다 한국 기업을 더 선호했기 때문이다. 한국 제품이 꼭 우수해서가 아니었다. 러시아 금융 위기 당시 한국 기업들의 태도를 잊지 않았기 때문이다.

러시아 사람들은 손해를 보지 않겠다고 철수한 미국과 일본 기업들에게 배신감을 느꼈다. 경기가 좋을 때는 들어

와서 돈을 벌었지만 상황이 나빠지면 바로 내빼는 기업들보다 끝까지 버티고 자리를 지키며 어려운 시기를 같이 이겨낸 한국 기업들의 의리에 박수를 보낸 것이다.

한국 기업들의 성공은 두 나라의 관계를 더 친밀하게 만드는 데에도 크게 기여했다. 한국 기업들의 결정은 러시아 사람들의 '루스까야 두샤'와 맞아떨어졌다. 돈보다 약속, 이익보다 의리를 중시하는 태도는 러시아 언론에서도 긍정적으로 보도됐다. 이러한 이미지는 지금까지도 이어지고 있다.

오늘날에도《열두 개의 의자》에서 비롯된 명언은 다양한 상황에서 사용된다. 예를 들어, 친구와 해외여행을 갔는데, 가격이 비싼 가방을 사려고 할 때 친구가 "내 것도 같이 사 줘. 돈은 집에 가서 입금해 줄게"라고 말하면, "내가 왜? 돈은 아침에, 의자는 저녁에!"라며 농담 반 진담 반으로 대답하는 식이다. 이는 여전히 일상 속에서 자주 활용되는 표현이다.

익사자를 구하는 일은
익사자 자신의 손에 달려 있다

Спасение утопающих - дело рук самих утопающих.
—Илья Ильф и Евгений Петров, 《Двенадцать стульев》

익사자를 구하는 일은 익사자 자신의 손에 달려 있다.
—일프 & 페트로프,《열두 개의 의자》

이번에 소개하는 문장도 농담 반 진담 반의 표현이다. "내
운명은 내 손에 달려 있다"는 뜻을 담고 있다. 이 문장은
소설《열두 개의 의자》에서 풍자의 의미로 등장한다. 해수
욕장 경고문인데, 말 그대로 바닷물에 들어가지 말라는 의
미다. 이를 무시하고 물에 들어가 익사하면 아무도 책임
지지 않으며, 익사자가 스스로를 구해야 한다는 농담이다.
러시아어의 미묘한 뉘앙스와 풍자, 그리고 그 속에 담긴
숨은 의미가 러시아 독자들에게 웃음을 준다.

소련 시절은 현대 러시아 코미디의 원천이라고 할 수
있다. 당시의 독특한 사회 구조와 체제는 화수분처럼 웃

음거리를 제공한다. 특히 언어가 그랬다. 이념 중심 사회였던 소련에서 언어는 매우 딱딱하고 무정하게 사용됐다. 언어를 통해 이념을 표현해야 했기 때문에 감정을 최대한 배제한 구호처럼 어색한 문장이 많았다. 하지만 원래 러시아어는 감성이 풍부하고 유연한 언어다. 그런데 구호처럼 주어를 빼거나 사물을 표현하는 동사에 생물을 표현하는 주어를 붙여 언어가 깨지면서 어색함을 넘어 우스꽝스러워졌다. 외국인은 이런 차이를 이해하기 어려울 수 있지만, 러시아인들에게는 엄청난 웃음 포인트다. "익사자를 구하는 일은 익사자 자신의 손에 달려 있다"는 표현이 대표적이다.

러시아어에서 '… 하는 자', '… 하는 이' 같은 표현은 매우 딱딱하고 무거운 느낌을 준다. 공개 발표문, 정부 문서, 지침, 학술 논문 등 격식을 갖춘 문장에서 주로 쓰인다. 일상의 대화에서는 거의 사용되지 않는다. 이런 표현을 일상에서 사용하면 어색함 때문에 웃음이 터진다. 마치 한국에서 친구에게 "야, 도와줘!"라고 하지 않고 "상기에서 언급한 바와 같이 조속히 협조 부탁드립니다"라고 말하는 것과 같다. 또는 "물에 빠져 죽었다"가 아니라, "본인 부주의로 액체 상태의 H_2O가 체내에 들어와 호흡

일리야 일프 & 예브게니 페트로프

곤란 증상을 보인 후 익사로 추정되는 사망"이라고 표현하는 식이다.

소련 시절의 언어는 다 그런 식이었다. 동네 마트에서 조용히 해달라는 간단한 안내문도 지나치게 격식을 차려서 썼다. 평소에는 사용하지 않는 어휘와 문법을 총동원해서 딱딱하고 정중한 문체를 창조해 냈다. 지금 러시아에서는 거의 사용되지 않는 말투가 웃음 포인트다.

다시 《열두 개의 의자》로 돌아오자. "익사자를 구하는 일은 익사자 자신의 손에 달려 있다"는 문구는 "위험하니 들어가지 마. 만약 이를 어기고 들어가면 네가 알아서 나와. 우리 책임은 없어"라는 메시지를 소련 특유의 격식 있는 문체로 적은 것이다. 이는 국가가 국민에게 단순히 경고만 할 뿐, 국민의 삶을 책임지지 않겠다는 태도를 보여 준다. 심지어 생사가 걸린 상황에서도 국가는 개입하지 않고, 개인이 알아서 해야 한다는 의미를 담고 있다. 짧은 표현에서 소련 정부의 방향성과 철학이 드러나는 셈이다.

이 표현은 단순히 웃기는 말투를 넘어 정치와 관련된 의식을 내포한다. 이는 러시아인들에게는 익숙하고 당연한 부분이지만, 외국인들에게는 쉽게 이해되지 않을 수 있다. 특히 정부와 국민의 관계를 보여 주는 지점이 그렇다.

20년 넘게 한국에서 살며 러시아와 한국의 가장 큰 차이점을 꼽으라면 권력에 대한 국민의 의식이다. 이 주제는 매우 크고 복잡한 영역이지만, 여기서 조금이라도 언급해야 이해에 도움이 될 것 같다.

러시아 사람들은 기본적으로 정부와 국민을 분리해서 생각하는 경향이 있다. 정부는 정부대로, 국민은 국민대로 존재한다는 사고방식이다. 제대로 된 민주주의 체제를 경험해 보지 못한 러시아 사회에서는 '권력 선출'이라는 개념에 대한 이해가 거의 없다. 소련 시절에 당 지도부를 선택하는 것은 당원의 권한이었으며, 일반 국민은 참여할 수 없었다. 국가 수장을 선택할 수 있다는 사실 자체가 익숙하지 않았던 것이다.

이런 시스템은 심리적으로 중요한 영향을 남겼다. 첫째, 자신이 뽑지도 않은 사람은 자신과 아무런 관련이 없다고 느끼게 만든다. 둘째, 자신이 뽑지 않았으니 그 사람에 대해 아무런 책임도 없다고 여긴다. 이렇게 정부와 자신을 완전히 분리하는 심리가 형성된 것이다. 이러한 인식은 몇 세대를 거치며 러시아 국민 의식 속에 깊이 뿌리내렸다. 소련 붕괴 이후 러시아의 상황은 크게 바뀌지 않았고, 여전히 반복되고 있다.

이러한 환경은 또 다른 중대한 결과를 낳았다. 정치의 개념을 좁게 '정부가 하는 일'로 이해하게 된 것이다. 즉, 정치는 일반 국민과는 무관한, 아무도 뽑지 않은 권력자들이 수행하는 일이고, '그들의 일'이 됐다. 따라서 일반 국민은 정치를 하지 않는다는 생각이 기본이 되고, 더 나아가 '정치는 우리가 하면 안 되는 일'이라는 인식이 자리 잡았다. 정치는 정치인들, 즉 정부가 하는 것이며, 국민은 그 결정을 따라가기만 하면 된다는 사고가 기본이 된 것이다. 러시아 사람과 대화를 나누다 보면 이런 생각을 금방 알아차릴 수 있다.

나도 마찬가지였다. 한국에 오기 전에는 너무 어려서 정치에 그다지 관심이 없었다. 그러나 한국에서 20~30대를 보내며 사회생활을 하다 보니 나의 가치관은 러시아 사람들의 세계관과 많이 멀어졌다. 이제는 러시아에서 온 사람들과 이야기할 때 말이 잘 통하지 않는 경우가 많다. 시간이 흐르면 많은 것이 변한다지만 정치에 관한 러시아 사람들의 관점은 여전하다는 생각이 자주 든다.

요즘 러시아의 젊은 세대는 다소 다른 경향을 보이기는 한다. 그러나 소련에서 나고 자란 우리 부모 세대는 확실히 변함이 없다. 나도 어린 시절에 정치에 관심을 갖고 뉴스를 보다가 부모님께 혼난 적이 많았다. 부모님은 "학생이 왜 정치 뉴스를 보냐"면서 일반인은 보는 게 아니라고 나를 나무라셨다. 정치는 정치인이 하는 것이고, 학생은 공부나 신경 쓰라고 끊임없이 지적하셨다. 정치와 일상을 별개의 개념으로 보는 사고방식이 매우 뿌리 깊게 자리 잡고 있었다.

이런 맥락을 알면 "익사자를 구하는 일은 익사자 자신의 손에 달려 있다"는 의미가 더욱 명확해진다. 정부는 국민을 책임지지 않으니 위급한 상황이 오면 알아서 행동하라. 이 메시지는 러시아 사람들에게 매우 자연스럽다. 다만 소련 특유의 딱딱하고 격식 있는 문체가 적나라하게 표현되어 있기 때문에 웃음을 유발한다.

일상 대화에서도 이 표현은 재치 있게 사용된다. 어떤 문제에 부딪혔을 때 다른 사람의 도움을 받기보다 스스로 해결책을 찾아야 한다는 뜻으로 쓴다. 심각한 상황에서도 사용할 수 있지만, 주로 사소하고 일상적인 상황에서 유머를 더하기 위해 자주 사용된다. 예를 들어, 계속 자꾸 도움을 요청하는 친구에게 "익사자를 구하는 일은 익사자 자신의 손에 달려 있다"고 농담을 던진다.

베니아민 카베린

Вениамин Каверин, 1902~1989

소련 시대를 대표하는 유명 작가다. 대표작은 《두 선장》이다. 소련 시대의 많은
작가들과 마찬가지로, 그의 작품 속 주인공은 평범한 농민, 공장 노동자와 같은
인물들이었다. 이들은 위대함, 강인한 체력, 그리고 뚜렷한 목표를 이루는 능력
을 지니고 있으며, 이를 기리는 것이 작품의 핵심 내용이다.

'집'은 서로에게 아무것도
숨기지 않는 상태다

'Дом' - это ведь не хозяйство, не 'совместное квартирование',
даже не дети. 'Дом' - это когда друг от друга ничего не скрывают.
— Вениамин Каверин, 《Перед зеркалом》

'집'이란 단순히 가정을 꾸리는 것도, '공동 생활 공간'도, 아이들조차도 아니다.
'집'은 서로에게 아무것도 숨기지 않는 상태다.
—베니아민 카베린,《거울 앞에서》

'집'이라는 개념은 대부분 '가족' 혹은 '가족이 사는 공간'을 의미하지만, 나라마다 특징이 있고, 지역적인 차이가 있을 수 있다. 러시아도 예외는 아니다.

우선 러시아의 '집'은 언어부터 독특하다. 장소를 가리키는 '집에'라는 표현은 두 가지로 표현된다. '브 도몌(в доме, 집에서/집 안에서)'라는 표현은 가정이 아니라 말 그대로 벽돌과 콘크리트로 만들어진 '건물', '실내'를 의미한다. 이는 주소나 방향을 알려 줄 때 사용할 수 있는 표현이다. 반면 '도마(Дома, 집에서)'는 문법적으로 같은 격조사를 사용하지만, 단어 활용이 달라지며 의미도 단순한 '건물'에서 '가

베니아민 카베린

정', '가족'으로 확장된다. 더 큰 의미로는 '고향에', '조국에'라는 뜻도 가능하다.

러시아에서는 전통적으로 가족을 최우선시하는 문화가 있다. 여러 세대가 한 지붕 아래에서 함께 사는 게 흔한 풍경이었다. 대가족은 환영받는 개념이었다. 우리 부모님 세대만 하더라도 5~8명의 아이를 낳는 것이 기본이었다. 육아에서 할머니, 할아버지의 역할도 매우 컸다. 도시에 사는 아이들은 학기 중에는 부모와 함께 도시에서 지내지만, 여름 방학 때는 지방에 사는 조부모 집에서 보내는 게 일상이었다. 이러한 '할머니네 마을 집'이라는 모티브는 러시아 문화에서 자주 등장한다. 수많은 노래 가사, 아동 문학, 영화, 드라마, 일상 속 풍습, 광고 등에서 찾아볼 수 있다. 이는 소년 시절과 걱정 없는 시기를 상징하는 인생 경험이기도 하다.

현대 러시아 대도시의 가족 문화는 전 세계와 크게 다르지 않다. 아이를 많이 낳지 않는다. 아이를 낳아도 1명 정도다. 아이 양육 비용, 돌봄 문제, 좋은 학교 진학 등이 출산의 걸림돌로 작용하고 있다. 다른 나라와 비슷한 고민이다. 지방에서 태어난 아이들은 대부분 모스크바를 비롯한 대도시에 가서 공부한 후 정착하고 싶어 한다. 현재 러시아에서도 지방 소멸 문제는 매우 심각하다. 어쩌면 한국보다 더 심각할 수도 있다.

그럼에도 불구하고 한국의 가정 문화와는 차이가 있는 것 같다. 우선 한국에서는 먼 친척까지도 한 가족, 한 식구라고 여기는 경우가 많다. 러시아의 가족 범위는 할머니, 할아버지, 엄마, 아빠, 자식 정도다. 여기에 기껏해야 삼촌까지 포함된다. 하지만 사촌부터는 가족이라고 보기 어렵다고 느끼는 것 같다. 친척끼리 잘 만나지도 않고, 연락을 주고받는 일도 드물다. 물론 결혼, 출생, 장례와 같은 중요한 경조사 때는 만날 수 있지만, 평소에는 소통하지 않는 경우가 대부분이다. 물론 가정마다 차이가 있겠지만 대부분이 그렇다는 이야기다.

친척끼리 만나는 방식도 한국과 다르다. 한국에서는 명절에 가족들이 모이는 문화가 강하다. 설날, 추석에 서로 방문하고 인사하며 시간을 함께 보내는 것이 일반적이다. 반면 러시아에는 설날이나 추석 같은 명절이 없고, 그렇게 모이는 것 자체를 이상하게 여긴다. 앞서 언급했듯이 중요한 경조사가 있을 때만 모이는데, 그조차도 반드시 참석해야 하는 것이 아니다. 사촌이 결혼해도 참석 여부는 그 사촌과의 관계에 따라 다르다. 평소에 가까운 사이라면 참석

하지만, 자주 만나지 않는 사촌이라면 군이 결혼식에 갈 필요가 없다고 생각한다.

러시아에서 가족이 모인다면 명절이나 공휴일이 아니라 '공동 활동' 때문이다. 가장 대표적인 예는 '다차(Дача)'다. 다차는 '별장', '지방 별관'을 의미한다. 한국말로 별장이라고 하면 부자만이 누릴 수 있는 호화로운 집을 떠올리겠지만, 러시아의 다차는 전혀 다르다. 소박하고 허술한 시골집이라고 보면 된다.

다차는 17세기부터 시작된 문화다. 당시 표트르 대제가 상트페테르부르크를 건설하며 수도를 모스크바에서 상트페테르부르크로 옮겼다. 그런데 황제는 상트페테르부르크에 있고, 참모나 귀족, 고위 공무원들은 모스크바에 집이 있다 보니 번거롭게 오가야 했다. 그래서 황제는 충성스러운 이들이 상트페테르부르크에 왔을 때 편하게 지내라고 도시 근교에 땅을 나눠 주기 시작했다. 이렇게 나눠 준 땅의 이름이 다차(러시아어로 '주다', '나눠 주다'라는 의미)다.

처음에는 화려하게 시작됐지만, 시간이 흐르면서 이러한 이미지는 사라졌다. 20세기 소련 정권은 원하는 사람이면 누구든 다차를 가질 수 있도록 대도시 근교의 땅을 작게 쪼개 적극적으로 나눠 주었다. 땅이 워낙 넓어서 나뉘 줄 수 있었지만, 사실 정부는 다른 뜻이 있었다. 식료품 부족 등 의식주 문제 해결을 국민에게 떠넘기려는 이유였다. 땅을 조금 떼어 줄 테니 채소와 과일을 키워서 먹고살라는 의미였다. 그래서 우리 부모 세대는 다차를 '주말을 여유롭게 보내는 곳'이라기보다는 '힘든 농사를 하는 곳'으로 인식하게 됐다.

이방인의 눈에는 이런 다차가 러시아 가족 문화의 특징처럼 보일 수 있다. 매년 5월쯤 온 가족이 차를 타고 도시 외곽에 있는 다차로 가서 농사를 짓는다. 오전에는 땅을 갈고, 잡초를 뽑으며, 감자, 오이, 호박, 토마토, 사과, 딸기 같은 작물을 심는다. 저녁에는 다 함께 모여 고기를 구워 먹으며, 이야기를 나누고, 가족만의 시간을 보낸다. 일종의 가족 친목 시간이다. 경제적 이유에서 시작된 다차 문화는 결국 가족 간의 유대감을 다지는 문화로 자리 잡았다.

집 이야기가 나온 김에 흥미로운 문화 차이를 하나 더 소개하고 싶다. 바로 집, 즉 부동산에 대한 인식이다. 한국 살이를 하며 러시아와 너무 다르다고 느낀 것 중 하나가 바로 한국의 '집 소유' 개념이었다.

한국인의 집에 대한 인식은 매우 역설적이라고 느꼈

다. 누구나 자기 집 마련을 꿈꾸지만, 이사를 너무 쉽게 한다. 임대한 집이든 자기 소유의 집이든 아주 쉽게 팔고, 다른 집을 다시 구매하고, 다른 동네로 이사를 가며, 이직을 해도 쉽게 이사를 간다. 러시아 사람 눈에는 굉장히 신기하다.

러시아 사람들은 이사를 거의 하지 않는다. 느낌으로 판단하는 것이지만, 러시아 사람들은 인생에서 집을 구매하는 일은 아마 딱 한 번뿐일 것 같다. 전쟁이나 홍수, 지진처럼 건물 자체가 무너질 정도의 상황이 아니면 집을 팔거나 이사 가는 상황은 드물다. 이직을 했으니 회사 가까운 곳으로 이사를 간다는 것은 상상도 하지 않는다. 만약 회사와 집 중 하나를 포기해야 한다면, 회사를 포기하고 집과 가까운 직장을 찾는 쪽을 선택할 정도로 집을 옮기는 일은 엄두도 내지 못한다.

집에 대한 인식 자체가 한국인과는 다른 것 같다. 러시아 사람들은 집을 살 때, 평생 살 집이라고 생각하며 구매하는 경우가 압도적으로 많다. 물론 시세 차익을 노리고 부동산 거래를 하는 경우도 있지만, 이는 대도시에 한정된 극소수 전문 업체의 이야기다. 반면 한국 사람들은 집 구매를 러시아 사람들보다 훨씬 쉽게 생각하는 것 같다. 집이 어디에 있든, 일단 분양 받고 구매한 뒤, 돈을 조금 벌면 더 좋은 동네로 이사하겠다는 생각을 가지고 있는 듯하다. 러시아 사람들에게는 신기한 사고방식이다.

물론 요즘 모스크바 같은 대도시에서는 부동산 가격이 계속 올라, 자기 집 마련을 하지 못하고 임대 생활을 전전하는 젊은이들이 많다. 하지만 이런 현상은 비교적 최근에 생긴 일이며, 대도시에만 해당된다. 소도시나 시골 마을에서는 한 집에서 몇 세대에 걸쳐 사는 일이 여전히 흔하다. 이렇다 보니 러시아 사람들의 집에 대한 집착은 한국 사람들보다 훨씬 강하다.

이유는 다양할 것이다. 기본적으로 러시아는 한국보다 땅 자체가 그렇게 귀한 재산이 아니기 때문에 국민 의식도 그렇게 형성된 것이라고 생각할 수 있다. 하지만 이 설명만으론 설득력이 약하다. 러시아의 광활한 땅을 모두 사용할 수 있는 것도 아니고, 사람들이 거주하는 동네는 매우 밀집해 있다. 모스크바의 부동산 가격은 서울보다 높다. 이사를 거의 하지 않는 문화에서 부동산 가격이 높다는 것은 공급이 수요를 따라가지 못한다는 뜻이다.

더 중요한 이유는 역사에 있다. 소련 시절 경제는 자본주의 원리에 기반한 시장 경제가 아니라 계획 경제였다.

베니아민 카베린

그 말인즉슨 부동산도 마음대로 매매할 수 없으며, 국가 배급을 통해 입주해야 했다는 것을 의미한다. 공산주의 체제에서 모든 재산은 국가 소유였으니, 부동산 역시 국가의 것이었다. 쉽게 말하면, 국가는 국민에게 주거를 장기 임대 형태로 제공했다. 예를 들어 100년을 거주할 수 있도록 하는 것이다. 국가가 배급해 준 집은 바꾸거나 양도할 수 없었으며, 이사도 쉽게 할 수 없었다. 그저 주어진 집에서 살아야 했다.

이런 시스템이 수십 년 동안 유지되면서 사람들도 익숙해졌다. 자연스럽게 '이사는 매우 복잡하다'는 생각이 상식처럼 자리 잡았다. 물론 현재 러시아는 계획 경제가 아니므로 이런 시스템은 역사 속으로 사라졌지만, 국민 의식은 그렇게 쉽게 바뀌지 않는 듯하다. 집을 옮기는 일은 여전히 두렵고 복잡하며, 웬만하면 피하고 싶은 고난이라고 생각한다. 특히 소련에서 태어난 기성세대는 더욱 그렇다.

나도 러시아를 떠나 부모님과 따로 살고 있지만, 블라디보스토크보다 인프라가 잘 갖춰지고 생활 수준이 높은 모스크바나 기후가 온화한 러시아 남부로 이사하라고 부모님께 수백 번 제안했다. 그러나 부모님은 매번 단호하게 거절하셨다. 그 지역에서 새로운 집을 알아보고 이사를 하는 과정 자체가 너무 힘들다는 이유였다.

현실적인 측면에서도 다른 동네나 도시로 이사하는 것은 큰일이다. 이사를 잘 하지 않는 문화 때문인지 한국처럼 이사 전문 업체도 거의 없고, 모든 문제를 스스로 해결해야 한다. 행정적으로도 매우 복잡하고 번거롭다. 거주등록 변경, 신분증상 주소 변경, 수많은 기관에 직접 연락해야 하는 과정이 필요하다. 원래부터 악명 높은 러시아의 행정 환경에서 이사와 같은 절차는 인생에서 가장 어려운 도전이라고 해도 과언이 아니다. 젊은 사람들에게는 단순히 귀찮게 느껴질지 몰라도, 나이가 든 사람들에게는 엄두조차 내기 힘든 과제다.

안드레이 네크라소프

Андрей Некрасов, 1907~1987

한때 선원이었던 아동 문학 작가다. 그의 대표작 《브룬겔 선장의 모험기》는 큰
인기를 끌어 애니메이션으로도 만들어졌는데, 소련의 국민 만화 영화가 됐다.
이후 다른 작품들도 냈지만 그리 성공하지 못했고, 그의 커리어는 '소련 아이들
이 좋아하는 브룬겔 선장의 아버지'라는 수식어가 붙는 데 그쳤다.

배는 이름 지어진대로
항해할 거라네

Как вы яхту назовете, так она и поплывет.
— Андрей Некрасов, 〈Приключения капитана Врунгеля〉

배는 이름 지어진대로 항해할 거라네.
— 안드레이 네크라소프, 애니메이션 〈브룬겔 선장의 모험기〉

"배는 이름 지어진대로 항해할 거라네"라는 말은 안드레이 네크라소프의 동화 《브룬겔 선장의 모험기》를 원작으로 만든 만화에 나오는 표현이다. 이 만화는 소련 시절 국민 만화 영화로 불릴 정도로 큰 인기를 끌었다. 주인공 브룬겔 선장은 낡은 배를 타고 세계를 돌아다니며 모험을 하는 인물인데, 위 대사는 애니메이션에 나오는 브룬겔 선장의 노래 가사 중 일부다.

러시아도 한국처럼 이름을 중요하게 생각한다. 인간이든 사물이든 이름이 매우 중요하고 운명을 좌우할 수 있다고 믿는다. 이름을 잘못 지으면 아이의 운명이 나쁜 길로

안드레이 네크라소프

빠질 수 있다고 생각한다. 한국처럼 작명소가 있는 것은 아니지만, 러시아 부모 역시 신중하게 이름을 짓는다.

러시아는 한국과 달리 성(姓)이 매우 다양하고, 이름이 한정적이다. 한국과 반대다. 그래서 이름을 고를 때 폭이 넓지 않다. 게다가 각 시대의 트렌드, 발음의 특징, 지리적 적합성 등의 제한 조건이 더해지면, 선택의 여지는 더욱 좁아진다.

우선 부모는 아이가 미래에 복을 많이 받으라는 뜻에서 시대에 맞거나 의미가 깊은 이름을 선호한다. 1970년대나 1980년대에 아이를 낳은 부모들은 소련의 전성기에 태어나고 자란 세대다. 그래서인지 단순하면서 평범한 이름을 선택했다. 남자는 '세르게이', '알렉산드르', '안톤', '안드레이', '블라디미르' 같은 이름이다. 여자는 '안나', '까쨔', '따냐', '스베타' 등이다. 러시아어 어감으로는 평범하고 남들과 다르지 않다는 느낌을 주는 이름들이다. 소련에서 최우선으로 내세웠던 가치와 일맥상통하는 부분이 있다.

1990년대에 들어서면서는 분위기가 많이 바뀌었다. 사회주의 체제가 막을 내리면서 서방과 적극적인 우호 관계를 맺으려는 시대가 되자 작명 트렌드가 바뀌었다. 부모들은 아이들이 글로벌화된 세상에서 살게 될 것이라는 생각에 발음하기 쉽거나 미국 스타일의 이름을 선호했다. 그래서 당시에 태어난 아이들 중에는 '안젤리나', '에두아르드', '크리스티나' 같은 서양식 이름이 많다. 진부하게 느껴지는 이름을 포기하고 서양 느낌의 이름을 지어 주었다.

2000년대에는 고대 러시아식 이름이 인기였다. 시기적으로 9세기가 연상되는, 서사시에서 만날 법한 이름들이 유행했다. '블라디슬라브'처럼 '-슬라브'로 끝나는 남자 이름이 대표적인 예다. 자식들에게 더 독특하고 희귀한 이름을 지어 주려고 부모들이 전래 동화나 서사시, 역사 교과서를 뒤지기 시작했다. 그 결과 '라도미르'나 '예세니아' 같은 독특한 이름들이 생겼다. 한국으로 따지면 '단군'이나 '춘향' 같은 어감이라고 보면 된다.

참고로 내 이름 '일리야'도 옛 러시아식 이름이다. 우리 어머니는 내 이름을 고민했을 때 아주 유명한 러시아 서사시가 생각났다고 한다. 그 서사시에는 힘이 센 '일리야 무로메츠'라는 기사가 나온다. 키예프 루스를 개국한 블라디미르 공작의 부하로 타타르와의 수많은 전쟁에서 승리를 거두었다는 전설 속의 인물이다. 일리야가 실존 인물은 아니지만 러시아의 '강감찬' 같은 느낌이라고 할까.

러시아에서 이름을 신중하게 고르는 또 다른 이유는 개

안드레이 네크라소프

명이 불가능에 가깝기 때문이다. 한국에서는 개명하려면 가정 법원에 신청해서 일정한 절차를 밟으면 된다. 절차도 그리 어렵지 않아 이름을 바꾸는 이들이 많다. 그러나 러시아에서는 정말 중대하고 위급한 사태가 아닌 한 개명이 어렵다. 일단 이름을 바꾼다고 하면 주변 친구나 친척들이 강하게 반대한다. 만나는 사람마다 왜 이름을 바꾸냐고 물어서 스트레스를 받을 각오도 필요하다.

법적인 절차도 만만치 않다. 개명을 신청하려면 개명 사유를 매우 구체적으로 설명해야 하고, 이를 여러 기관을 거쳐서 여러 사람 앞에서 해명해야 한다. 그러고 나서 또 여러 기관의 허락을 받고, 재판 과정을 통해 개명의 필요성을 변호해야 한다. 시간과 노력을 정말 많이 투자해야 한다. 잘못 걸리면 수십 년이 걸릴 수도 있다. 오래 걸리기도 하고 워낙 번거로운 절차이기 때문에 개명하려는 사람은 거의 없다고 봐도 무방하다. 한번 주어진 이름은 죽을 때까지 간직해야 한다고 보면 된다.

반면 성은 비교적 쉽게 바꿀 수 있다. 결혼한 여성이 남편의 성으로 바꾸는 건 당연한 일이다. 이런 경우 말고도 발음이 어렵거나, 듣기 안 좋은 단어와 발음이 비슷하면, 성을 바꾼다. 특히 연예인들이 그렇다. 한국에서 '주선'이라는 이름을 가진 사람의 성이 '우' 씨여서 개명을 한다면, '우주선' 씨는 '우효린'으로 바꿀 수 있을 것이다. 하지만 러시아에서는 '우주선' 씨가 '김주선'이 되는 식이다.

한국에서는 연예인들이 개명을 하든 예명을 쓰든 대부분 성은 놓아두고 이름을 바꾼다. '김현준'은 '김우빈'으로, '공지철'은 '공유'로 바꾼다. 러시아는 반대다. 연예인들은 성을 바꾸지, 이름은 거의 손대지 않는다.

작명 과정도 한국과는 다르다. 한국에서는 작명소에 가서 출생 일시 등의 정보를 알려주고 좋은 이름을 받는 경우가 있다고 들었다. 내 주변에도 작명소에서 아이 이름을 지은 친구가 있다. 러시아 문화에서는 매우 이상하고 이해하기 어려운 풍습이다.

러시아에서는 부모만이 아이 이름을 지어 줄 수 있다. 제3자가 이 과정에 개입할 수 없다. 개입하려 하면 부모가 강하게 반발한다. 할아버지나 할머니, 친척 같은 가족이 추천할 수도 있지만 말 그대로 추천일 뿐이다. 물론 부모는 할머니나 할아버지 이름을 따서 아이 이름을 작명할 수도 있고 친척 추천에 동의해서 이름을 지을 수도 있다. 하지만 중요한 것은 최종 결정권이 부모에게 있다는 점이다. 우리 가족과 관계없는 제3자가 아이의 이름을 짓는다면

안드레이 네크라소프

러시아인들은 납득하지 못한다. 남이 왜 내 아이의 이름을 지어 주는가라는 반응이 나온다.

사람뿐만이 아니라 사물도 이름이 운명을 좌우한다고 믿는다. 회사 이름, 가게 이름, 건물 이름도 그렇다. 이름을 잘못 붙여서 망하거나 전국적인 비웃음거리가 된 경우가 많다. 해외 브랜드가 러시아에 들어왔는데, 현지 조사를 전혀 하지 않고 원래 명칭대로 론칭했다가 브랜드 이름이 러시아어의 심한 욕이나 웃기는 말과 발음이 비슷해서 망하기도 한다.

대표적인 사례가 한국의 대우자동차다. 2000년대 대우자동차가 '대우 칼로스'라는 이름으로 러시아에 차를 내놓은 적이 있다. 하지만 곧바로 차의 모델명을 바꿔야만 했다. 러시아어로 '칼로스'는 '똥'이라는 단어와 발음이 매우 유사하기 때문이었다. '대우 칼로스'는 '대우 똥차'를 내놓은 셈이 되어 브랜드 이미지가 크게 훼손됐고, 새 모델명을 짓고 홍보하기 위해 큰 비용을 지출해야만 했다.

러시아 회사라고 이런 일이 없는 건 아니다. 러시아의 한 지방에서 새 은행이 문을 열면서 이름을 'Padun(파둔)'이라고 지었다. 하지만 곧바로 여론의 비판을 받고 망해 버렸다. 이 단어의 발음은 '떨어지다', '하락하다'라는 의미를 가진 러시아 단어와 매우 비슷했다. '폭락 은행'에 돈을 집어 넣고 싶은 사람은 없을 것이다.

2023년에는 스시 체인이 화제가 됐다. 모스크바의 한 사업가가 일본 음식 레스토랑 사업을 시작하면서 '요비 도요비'라는 일본어를 그대로 키릴 문자로 표기해서 간판을 걸었다. 일본어로는 그저 '요일 토요일'이라는 뜻이지만, 러시아어를 원어로 사용하는 사람들에게 이 말의 발음은 성관계를 뜻하는, 상대를 매우 비하하는 욕을 연상시켰다. 급기야 시민들은 이 식당 체인을 고소했고, 판사는 식당 이름을 바꾸라는 판결을 내렸다. 러시아인들이 언어에 얼마나 민감하게 반응하지 보여 주는 사례다.

잘된 사례도 있다. 대부분 언어유희나 말장난 비슷하게 이뤄진 작명이나 브랜드명들이다. 러시아 사람들은 창의적이고 호기심을 유발하는 명칭을 좋아한다. 그래서 사업을 시작할 때 모든 사업가들의 첫 고민이 이름 짓기다. 이름을 잘못 지으면 망하고, 잘 지으면 운명이 바뀔 수 있다. 대표적인 성공 사례가 러시아 항공사 'S7'이다.

1992년에 생긴 'Сибирь(씨비리, 시베리아라는 의미)'는 러시아에서 두 번째로 큰 항공사다. 하지만 2000년대 초반에 대형 인명 피해 사고가 거의 매년 발생해서 이미지가 바닥

안드레이 네크라소프

으로 떨어졌다. 재정 상황이 나빠지자 회사 이미지 쇄신이 절실했다. 운영 체계를 혁신하고 회사 이름까지 변경하자는 제안이 나왔다. 이에 사고가 연상되는 '시베리아 항공'을 과감하게 버리고, 새 이름으로 국제항공운송협회(IATA)에 등록된 회사 콜사인을 그대로 항공사 이름으로 쓰자는 참신한 제안이 등장했다.

대한항공 콜사인인 'KE'나 아시아나항공의 콜사인 'OZ'처럼 항공사 콜사인은 두 글자로 되어 있는데 시베리아 항공의 콜사인은 'S7'이었다. '에스 세븐'은 발음도 편하고 외우기도 간단해서 이 이름으로 새 출발을 했다. 홍보를 할 때는 창의적으로 의미를 부여했다. 'S'는 'Syberia'의 첫 글자이며, '7'은 러시아의 국제 전화 국가 번호를 의미하므로 'S7'은 '진짜 러시아 항공사'라고 당당하게 내세운 것이다. 이런 전략이 먹혀 들면서 S7은 2010년대 후반부터 1위 '아에로플롯'과 경쟁하면서 2위로 자리 잡을 수 있었다.

아르까지 스트루가츠키

Арка́дий Струга́цкий, 1925~1991

보리스 스트루가츠키

Бори́с Струга́цкий, 1933~2012

통칭 스트루가츠키 형제(사진 왼쪽 인물이 보리스, 오른쪽 인물이 아르까지)로 불리는 소련 시대의 유명한 SF(사이언스 픽션) 장르 작가다. 친형제인 두 사람은 20세기 중반에 활발히 활동했고, 사실상 소련의 SF 장르를 만들었다. SF 장르 안에서는 세계적인 영향력을 미쳤으며, 지금도 러시아에서 많이 소비되는 작가다. 그들의 작품에는 항상 선택이라는 딜레마가 등장한다. SF 장르를 무대로 철학적인 과제를 던지고, 도덕적이고 윤리적인 문제를 모색해 나가는 그들의 작품은 지금도 독자들의 시선을 사로잡는다.

어떤 이상을 위해 악행을 저질러야 한다면
그 이상은 쓰레기에 불과하다

Если во имя идеала человеку приходится делать подлости,
то цена этому идеалу -дерьмо.
-Братья Стругацкие, 《Хищные вещи века》

어떤 이상을 위해 악행을 저질러야 한다면 그 이상은 쓰레기에 불과하다.
—스트루가츠키 형제, 《세기의 탐욕스러운 물건들》

목적이 정당하면 그것을 달성하기 위해 수단과 방법을 가리지 않는 것이 정당한가? 익숙한 철학적 논쟁이다. 그런데 러시아 문화와 문학 속에서는 이 질문에 대해 보통 **"아니다"**라는 답이 도출된다. 내가 보기에 이는 러시아다운 사고방식이다. 실제 러시아인들의 생각과 다를 수도 있지만, 적어도 문학에서 추구하는 바는 그렇다. 러시아 사람들은 이러한 러시아적 문화가 미국과 차별되는 지점이라고 믿는다. 러시아인들은 미국이 목표를 달성하기 위해 수단과 방법을 가리지 않는다고 생각한다. 정의가 무엇인지에 대한 입장이 다른 것이다. 물론 여기서 정의란 '러시아

스트루가츠키 형제

식 정의'다.

스트루가츠키 형제는 소련 시절 SF 장르에서 아주 유명했던 작가다. 러시아 청소년들이라면 누구나 그들을 알고, 모두가 그들을 좋아한다. 그렇지만 영화화된 작품은 찾기 어렵다. 작품 특유의 분위기 때문이다. 나도 어렸을 적에 많이 읽지는 않았지만, 꽤 잘 아는 작가다. 10대 때 스트루가츠키 형제의 책을 읽으면 전문적인 과학 용어나 개념 때문에 다소 어렵게 느껴지는 부분이 있었다. 유년기 때 내가 가장 사랑했던 영화는 〈스타워즈〉였고, 그 영화를 보며 무한한 우주에 대한 호기심을 키워 가던 중 자연스럽게 스트루가츠키 형제의 작품을 접하게 됐지만, 솔직히 읽기는 쉽지 않았다. 〈스타워즈〉처럼 순수한 우주 모험 이야기가 아니라 항상 도덕과 윤리적인 딜레마가 줄거리 한가운데에 자리하고 있었기 때문이다.

스트루가츠키 형제의 주요 테마는 항상 정의와 선택이다. 주인공은 언제나 지구에 사는 사람이거나, 지구에서 온 사람이고, 시간적 배경은 항상 가까운 미래다. 〈스타워즈〉의 라이트세이버나 인간과 달라 보이는 외계 생명체, 은하계 간 순간 이동 같은 초현실적인 요소는 찾아보기 힘들다. 심지어 SF적인 요소조차 중요한 내용이 아니다.

나쁜 것과 매우 나쁜 것 중에서의 선택, 다른 사람에게 피해를 끼치지만 나에게 유리한 선택, 정의로운 선택과 정의롭지 못한 선택. "어떤 이상을 위해 악행을 저질러야 한다면, 그 이상은 쓰레기에 불과하다"라는 표현도 이런 맥락에서 나온 것이다.

누구나 이루고 싶은 꿈이 있다. 그 꿈을 위해 목표를 세운다. 하지만 그 목표에 도달하는 길은 각자의 선택이다. 스트루가츠키 형제는 부당한 길이라도 목적지에 도달하기만 하면 괜찮은지를 묻는다. 철학적인 질문이다. 스트루가츠키 형제의 작품 중 유명한 소설의 줄거리를 예로 들면 이해가 더 쉬울 것이다.

'지구 실험 역사 연구소'의 사절들은 지구 사회의 이념과 상충되는 방식으로 발전하고 있는 행성을 방문하게 된다. 지구인인 안톤은 그 행성의 주민들에게 왕국의 고귀한 귀족 모습으로 나타난다. 연구소의 다른 직원들도 이 행성 곳곳에서 활동하고 있지만, 그 문명의 발전 과정에 직접적으로 개입할 권리는 없다. 그러나 정직하고 정의를 최우선 가치로 삼는 안톤은 주변에서 일어나는 부정의를 막으려 애쓴다. 그는 현지 여성과 사랑에 빠지면서 객관적이고 냉철한 연구자의 자세를 유지하기 어려워진다. 원래 그는 그렇게 행동하도록 훈련받았지만, 주변 환경의 영향을 받으면서 점차 자신의 정체성에 혼란을 겪기 시작한다.

안톤은 지구인이지만, 이 행성에서는 지배적인 문명에 속해 활동하고 있다. 그런데 그가 사랑에 빠진 여성은 그 행성에서 지배받는 문명에 속해 있다. 자세히 관찰해 보니, 두 집단 중 한 집단이 다른 한쪽을 계속 공격하고, 반대쪽은 늘 당하기만 한다. 공격당하는 집단은 상대적으로 발전되어 있고 문명의 씨앗이 보인다. 반면 공격하는 집단은 야만에 가까운 행태를 보인다. 인간의 기술로 공격당하는 쪽을 도와줄 수도 있다. 공격하는 집단이 사라지면, 공격당하는 집단이 발전하여 미래에 화려하고 우수한 문명을 일궈낼 가능성이 뻔히 보인다. 그러나 이는 공격하는 집단이 없어져야 가능한 일이다.

여기서 주인공의 도덕적 딜레마가 발생한다. 현지인들의 격전 현장에 인간이 개입하는 것이 문명 진화에 도움을 줄 수도 있지만, 외부인인 인간이 다른 행성에서 벌어지는 진화 과정에 개입할 자격이 있는 것인가? 이것이 주인공의 고민이고, 작가가 독자에게 던지는 질문이다. 이는 SF에서 자주 볼 수 있는 '비간섭 원칙'과 연결된다. 비간섭 원칙은 상대적으로 더 발달한 문명이 덜 발달한 문명과 조우

했을 때는 개입하면 안 된다는 원칙이다. 하지만 사랑하는 여자가 공격으로 인해 죽자, 주인공 안톤은 이성을 잃고 절망에 빠져버린다.

이 문제는 철학적이면서도 매우 현실적이다. 소설은 상상의 이야기를 다루지만, 의심할 여지 없이 유럽의 아프리카 식민지 문제를 정확히 짚어 내고 있다. 작가는 이 작품에서 가장 핵심적인 문제에 대해 답을 내리지 않는다. 그러나 수많은 평론가는 이 작품을 "분명한 반소련 체제 감정의 발현"이라고 지적한다. 야만적인 문명이 그 행성에서 빈곤, 폭력, 타락을 계속 불러일으키듯이, 아프가니스탄이나 캄보디아, 북한과 같은 사례를 들며, 우리 지구에서도 소련이 똑같은 역할을 하지 않느냐고 전문가들은 주장한다.

여기서 추가로 설명할 점이 있다. 러시아에서 '법'과 '정의'는 서로 전혀 다른 개념이다. 역사적으로 러시아 사람들은 법을 신뢰하지 않으며, 별로 따르려 하지 않는 경향이 있다. 법은 상류 계층이 자신에게 유리한 시스템을 만들어 이익을 챙기기 위한 것이라고 보기 때문이다. 법은 정의롭지 못할 수밖에 없다. 또한 법은 사람을 통제하기 위해 만든 것이지, 사람을 정의롭게 다스리기 위해 만든 것이 절대 아니다. 이러한 인식은 현재 러시아 사회에서도 어느 정도 남아 있다. 법은 존중해야 하지만, 법과 정의가 대립하는 상황이라면 러시아인들은 무조건 정의를 선택한다.

러시아 사람들에게 정의는 절대적이다. 정의는 사람이 아닌 하늘이 내리는 것이다. 항상 옳다. 정의가 있는 삶을 살아야 모든 것이 잘되고, 도리와 이치에 맞는다. 예를 들어 보자. 내 동료이자 친한 친구가 업무 중 부당한 청탁을 받고 자신의 자리를 이용해 그 '민원'을 해결했다. 이는 법을 어긴 것이다. 그런데 이 사실을 내가 알게 됐다. 이때 나는 어떻게 해야 할까?

만약 동료의 위법 행위를 경찰에 신고해야 한다고 생각한다면, 당신은 러시아인이 아니다. 법대로 친구를 신고하는 행위는 친구를 배신하는 것과 같다. 그런 행위를 하면 온 사회가 당신을 비난할 것이다. 법이 어떻든, 친구를 배신하는 것은 정의롭지 못하며 비판받아 마땅한 일이다. '사람'이라면 가족과 친척, 친구를 보호하고 지켜야지, 법을 지켜야 하는 것은 아니다. 법은 오늘 존재하지만 내일이면 사라질 수도 있다. 반면 친구는 신이 주는 영원한 축복이다.

러시아인의 정의에 대한 개념은 의견이 갈릴 수 있다는 것을 충분히 이해한다. 나는 어느 편을 드는 것이 아니다. 다만 러시아 문화를 설명할 뿐이다. 러시아 문화 속에 이러한 대립이 항상 존재한다는 것을 안다면, 러시아 문화를 보다 더 깊이 이해할 수 있을 것이다.

스트루가츠키 형제

세르게이 도블라토프

Сергей Довлатов, 1941~1990

20세기에 가장 유명한 이민파 작가 중에 한 명이다. 소련에서 태어나서 활동하다가 정부의 눈 밖에 나서 1978년에 가족과 함께 미국으로 이민했다. 1990년에 세상을 떠나기 전까지 미국 뉴욕에 거주하면서 작가로 활동했다. 주로 사회, 이민자의 정체성, 일상 속의 지혜 같은 주제를 다룬 작품을 남겼다.

내가 쓰레기는
아닌가?

Человек привык себя спрашивать: кто я?
Ученый, американец, шофер, еврей, иммигрант…
А надо бы все время себя спрашивать: не говно ли я?
– Сергей Довлатов, 《Ремесло》

사람은 항상 자신에게 묻는다. 나는 누구인가?
나는 학자인가, 미국인인가, 운전사인가, 유대인인가, 이민자인가…
하지만 스스로에게 물어야 할 질문은 이것이다. 내가 쓰레기는 아닌가?
―세르게이 도블라토프, 《직업》

세르게이 도블라토프는 한국에선 잘 알려지지 않은 20세기 러시아 작가다. 하지만 그의 소설들은 전 세계 30개 언어로 번역됐고, 유럽과 미국에서는 꽤 유명한 작가다. 1941년에 소련 우파(Ufa)라는 도시에서 태어났고, 작가 활동을 일찍부터 시작했지만, 반정부 성향이 너무 강해서 결국 1978년에 소련을 떠나 미국으로 이민했다. 1990년에 생을 마감할 때까지 미국 뉴욕에서 살았고, 2014년에 뉴욕 시청은 뉴욕 퀸즈에서 도블라토프를 기념하기 위해 그가 살았던 거리를 'Dovlatov Street'로 명명했다.

　도블라토프는 이오시프 브로드스키와 알렉산드르 솔제

니친과 함께 20세기 소련 이민파를 대표하는 작가다. 그리고《롤리타》를 쓴 블라디미르 나보코프와 함께 미국의 유명 신문인 〈더 뉴요커(The New Yorker)〉에 자신의 문학 작품이 실린 유이한 소련 작가이기도 하다. 그가 미국으로 이민을 가기 전에 소련에서 쓴 단편 소설을 비롯한 문학 작품은 그의 유서에 따라 출판이 금지됐으나, 그 이후에 쓴 작품들은 널리 알려졌다. 21세기에 들어서 여러 작품이 영화로 제작되기도 했다.

이민파 작가들에 대해서는 역사적인 배경을 좀 더 살펴볼 필요가 있다. 강제든 자발적이든 작가들의 이민 사례가 굉장히 많다. 도스토옙스키도 독일에서 오래 살았으며, 막심 고리키도 인생의 절반 정도를 이탈리아에서 보냈다. 솔제니친처럼 해외에서 오랜 이민 생활을 하다가 본국의 정치 상황이 변하자 다시 고향으로 돌아간 경우가 있는가 하면, 이민을 가서 타지에서 인생을 마무리한 나보코프나 도블라토프와 같은 사례도 적지 않다. 시대마다, 사람마다 이유가 다르지만 이민 사례는 매우 많다.

이는 러시아 사회에서 문학이 차지하는 위상, 문학인의 역할 때문이다. 19세기나 지금이나 러시아에서 작가는 엄연한 지성인으로 여겨졌고, 사회에서 '엘리트' 역할을 해

왔다. 황제에 대한 공개 비판을 할 수 있는 이는 문학 작가 밖에 없었다. 민주주의 국가에서는 권력을 비판하고 견제하는 역할을 언론이 하지만, 러시아에서는 전통적으로 이런 역할을 문학이 해 왔다. 문학은 곧 정치다. 20세기 초반 유명한 러시아 신문인 〈노보예 브레먀〉의 수보린 편집장은 자신의 일기에서 유명한 말을 남겼다.

"러시아에는 황제가 두 명이 있다. 니콜라이 2세와 레프 톨스토이다. 이 둘 중 누가 더 세냐고? 니콜라이 2세는 톨스토이를 어떻게 할 수가 없다. 반면에 톨스토이가 손가락 하나만 대면 황제 밑에서 왕좌가 바로 흔들리기 시작한다. 니콜라이가 톨스토이를 건드릴 생각만 해도 온 러시아 국민, 유럽, 전 세계가 화가 나서 일어날 것이다. 그래서 니콜라이는 꼬리를 내릴 수밖에 없고 아무것도 못하고 있다."

톨스토이를 비롯한 문학계 전체의 영향력을 잘 보여 주는 말이다. 온 국민의 사랑을 받는 작가들은 황제마저 손댈 수 없는 위인들이라는 이야기다.

소련 시절도 예외가 아니었다. 소련 지도자를 비판하고

세르게이 도블라토프

공산주의의 단점을 지적하는 작가들은 흔적도 없이 사라지거나 이민을 갈 수밖에 없었다. 그들의 책은 당연히 금지됐다. 하지만 정부가 금지한다고 해서 국민들이 그들의 이름을 모르는 것은 아니었다. 불법으로 출판되어 비밀리에 배포되거나 안전한 장소에서 만나 조용히 독서 모임을 가진 사례는 차고 넘친다. 우리 부모님도 소련 시절 도블라토프의 책은 물론 솔제니친의 책을 읽은 적이 있다고 했다. 물론 드러내고 읽을 수는 없었고, 밤에 불을 끄고 몰래 읽었다고 한다. 당연히 그 누구에게도 이 사실을 알릴 수 없었다. 소련을 비판한 작가의 책을 읽다가 잡히면 바로 감옥행이었기 때문이다.

작가의 '대중 권력'은 지금도 이어진다. 2020년대부터 푸틴을 비판하는 작가의 책은 러시아에서 금서로 지정됐고, 지금도 러시아 정부를 비판하는 작가들은 대부분 해외에 살고 있다. 다른 장에서 언급될 보리스 아쿠닌도 그렇다. 이런 맥락에서 보면 도블라토프의 이야기를 이해하기 수월할 것이다.

도블라토프의 인생을 보면 알 수 있듯이, 그의 작품에서는 이주, 사회에 대한 고민 등과 같은 주제들이 자주 등장한다. 그의 작품은 거의 모두 단편 소설로 이뤄져 있으며,

대부분 작가의 개인 경험을 바탕으로 한 이야기들이다. 19세기 러시아 문학이 인생의 목표를 탐구하거나 중요한 철학적 문제의 해답을 찾는 데 주력했다면, 20세기 후반을 대표하는 도블라토프는 사소한 일상과 대인 관계에 집중했다. 솔제니친이 다큐멘터리 영화처럼 상세하고 치밀한 기록을 선호했다면, 도블라토프는 일상 속 인간을 중심으로 줄거리를 전개했다.

그의 작품은 간결하고 단순한 언어로 쓰였기 때문에 러시아 독자들에게 쉽게 읽힌다. 그러나 이러한 간결함과 단순함은 형태에만 해당되며, 내용은 깊은 의미를 품고 있다. 때로는 진지하게, 때로는 코믹하게 누구나 겪을 수 있는 일상의 문제를 다루며, 독자들이 나라를 막론하고 쉽게 공감할 수 있는 메시지를 전달한다.

위 명언은 《직업》이라는 작품에 나오는 대사다. 《직업》은 작가의 회고록으로, 작가로 살아가는 것의 어려움을 다루는 소설이다. 소련 체제의 검열과 체제의 압박 속에서 문학적 양심을 유지하려 했던 작가의 고민이 드러나고, 미국에서 이민자 작가로서 마주할 수밖에 없는 낯선 현실을 토로하며 문학의 본질을 고민한다. 이 작품은 도블라토프가 소련에서 미국으로 이민한 후 가장 먼저 출간한 책이다.

많은 러시아 독자들은 도블라토프의 작품이 인기 있는 이유를, 작품에서 선과 악을 구분하지 않는 점에서 찾는다. 일상을 살아가는 우리는 상황에 따라 다른 결정을 내릴 뿐이며, 본질적으로 선악이 존재하지 않는다는 것이 그의 철학이다. 이런 이유로 도블라토프의 작품들은 슬픈 코미디이자 현실적인 면모가 강하다. 작가 특유의 풍자와 냉소는 우리의 인생을 그대로 보여 주며 많은 독자들의 마음을 사로잡았다.

"인생은 정말 멋지고 아름다워!" 마야콥스키는 자살 직전에 이렇게 외쳤다.

("Жизнь прекрасна и удивительна!" - восклицал Маяковский накануне самоубийства.)

앞서 다룬 작가인 마야콥스키는 20세기 초반 러시아에서 매우 유명한 시인이다. 그는 1917년 사회주의 혁명을 적극적으로 지지했고, 1922년에 건국된 소련을 열렬히 환영했다. 그의 시는 선동적이며, 인생의 즐거움과 열정으로 가득 차 있는 것으로 잘 알려져 있다. 마야콥스키의 작품을 읽다 보면, 그는 마치 인생에서 완벽하게 성공하고 삶을 진정으로 즐기는 사람처럼 보인다. 그러나 그는 30대 후반에 스스로 생을 마감했다. 도블라토프는 마야콥스키의 사례를 통해, 우리가 보는 외견이 전부가 아니라는 점을 전달한다. 겉으로 즐겁고 활발한 사람도 우울증에 걸릴 수 있으며, 냉정하고 감정을 잘 드러내지 않는 사람도 내면적으로는 매우 행복할 수 있다는 뜻이다. 겉모습만으로 사람을 판단하지 말라는 이야기다.

우리는 스탈린 동지의 만행을 끝없이 비판한다. 그래, 당연한 일이다. 하지만 나는 한 가지가 궁금하다. 스탈린에게 400만 건의 밀고는 누가 했을까?

(Мы без конца ругаем товарища Сталина, и, разумеется, за дело. И все же я хочу спросить - кто написал четыре миллиона доносов?)

1930년대 스탈린의 대숙청 정책으로 수많은 사람들이 목숨을 잃었다. 스탈린을 비롯해 공산주의 이념에 반대한다고 의심만 받아도, 그날 새벽에 흔적도 없이 사라지는 일이 빈번했다. 자식이 부모를, 연인이 파트너를, 이웃이 옆집 친구를 공산주의 반대자로 의심해 고발하는 일이 흔했다. 이는 소련의 악명 높은 역사 중 하나로 잘 알려져 있

세르게이 도블라토프

다. 시간이 흐르면서 이런 만행은 스탈린 개인의 책임처럼 묘사됐지만, 도블라토프는 이런 인식이 잘못된 것일 수 있다고 날카롭게 지적한다. 스탈린도 문제였지만, 그의 정책에 동조했던 수많은 국민을 잊어서는 안 된다는 것이다. 책임을 넘기지 말고, 역사를 제대로 배우고 인식해야 한다는 메시지다. 지금도 유사한 상황이 반복되는 오늘날, 그가 남긴 말은 더욱 중요한 의미를 가진다.

빅토리야 토카레바

Виктория Токарева, 1937~현재

현재 러시아에서 활동 중인, 방송 작가 출신의 작가다. 방송 작가 시절에는 소련
과 러시아에서 널리 알려진 영화 대본을 집필하며 명성을 얻었으며, 은퇴 후에
는 본격적으로 저술 활동을 이어 갔다. 토카레바의 작품에서 주인공은 항상 젊
은 여성이며, 주요 주제는 사회적 불평등, 여성의 사회적 위치, 현대 사회의 문제
다. 이러한 주제 의식 덕분에 그녀는 '러시아의 첫 페미니스트 작가'라는 평가를
얻었다.

사랑의 테러,
우리는 테러의 인질로 잡혀 있다

Наши мамы считают, что их любовь к своим детям дает им право на
любой террор. Террор любовью. А мы сидели в заложниках.
— Виктория Токарева, 《Террор любовью》

우리 엄마들은 자식들을 향한 사랑이 어떤 테러라도 정당화해 준다고 믿는다.
사랑의 테러, 우리는 테러의 인질로 잡혀 있다.
—빅토리야 토카레바,《사랑의 테러》

자녀 양육은 그 나라의 가치관과 세계관을 잘 드러낸다.
소소한 일상부터 철학적인 교육까지 나라마다 정말 다르
다. 내가 러시아와 한국이 극명하게 다르다고 느꼈던 순간
중 하나가, 자녀 양육 문제를 두고 한국인과 대화를 나눌
때였다.

　일상의 영역에서는 러시아가 한국보다 아이를 엄격하
게 대한다. 아이의 식습관이나 일상의 태도를 두고 러시
아 엄마들은 하루에도 수십 번씩 이렇게 말한다. "똑바로
앉아!", "쩝쩝대지 마!", "팔꿈치를 테이블에서 치워!", "소
리 지르지 마!" 집 밖에서도 마찬가지다. 공공장소에서 시

끄럽게 굴지 않고 뛰어다니지 않는 것이 기본 매너라고 가르친다. 물론 어린아이를 완벽히 통제할 수 없다는 사실을 러시아인들도 잘 알고 있다. 하지만 러시아 사회는 묵시적으로 부모가 자녀를 훌륭히 통제하기를 기대한다.

러시아 SNS에서 항상 불타오르는 논쟁 중 하나가 비행기에 아이를 데리고 탑승하는 문제다. "아이가 우는 소리는 다른 탑승객에게 불편을 끼치니 절대 비행기를 타면 안 된다"라는 주장과 "이어폰을 끼고 가라"는 반론이 서로 치열하게 맞붙는다. 두 그룹은 손가락에서 피가 날 정도로 열심히 자판을 두드리며 논쟁한다. 때로는 정치적 논쟁보다 더 격렬할 때도 있다.

이 부분은 한국과 크게 대비된다. 처음 한국에 왔을 때, 카페나 식당에서 아이가 시끄럽게 소리를 지르거나 뛰어다녀도 부모가 말리지 않는 것을 보고 매우 신기했다. 다른 사람들에게 배려가 없다고 보기는 어렵지만, 아이에게 허락하는 행동의 범위가 러시아보다 더 넓다고 느꼈다. 러시아에서도 집 앞 놀이터나 길거리에서 아이가 자유롭게 행동하고 시끄럽게 구는 것은 크게 신경 쓰지 않지만, 최소한 카페나 식당, 박물관, 공항 등 공공장소에서는 매너 있게 행동하도록 훈육한다.

흥미롭게도 교육 영역에서는 정반대다. 우리 집도 그랬지만, 러시아는 전반적으로 아이에게 공부를 강요하지 않는 문화다. 공부를 못한다고 해서 특별한 조치를 취하거나 아이에 대한 부모의 태도가 달라지지 않는다. 잘하는 아이는 잘하는 대로, 못하는 아이는 못하는 대로 그냥 놔둔다. 나는 학교에서 공부를 잘하는 편이었지만, 우리 부모님께서 그것 때문에 내게 공부를 더 하라고 강요한 적은 전혀 없었다. 격려도 딱히 없었다. 그저 '일리야가 공부를 잘하는구나' 정도의 태도를 보이셨다. 정규 수업 외에 학원을 다닌다거나 개인 지도를 받아 본 적도 없다. 학교 외 활동을 하라는 말도 없었다. 내 주변 친구들도 대부분 비슷했다. 물론 현재 모스크바와 같은 대도시는 다를 수 있으나 적어도 내가 학교를 다닐 때는 그랬다.

엄마께서 한국에 몇 번 오신 적이 있다. 엄마와 함께 서울을 비롯해 전국을 돌아다녔는데, 엄마가 가장 신기하게 관찰한 것 중 하나가 아이들을 대하는 한국 부모들의 태도였다. 수많은 학원 간판을 보며, 대학 간판이 인생을 결정짓기 때문에 수능에 모든 것을 바쳐야 한다는 이야기를 들으시고는 "아동 학대 아니냐?"고 걱정하셨다. 공부를 잘해서 사회에서 더 좋은 자리를 차지하려는 노력은 이해하지만, 인생에서 한 번뿐인 귀한 청소년기를 이렇게 보내야 하나며 계속 되물으셨다.

사소한 부분을 수없이 예로 들 수 있지만, 크게 보면 자녀 교육 철학이 많이 달라서 그런 것 같다. 기본적으로 러시아에서는 아이에게 항상 두 가지 개념을 가르친다. 책임감과 자립성이다.

러시아에서 나고 자란 사람이라면 누구나 어렸을 때부터 부모에게 귀에 못이 박히도록 듣는 말이 있다. "네가 사용한 접시는 네가 직접 설거지해라", "네 가방은 네가 직접 챙겨라", "실수로 접시를 깨뜨리면 솔직히 말하고 실수를 인정해라" 같은 말들이다. 이는 자신이 한 행동에 대한 책임감을 키우기 위한 말들이다.

다른 사람들과 같아지려 하기보다 자신의 의견을 제대로 표현하도록 자립성도 강조한다. "네 친구가 도둑질하면 너도 도둑질할 거야?"라는 부모님의 빈정 섞인 말도 수없이 들었다. 이는 친구가 그런다고 해서 덩달아 따라 해서는 안 된다는 의미다. "친구는 친구고, 너는 너다. 네 어깨 위의 머리는 장식이냐?"는 말 역시 러시아 부모들이 흔히 아이들을 나무라는 잔소리 중 하나다. 다른 사람을 무작정 따라 하지 말고 네 뜻대로 행동하라는 취지다.

어디에서나 부모의 과한 사랑이 문제다. 빅토리야 토카레바는 이를 놀라운 표현으로 담아냈다. 그녀는 자녀를 지나치게 통제하고 관리하려는 부모를 비판하며, 이를 "사랑의 테러"라고 명명했다. 아이를 소유물로 여기고, 아이의 필요를 자신이 가장 잘 안다고 믿는 엄마에 대해 러시아 사회는 곱지 않은 시선을 보낸다. 한국에서는 이런 엄마들에 대한 혐오 표현으로 '맘충'이라고 부르던데, 러시아에서도 비슷한 표현이 있다. 바로 "내가 엄마잖아!(Я ж мать!, 야 제 마찌!)"다. 이 표현은 자녀를 과잉 보호하며, 24시간 감시하고, 식단, 숙면, 대소변까지 철저히 관리하는 엄마의 태도를 일컫는다. 마치 애완견을 키우듯이, 아니 어쩌면 애완견보다 더 엄격할지도 모른다.

앞서 말했듯이 러시아에서는 공공장소에서 낯선 아이가 떼를 쓰거나 시끄럽게 굴면, 주변 사람들이 한마디할 수 있는 분위기다. 비행기 안에서 아이가 울기 시작하거나, 영화관에서 지나치게 시끄럽게 굴면, 주변 사람들이 부모에게 아이를 달래 달라고 요청한다. 그러면 보통 부모는 "죄송합니다" 하면서, 바로 아이에게 "조용히 해"라고 주의를 준다. 하지만 '내가 엄마잖아!' 족속은 다르다. 이들은 "내 아이에게 목소리를 높이지 말라"며 짜증 섞인 표

빅토리야 토카레바

정으로 시비를 걸거나, "내가 알아서 하겠다"며 화를 낸다. 학교 선생님에게는 우리 아이를 가르치는 '올바른' 방법을 알려 주고, 의사에게는 우리 아이를 치료하는 '올바른' 방법을 가르친다. "내 아이는 내 소유물이니, 다루는 방법도 내가 제일 잘 안다"는 사고방식이다. 왜 그렇게 생각하냐고 물으면, 돌아오는 대답은 간단하다. "내가 엄마잖아!"

토카레바는 이런 엄마를 '테러리스트'로, 이런 엄마 밑에서 자라는 아이를 '인질'에 비유한다. 그만큼 이러한 부모의 태도를 부정적으로 보고, 자녀 양육에 적합하지 않다고 생각하는 것이다.

여기서 조금 덧붙이자면, '테러'라는 단어는 러시아어와 한국어에서의 어감이 조금 다른 것 같다. 러시아어에서 '테러'는 말 그대로 매우 끔찍하고 살벌한 느낌을 준다. 미국의 9.11 테러, 탈레반이나 중동 테러 조직이 저지르는 대학살 사건을 말할 때 쓰는 표현이다. 그래서 토카레바는 이런 단어를 사용함으로써, 이런 엄마들의 사랑이 얼마나 끔찍하고 잔인한지 그 효과를 극대화한다.

자녀 양육 이야기가 나온 김에 러시아의 성 역할론에 대해서도 언급할 만하다. 한국과 비슷하게 가부장적인 문화가 우세하다고는 하지만, 분명한 차이도 존재한다. 남아 선호 사상이 강한 한국 문화와 달리, 러시아는 아이의 성별에 대한 선호가 그렇게 뚜렷하지 않다. 과거 마을의 노동력을 위해 남자아이를 선호하는 문화가 특정 시기와 지리적 조건에서 나타나긴 했지만, 이는 한정적인 상황에 불과했다. 특히 지금의 러시아나 대도시에서는 이런 특정 성별 선호 현상이 거의 보이지 않는다. 하지만 성 역할 구별은 한국보다 훨씬 뚜렷하다. 세계적인 변화 속도를 따라가고 있는 한국과 달리, 러시아는 이러한 변화의 속도가 확실히 느리게 느껴진다.

몇십 년 전 이야기지만, 내가 어렸을 때 엄마에게 자주 들었던 말이 있다. "울지 마! 남자가 울면 안 돼!", "왜 여자처럼 만화를 봐?", "밖에 나가서 놀아! 왜 여자처럼 얌전하게 집에만 있어?" 특정 색의 옷을 입으면 안 되고, 감정을 표현해서도 안 되며, 자제해야 할 것들이 참 많았다. 어릴 때 받은 이런 교육이 머릿속에 깊이 박혀 있어서인지, 한국에 온 지 12년이나 지나서야 처음으로 핑크색 셔츠를 사서 입었고, 선크림이나 보습제를 사용하기 시작했다. 러시아에서는 오해받기 딱 좋은 행동들이었기 때문이다. 지금도 이런 분위기는 크게 달라지지 않았다.

상식적으로 보면, 이렇게 성 역할이 뚜렷하고 가부장적

빅토리야 토카레바

인 사회에서는 페미니즘이 강하게 대두될 것이라고 생각하기 쉽다. 남녀평등이 잘 이뤄지지 않는 사회라면, 평등을 요구하는 목소리가 있을 거라는 기대는 합리적이다. 그러나 러시아도 한국처럼 남녀평등이 미흡한 사회이지만, 페미니즘에 대한 대중의 인식과 현실은 거의 정반대일 정도로 다르다.

사회 속 여성의 위치가 '제한적이면서도 자유롭다'는 역설은 러시아의 현실이다. 다른 장에서 설명했듯이 한편으로는 교육이나 일자리에서 제한을 받지 않고, 높은 위치로 올라가는 등 여성에 대한 대중의 인식은 좋은 편이다. 기업, 정치, 사회 공공 영역에서 활동하는 여성들이 많다. 예를 들어, 러시아의 최대 온라인 쇼핑몰인 '와일드베리즈'의 사장은 여성인데, 그녀는 러시아에서 가장 부유한 인물중 하나로 꼽힌다. 또한 국회에서 여성 의원의 비율도 그렇게 낮지는 않다. 러시아 사람들이 기리는 황제들 중 대부분은 여제들이고, 중요한 일을 해낸 역사적 인물 중에도 여성이 다수 있다.

일상의 영역에서는 여성의 지위가 정반대다. 일상 속 대화에서 여성에 대한 비아냥이나 비하 발언, 성별 차이를 강조하는 농담이 흔하고, '남자는 돈을 벌고, 여자는 가사를 한다'는 사고가 여전히 매우 보편적이다. 나는 남자라서 러시아 사회 내 여성의 문제를 정확히 알 수 없을 수도 있지만, 남자인 내가 봐도 이 문제가 상당히 심각하다고 느껴질 정도다.

더 신기한 점은 러시아 여성들 대부분이 이에 대해 크게 반감을 보이지 않는다는 것이다. 미국의 '미투 운동'이나, 다른 나라에서 여성이 대통령으로 당선됐다는 뉴스를 접하면 러시아에서는 비웃는 반응이 나오곤 한다. "극단적 페미니즘"이라고 치부하며 가볍게 넘어간다. 그러면서 매년 3월 8일 '여성의 날'을 기다린다. 이 날은 말 그대로 '여성임'을 기리는 날인데, 모든 남성이 모든 여성에게 축하의 말을 건넨다. 러시아 여성들은 이를 좋아하고 학수고대한다. 외국인들에게는 이해하기 어려울 수도 있다.

물론 러시아에도 페미니즘 가치를 외치는 이들이 있다. 대도시에서는 지방보다 목소리가 더 크지만, 이는 극소수의 의견에 불과하다. 사회적으로 널리 인정받거나 공감받지는 못한다.

이런 사상을 공유하는 사람들은 토카레바를 매우 좋아한다. 그녀의 소설 속 주인공은 항상 여성이고, 이들은 고통을 겪으며 사회적 한계를 넘어서는 성격을 지니는 편이기 때문이다.

흥미로운 점은 토카레바 본인은 스스로를 "페미니스트 작가"라고 부르지 않는다는 것이다. 그녀는 여러 인터뷰에서 다음과 같이 밝혔다. "나는 어디까지나 전통적인 가치를 공유하는 사람이고, 지금 나의 사회 속 위치를 아주 좋아한다. 내 소설 속 주인공이 모두 여성이라 나를 페미니스트라고 부르지만, (나는) 전혀 아니다. 단지 주인공을 여성으로 설정했을 뿐이며, 그 이상 아무 의미도 없다."

러시아 사람들이 '페미니즘'이라는 단어를 좋아하지 않는 또 다른 이유는, 서구의 영향을 많이 받은 개념이라고 생각하기 때문이다. 성 역할이 뚜렷한 러시아 사회에서는 남녀평등 개념을 '서양의 놀이'로 치부한다. "세상에 별 놈의 사상이 다 있네"라고 반응한다. 언론 보도에서 나오는 극단적인 사례를 두고, "그들이 사는 세상"이라며 조롱한다.

러시아 사회는 이런 문제가 전혀 없다고 선동한다. 이는 반은 맞고 반은 틀리다. 문제의 대상자가 문제의식을 가지고 이에 대해 목소리를 내야만 문제가 되는 것이다. 하지만 러시아에서는 이런 문제의식이 약한 편이다. 이에 대해 목소리를 내는 사람도 많지 않고, 사회적으로 이슈화되지도 않는다. 또한 소련 시절이나 지금이나 여성 인권보다 더 심각하고 절실한 문제가 많기 때문에 이 이슈가 묻히는 경향도 있다.

이 모든 배경을 고려하면, 비록 토카레바가 스스로를 페미니스트 작가로 규정하지 않는다 해도 러시아의 현실은 그녀를 페미니스트 작가로 만드는 데 충분해 보인다.

보리스 아쿠닌

Борис Акунин, 1956~현재

현재 러시아 작가 중 가장 유명한 작가이자 번역가, 정치 활동가다. 역사 추리 소설로 데뷔했으며, 러시아 역사를 토대로 한 추리 소설 시리즈로 큰 성공을 거뒀다. 본명은 그리고리 치하르티시빌리(Григорий Чхартишвили)이며 아쿠닌이라는 필명은 일본어로 악인(惡人)을 의미한다.

강한 반정부 성향을 지닌 인물로, 현재 러시아에서는 그의 책이 금서로 지정됐다. 2014년부터는 영국 런던으로 이주해 반푸틴 활동에 적극 참여하고 있다.

한 사람이 다른 사람과
평등할 수는 없다

- Я ⟨…⟩ вообще противник д-демократии. ⟨…⟩ Один человек изначально не равен другому, и тут уж ничего не поделаешь. Демократический принцип ущемляет в правах тех, кто умнее, т-талантливее, работоспособнее, ставит их в зависимость от тупой воли глупых, бездарных и ленивых, п-потому что таковых в обществе всегда больше. Пусть наши с вами соотечественники сначала отучатся от свинства и заслужат право носить звание г-гражданина, а уж тогда можно будет и о парламенте подумать.
— Борис Акунин, «Турецкий гамбит»

나는 대체로 민주주의에 반대합니다. ⋯ 한 사람이 다른 사람과 평등할 수는 없어요. 이건 어쩔 수 없는 사실이지요. 민주주의는 더 똑똑하고, 더 재능 있고, 일도 더 잘하는 사람들의 권리를 침해하잖아요. 대신 그들을 멍청하고, 무능하며, 게으른 다수의 아둔한 의지에 종속시킵니다. 왜냐하면 이런 사람들이 사회에서 항상 다수니까요. 우리 동포들이 먼저 천박함에서 벗어나 '시민'이라는 칭호에 걸맞은 자격을 갖추고 난 다음에야 의회에 대해 생각해 볼 수 있을 겁니다.
—보리스 아쿠닌, 《터키 갬빗》

보리스 아쿠닌은 내가 매우 좋아하는 현대 작가 중 한 명이다. 우리 시대의 지성인이다. 그는 러시아 현대 사회와 정치 이슈를 매우 개방적인 시각으로 바라보며, 적극적으로 활동하는 베스트셀러 작가다. 해외 유학 경험이 있고, 외국어에도 능통하다.

보리스 아쿠닌

현대 러시아 작가들과의 차별점이 있다면, 그가 일본에서 오래 거주했던 경험이 있고, 일본 문화와 역사를 잘 알며, 일본어를 원어민처럼 유창하게 구사한다는 점이다. 그래서 아쿠닌의 작품에는 일본과 일본인 캐릭터가 자주 등장한다. 러시아인들에게 이색적이고 동양적으로 느껴지는 문화와 철학도 그의 작품에서 자주 나타난다.

'보리스 아쿠닌'이라는 이름은 예명이다. 본래 조지아 출신인 그는 일본에서 오랜 시간을 보내면서 '악할 악(惡)'과 '사람 인(人)' 두 한자를 이용해 일본어식 발음인 '아쿠닌'이라는 예명을 만들어 활동하기 시작했다. 작가는 이 예명을 선택한 이유를 명확히 설명하지 않았지만, 팬들은 그의 여러 인터뷰와 소설을 통해 나름의 해석을 내놓았다.

첫 번째 이유는 일본어로 '아쿠닌'은 단순히 '나쁜 사람'이 아니라, '현 질서에 반항하지만 똑똑하고 현실적이며 큰 그림을 그려 주는 빌런'에 가깝다는 것이다. 19세기 말 황제와 관련된 내용으로 추리 소설을 쓰는 작가로서 적합한 이미지였던 셈이다. 두 번째 이유는 보다 현실적이다. 작가의 본명은 조지아식 이름이어서 책 판매에 불리할 것이라고 생각했다는 것이다. 서점에서 사람들이 책 표지를 볼 때, 조지아식 이름보다 러시아식으로 들리는 이름이 더 나을 것 같아 예명을 사용했다는 것이다.

그는 현재까지 30권이 넘는 다양한 장르의 책을 출간했지만, 원래는 역사 추리 소설로 데뷔했다. 이는 러시아인들의 취향을 저격하는 전략이었다. 러시아인들은 추리 소설을 매우 좋아한다. 러시아 베스트셀러 목록에는 항상 경찰 수사극, 추격자 이야기, 탐정 소설 장르의 책들이 올라 있다. 특히 러시아 황제 시대, 즉 제국 시대를 배경으로 한 추리 소설이라면 성공 확률은 더 올라간다.

보리스 아쿠닌이 창조한 '에라스트 판도린(Эраст Фандорин)'이라는 캐릭터는 애거사 크리스티(Agatha Christie)의 미스 마플이나 에르퀼 푸아로, 아서 코넌 도일(Arthur Conan Doyle)의 셜록 홈스에 비견되는 러시아판 캐릭터로 자리 잡았다.

아쿠닌은 19세기 말부터 20세기 초 러시아 제국에서 실제로 발생한 사건들과 실존 인물을 바탕으로, 판도린이 황제의 비밀 임무를 수행하거나 황태자를 보호하기 위해 위험한 일을 맡아 러시아 제국을 지키는 서사를 만들어 냈다. 실제 사건과 인물이 등장하기 때문에 현실성이 뛰어나고, 흥미는 배가된다. 또한 판도린의 대사를 통해 작가는 러시아 역사, 정치적 결정, 그리고 사회적 이슈에 대한 비

보리스 아쿠닌

판과 논쟁을 독자들에게 제시한다. 이 장에서 소개한 대사도 그 예시 중 하나다.

이 대사는 러시아 제국에서 황제 권력을 제한할 수 있는 의회의 필요성을 논의하던 시기에 나온 것으로, 판도린이 소설 속 또 다른 캐릭터에게 한 말이다. 인용한 글만 보면 판도린이 의회나 민주주의에 반대하는 것처럼 보인다. 하지만 사실은 그 반대다. 소설의 맥락에서도 그렇고, 보리스 아쿠닌을 조금이라도 아는 독자라면 쉽게 알 수 있다. 아쿠닌은 항상 작품을 통해 독자들에게 중요한 질문을 던지고, 역사적 배경 속에서 그 질문에 대한 답을 찾게 한다. 이 발언도 예외가 아니다.

이 발언의 의미를 이해하려면 러시아 역사를 잠시 살펴볼 필요가 있다. '러시아는 유럽인가, 아니면 아시아인가'라는 논의는 19세기 이후 끝없이 다뤄져 온 사회적 논쟁이다. 역사가 흐르면서 이 질문에 대한 답을 내놓은 세력은 크게 두 부류다. 이에 대해서는 표트르 차다예프 작가를 다룰 때 보다 자세하게 언급한 적이 있다. 여기서 간략하게 요약하자면 다음과 같다.

'슬라브주의자'는 러시아가 독특한 문화를 가진 나라이므로 유럽도 아시아도 아닌, 그 자체로 독특한 문명이라고 주장했다. 이들은 러시아의 역사, 종교, 사회가 유럽이나 아시아와 너무 다르기 때문에 굳이 '그들의 길'을 따라갈 필요가 없으며, 독자적인 길을 만들어 나아가야 한다고 생각했다.

반면 '서방주의자'는 러시아를 서방 문명의 일원으로 보고, 서방의 개혁적 기술과 사회 시스템을 받아들이며 서방, 즉 유럽과 협력해야 한다고 주장했다. 이 세력은 러시아가 문화적·역사적으로 유럽과 가까웠으며, 표트르 대제 이후에는 유럽 문화권의 일부가 됐기 때문에 유럽의 원칙을 따르며 발전해야 한다고 보았다.

대사를 인용한 작품인 《터키 갬빗》의 배경은 19세기 말이다. 그때는 러시아 정체성 논쟁이 가장 뜨거웠던 시기다. 1917년에 러시아 제국을 무너뜨리고 러시아만의 독창적이고 유일무이한 길을 걸어야 한다고 주장한 사회주의자들의 철학적 핵심은 슬라브주의에서 많은 개념을 빌려왔다. 반면 1980년대 말 개방과 개혁을 선언한 고르바초프와, 이후 미국과 유럽을 "우리의 영원한 친구"라고 부르며 협력을 강조한 옐친 전 대통령은 서방주의자의 세계관을 가장 잘 대표하는 지도자였다.

2000년대부터 집권한 푸틴 정권은 서방 국가들과의 관

보리스 아쿠닌

계가 악화되면서 러시아의 문화와 세계관, 가치관이 서방과 너무 다르다고 주장하기 시작했다. 이를 통해 러시아를 "급격히 타락하는 진보 세상 속에서 진정한 보수 가치를 지키는 유일한 항구"로 묘사하며 러시아의 발전 방향을 다시 한 번 전환했다.

아쿠닌은 판도린의 대사를 통해 이러한 보수주의적 주장을 비꼰다. 서방식 민주주의를 거부하는 현대판 슬라브주의자들의 핵심 논리는 다음과 같다. '러시아는 문화, 역사, 사회, 종교 등이 서방과 너무 다르다. 국민들의 일상 문화부터 가치관, 윤리, 도덕적 이상이 다르기 때문에, 서방식 민주주의는 미국에서는 먹힐지 몰라도 러시아에는 맞지 않는다. 러시아 사람들은 강한 지도자, 엄격한 사회 질서, 뚜렷한 서열 문화를 선호하지, 혼란에 가까운 자유나 책임 회피로 가득 찬 선거제, 그리고 신이 보낸 현명한 지도자 대신 미흡하고 불완전한 법 제도를 원하지 않는다. 우리는 다르다. 고로 미국식 가치를 우리에게 강요하지 말라.' 작가는 이러한 사상을 비교적 개방적인 마인드를 가진 판도린의 입을 통해 비판하며 우회적으로 자신의 의견을 드러낸다.

여기에서 슬라브주의자에 대한 몇 가지 중요한 포인트

를 보충할 필요가 있다. 얼핏 듣기에는 전형적인 민족주의처럼 보일 수 있지만, 사실 슬라브주의는 민족보다는 문화를 강조한다. '슬라브'라는 단어는 단지 슬라브계 백인 러시아 사람만을 의미하지 않는다. 슬라브주의는 러시아 문화권에 속하며, 러시아를 자신의 문화로 여기고, 러시아 종교를 믿는 모든 민족을 포함한다. 여기에는 우크라이나인, 타타르족, 고려인, 조지아인, 체첸인 등 다양한 민족이 포함된다. 러시아어를 사용하고 러시아적 정체성을 가진다면 누구나 러시아인이다. 인종, 민족, 문화, 언어가 거의 완벽히 일치하는 한국에서는 생소하게 느껴질 수도 있는 개념이다.

슬라브주의의 철학을 공유하는 작가나 정치인의 발언을 보면 이러한 점이 여실히 드러난다. 러시아가 유일무이하고 독특하다는 주장은 주로 소위 '서방'과의 비교를 통해 제기된다. 이 '서방'은 주로 앵글로 색슨 유럽과 미국을 의미한다. 현대 러시아에서는 정치적 메시지('민주주의는 모든 악의 뿌리다!'), 사회적·문화적 차이('동성 결혼, 여성 인권, 낙태 같은 진보적 가치는 사회를 타락시킨다!'), 그리고 정치적 포퓰리즘이 혼합된 세계관으로 나타난다.

러시아에서는 문학이 정치적 입장과 국가 철학을 담아

보리스 아쿠닌

온 오랜 역사가 있다. 반정부 성향이 뚜렷했던 푸시킨도, 매우 보수적이었던 톨스토이도 그랬다. 정부 탄압 대상 1순위가 항상 지식인, 즉 작가였던 점도 이를 잘 보여 준다. 푸시킨을 유배 보낸 알렉산드르 1세나, 굴라그(강제 노동 수용소)의 진실을 폭로하고 소련의 만행을 알린 솔제니친을 추방한 브레즈네프 등 역사 속 사례가 차고 넘친다.

현재도 푸틴 정권을 비판하는 아쿠닌과 다른 작가들이 러시아를 떠나 유럽과 미국에서 활동하고 있는 모습은, 현대 러시아에서 슬라브주의자들이 서방주의자들을 탄압하는 역사가 다시 반복되고 있음을 보여 준다. 이러한 이념 싸움이 언제 끝날지는 알 수 없지만, 문학 속에서 그 열띤 논쟁을 찾아볼 수 있다는 점은 러시아 문학의 가장 큰 특징 중 하나다.

아쿠닌은 슬라브주의가 제국주의와 동의어라고 말한다. 그는 이것이 소수 민족 탄압으로 나타나고 패권주의적 전쟁으로 확산된다고 주장한다. 갈등을 조장하기보다는 화합을 모색해야 한다고 생각하는 아쿠닌은 20세기 초 러시아를 배경으로 이러한 문제를 꼬집는다. 그래서 러시아 독자들은 아쿠닌의 책을 좋아한다. 역사 추리극을 선호하는 독자는 재미있는 줄거리에 빠지고, 더 깊은 의미를 파고드는 독자는 현대 러시아와 19세기 말 러시아를 비교하며 그의 작품을 읽는다.

빅토르 펠레빈

Виктор Пелевин, 1962~현재

현재 활동 중인 러시아 작가다. 스스로를 '포스트 포스트 모더니즘' 장르에서 활동하는 작가라고 강조한다. 불교 신자로서 한국을 포함해서 동북아시아와 동남아시아를 자주 방문하며, 그의 작품에서도 불교와 관련된 내용이 자주 등장한다. 펠레빈의 작품은 매우 현실적이고, 조롱과 풍자의 유머를 통해 러시아 독자들의 마음을 사로잡았다. 도서 판매량 기준으로 러시아에서 톱3 안에 드는 인기 작가다.

러시아의 삶에서 '영성'이란
과시가 주요한 생산품이라는 의미다

'Духовность' русской жизни означает, что главным производимым
и потребляемым продуктом в России являются не материальные
блага, а понты. 'Бездуховность' - это неумение кидать их надлежащим
образом. Умение приходит с опытом и деньгами,
поэтому нет никого бездуховнее младшего менеджера.
– Виктор Пелевин, 《Empire V》

러시아의 삶에서 '영성'이란 물질적인 혜택이 아니라 과시가 가장 주요한
생산품이자 소비품이라는 의미다. '비영성'이란 이를 제대로 과시할 줄 모르는
능력을 의미한다. 능력은 경험과 돈에서 나오기 때문에
가장 영성이 없는 사람은 하급 관리자다.
—빅토르 펠레빈, 《Empire V》

빅토르 펠레빈은 현재 러시아에서 가장 인기 있는 작가 중
한 명이다. 가장 신비로운 작가로 불리기도 한다. 그를 실
제로 본 사람이 거의 없기 때문이다. 인터뷰를 하지 않으
며, 독자와의 만남을 거의 가진 적이 없다. 책 때문에 상을
받아도 시상식에 참석한 적이 없다. 심지어 아무도 그가
어디에 사는지 모른다. 팬들은 그가 여행을 좋아한다고 추
측할 뿐이다. 가끔 일본이나 중국, 한국에서 찍은 사진이
SNS에 올라오기 때문이다. 출판사와의 연락도 오직 이메

일을 통해서만 이뤄진다. 가족이나 지인의 증언이 아니었다면, 그가 실제로 존재하는 사람인지조차 의문스러울 정도로 신상을 철저히 숨긴다.

러시아 독자들이 펠레빈을 좋아하는 이유는 그의 글이 매우 현실적이고 솔직하기 때문이다. 냉소에 가까운 직설은 러시아인들에게 잘 통하는 매력이다. 펠레빈은 톨스토이나 도스토옙스키보다 훨씬 실용적이고 일상적인 주제를 다룬다. 그는 비속어나 신조어도 자주 사용한다. '그들이 사는 세상'을 연상시키는 딱딱한 고전 같은 분위기는 전혀 없다. 펠레빈 특유의 유머 코드와 메시지 전달 방식 덕분에 그의 책은 출간되자마자 베스트셀러가 된다.

위 문장에서도 펠레빈 스타일의 조롱에 가까운 유머가 잘 드러난다. 그는 러시아 문화에서 항상 쟁점이 되는 '러시아만의 정신 또는 영성(spirituality)'을 풍자적으로 표현했다. 이 풍자의 의미를 이해하려면, 우선 러시아식 '영성'에 대해 알아볼 필요가 있다.

이 책에서 계속 강조한 바와 같이, 러시아가 다른 나라와 매우 다르다는 인식은 러시아인들 사이에 널리 퍼져 있다. 특정 정치 세력 지지층과 특정 세계관을 가진 사람들 사이에서 더 두드러진다. 이는 단순히 한 국가가 다른 나라와 다르다는 차원의 문제가 아니다. 러시아가 '특별한 길을 걷는 나라'라고 믿는 사람들은 러시아가 서구나 아시아와는 전혀 다른 문명을 갖고 있다고 본다. 그들은 러시아의 세계관이 완전히 다르다고 주장하며, 유럽의 일부가 아니라 완전히 독립된 문명, 더 나아가 다른 우주로 간주한다.

이들이 비교의 대상으로 삼는 나라는 주로 미국과 유럽이다. 이들은 미국과 유럽이 물질 문화에 기반을 두고 있으며, 가치관의 중심에는 인간이 아닌 돈이 있다고 생각한다. 그래서 이를 끊임없이 공격하고 경멸한다. '마음이 없다', '정이 없다', '인간을 갈아 넣는 문화다', '돈만 좇는 타락한 사회다'와 같은 수식어는 그들이 미국과 유럽을 향해 날리는 대표적인 비판의 화살이다.

반면 러시아는 정이 많고, 영적인 것에 민감하며, 문화적으로 풍부하다고 주장한다. 이들은 러시아성의 중심에는 따뜻한 마음과 감정이 있다고 본다. 그들의 주장에 따르면, 러시아는 법보다 정의, 돈보다 마음, 신체보다 영혼을 우선시한다. 또한, 러시아는 위대한 조상들이 남긴 훌륭한 문화를 바탕으로 전 세계의 '인간성의 봉화'가 되어 세상을 더 나은 미래로 이끌어야 한다고 믿는다. 이는 러

빅토르 펠레빈

시아식 보수 진영의 논리다. 푸틴 대통령은 이러한 사상을 가진 대표적인 인물이다.

러시아의 독특한 세계관은 많은 문학 작품에서 등장하는데, 펠레빈은 이를 조롱한다. 그는 '건강한 영혼'은 허세일 뿐이라고 비꼬며, 그러한 말을 하는 사람들의 위선과 이율배반적인 태도를 지적한다. 그는 영적인 마음가짐을 강조하는 사람들이 왜 물질 문화에 집착하고, 비싼 옷과 차, 액세서리를 죽도록 사랑하는지 냉소적으로 묻는다. 아이폰을 손에 들고 미국 정치와 외교 정책을 침 튀기며 비판하는 사람의 모순을 지적하는 것이다. 현재 러시아에서 '영성'이라는 말은 서구를 열렬히 비판하는 무기와 동의어가 됐는데, 펠레빈은 이를 허세로 간주한 것이다. 그는 다른 작품에서도 이러한 위선을 끊임없이 지적한다.

'요즘 러시아인'들은 허세를 많이 부리는 편이다. 부자들은 자신의 부를 드러내는 것을 즐긴다. 특정한 혜택을 누리는 모습을 무조건 보여 주고 싶어 한다. 부유하지 않은 사람들도 부자인 것처럼 행동한다. 이런 행동이 지나치면 사회적으로 비판받기도 하지만, 부자가 돈을 과시하는 행동 자체가 질타받을 만한 일이 아니라고 생각한다. 권력자들은 권력을 과시하고, 돈 많은 사람들은 돈을 과시하며, 둘 다 없는 사람들은 둘 다 있는 것처럼 행동한다. 대출을 받아 고가의 자동차를 사서 타고 다닌다. 집에서는 라면을 먹고, 값싼 달방에 머물면서 최고급 리조트의 화려한 수영장에서 사진을 찍어 SNS에 올리는 행태는 러시아에서 드물지 않게 볼 수 있는 현상이다.

다수의 전문가는 러시아 문화의 이러한 특징이 '몽골 멍에'에서 유래한 것이라고 주장한다. 유교가 겸손을 최고의 가치로 내세우고, 불교가 무소유를 강조하는 것과 달리, 북아시아 부족들의 문화는 항상 부를 과시해 왔다는 평가가 많다. 실제로 부가 있든 없든, 있는 것처럼 과시해야만 사회에서 자신의 가치를 높이고, 사람들이 자신을 존경할 것이라는 논리다. 좋게 말하면 사회적 신분 상승 노력이고, 간단히 말하면 허세다. 한국에도 이런 사람들이 적지 않지만, 내 생각에는 러시아가 훨씬 더 심하다. 내가 처음 한국에 왔을 때, "와, 한국인들은 정말 겸손하구나!" 하고 감탄했을 정도다.

러시아에서 이런 문화가 자리 잡은 데에는 여러 역사적인 배경이 있다. 제국 시절에도 있었고, 소련 시절에 두드러지게 나타나기 시작했으며, 소련 붕괴 후 경제적으로 어

빅토르 펠레빈

려웠던 1990년대에는 더욱 심화됐다. 소련 시절의 허세는 일종의 생존 전략이었다. 식료품을 비롯한 모든 일상 용품이 부족한 상황에서, 자신이 특별한 인맥을 갖고 있거나 남들이 꿈도 못 꿀 일을 해낼 수 있다는 것을 보여 주는 일이 사회적 평가를 높이는 방법이었다. 그래서 이를 과시하는 일도 당연하게 받아들여졌다. 일반 상점에서는 구할 수 없는 옷을 입고 있거나, 소련에서는 수입하지도 않은 담배를 피운다는 것은 곧 나의 가치를 높여 주는 행위였다. 남들이 접근할 수 없는 물건을 내가 손에 쥐고 있다는 것은 '필요한 사회적 허세'였다.

1991년에 소련이 무너져 국가 체제가 바뀌었지만, 문화는 그대로 남았다. 시장이 개방되면서 더 이상 물건에 대한 특별 접근권이 필요하지 않게 됐다. 돈만 있으면 무엇이든 살 수 있는 환경이 되자, 허세의 중심은 '금지된 제품'에서 '인맥과 돈'으로 치환됐다. 이제 중요한 것은 '내가 무엇을 구할 수 있느냐'가 아니라, '누구를 알고 있느냐', '돈이 얼마나 많은가'가 됐다.

이렇다 보니 유명 연예인과 찍은 사진이나 두바이 같은 사치스러운 관광지에서 찍은 사진은 새로운 사회적 지위의 상징이 됐다. 내 몸값을 올리려면 이를 과시해야 했다.

카페 테이블 위에 던져 놓은 듯이 널부러져 있는 비싼 외제 차 키, 일상인 양 이탈리아로 피자를 먹으러 다녀왔다는 말, 안색이 안 좋아 보인다는 질문에 한숨을 푹 쉬고는 어젯밤 유명 연예인과 위스키를 과하게 마셔서 그렇다는 허세, 지난달 아이 생일 파티로 몇 억 원어치 불꽃놀이를 했더니 이제 돈이 부족해서 런던이 아니라 밀라노에서 휴가를 보내야겠다는 과장.

나 때문에 비행기 정도는 돌리는 수준이 돼야 러시아급 허세다. 어느덧 이런 행동은 인생의 성공 여부를 가늠하는 기준이 돼 버렸다. 일반 국민들은 이러한 행동을 보면서도 대체로 뭐라고 하지 않는다. 권력과 돈이 있는 사람이라면 그럴 수도 있다는 의식 때문이다.

펠레빈은 바로 이런 러시아 문화를 조롱하며, '서구와는 다른 러시아만의 고유한 길'이 있다면 그건 허세에 불과하다고 비판한다. 그는 한 개인의 태도를 국가로 의인화한다. 카페 테이블에 비싼 외제 차 키를 아무렇지도 않게 내놓는 허세처럼, 러시아가 자기만의 특별함을 보란 듯이 다른 나라들에게 드러낸다는 비유다.

실제로는 돈과 권력이 없으면서 있는 것처럼 허세를 부리는 사람처럼, 실제로 고유성이 딱히 없으면서도 굉장히

빅토르 펠레빈

독특한 것처럼 허세를 부리는 나라. 펠레빈의 비유는 신선하고 재미있으며, 독자들에게 깊은 인상을 남긴다.

표도르 튜체프

Фёдор Тютчев, 1803~1873

러시아 밖에서는 잘 알려지지 않은 러시아의 작가, 외교관, 번역가다. 러시아 내에서도 유명하지는 않지만, 학교에서 배우는 시인 중 한 명이다. 푸시킨과 동시대에 살았던 튜체프는 주로 자연, 자연 속 인간, 그리고 인간 마음의 이면에 관한 시를 많이 남겼다. 그는 자신의 문학 활동에 큰 비중을 두지 않았다. 작가로서 성공하고자 하는 열망도 없었다. 그럼에도 불구하고 몇 편의 명작을 남겼으며, 러시아 '황금 시대'를 대표하는 시인 중 한 명으로 평가받고 있다.

러시아는 머리로
이해할 수 없다

Умом Россию не понять
Аршином общим не измерить:
У ней особенная стать -
В Россию можно только верить.
– Фёдор Тютчев, 〈Умом Россию не понять〉

러시아는 머리로 이해할 수 없고
평범한 척도로는 측정할 수 없다.
러시아는 그 자체로 특별하므로
그저 러시아를 믿을 수밖에 없다.
—표도르 튜체프, 〈러시아는 머리로 이해할 수 없다〉

표도르 튜체프의 문장은 러시아를 설명하는 데 최고의 명언이 아닐까 싶다. 그의 표현은 외국인에게 러시아를 소개하거나 러시아를 전반적으로 묘사할 때 빠짐없이 등장한다. 국가 홍보 영상, 관광 박람회, 문학을 소개하는 책, 경제 포럼 등 어떤 행사든, 어떤 상황이든 이 문장이 십중팔구 인용된다. 러시아를 이보다 더 완벽하게 표현한 말이 있을까 싶을 정도다. 한국의 정서를 가장 선명하게 대표하는 노래가 '아리랑'이라면, 러시아에서는 바로 이 시가 그 역할을 한다.

튜체프는 러시아에서도 대문호라고 칭하기가 어렵다. 공무원 출신인 그는 주로 시를 썼다. 푸시킨이 좋아하는 작가 중 한 명이었지만, 그의 문학 세계는 푸시킨과 상당히 다른 느낌이다. 푸시킨이 낭만과 현실을 이어 주는 작가라면, 튜체프는 복잡한 의식의 흐름, 자연, 자연 속에 사는 사람에 대한 내용에 초점을 맞췄다. 그래서인지 이시는 깊은 의미와 더불어 본질을 들여다보게 하는 느낌을 준다.

이 짧은 시에는 러시아에 대한 작가의 사랑이 엿보인다. 진심으로 모국을 사랑하고 이해하며, 아무 조건 없이 받아들이는 정서가 읽힌다. 러시아는 너무나 광대하고, 인간의 언어로 표현할 수 없을 만큼 다양하다. 서로 다른 민족, 종교, 문화, 언어가 공존하는 곳이며, 매우 복잡하고 험난한 역사를 가진 나라다. 이런 나라를 보통의 기준이나 다른 배경을 가진 외국인의 눈으로는 이해할 수 없다는 이야기다. 러시아는 너무 독특하고 고유성이 강한 나라이므로, 설명하기보다는 그냥 믿고 있는 그대로 받아들여야 한다는 것이다.

하지만 다른 한편으로는 러시아에 대한 작가의 아쉬움과 답답함, 동시에 너그러움도 엿볼 수 있다. 외교관으로서 유럽에서 오랜 시간을 보낸 튜체프는 러시아와 유럽의 차이를 누구보다 잘 알고 있었을 것이다. 러시아의 고유성과 특별함 자체가 좋으면서도, 외부 세계와 소통할 때 발생하는 여러 문제를 보며 자랑스러우면서도 답답했을 것이다.

이런 이중성 때문일까. 러시아가 유일무이하다고 자랑하는 사람들과, 러시아가 다른 문화와 너무 다르다며 아쉬워하는 사람들 모두 이 시를 자주 인용한다. 정반대의 감정을 동시에 표현할 수 있는 이 시의 매력은 정말 독특하고 강렬하다.

이 시를 읽을 때는 첫 번째 줄에 주목할 필요가 있다. 이 줄에 작가가 말하려는 의도가 잘 드러나 있다고 본다. "러시아는 머리로 이해할 수 없다"라는 구절에서 핵심 단어는 바로 '머리로'다. 우리는 다른 나라나 문화, 사람의 행동 이유 등을 이해할 때 보통 논리와 지성을 동원한다. 행동 이면의 논리를 찾고, 말과 행동의 이유를 파악하려고 한다. '이런 이유 때문에 이렇게 말하거나 행동한다'는 공식을 찾으려는 것이다. 하지만 튜체프는 이 시를 통해 러시아를 이해하기 위해서는 그런 접근 방식이 적합하지 않다는 팁을 준다. 러시아를 이해하려면 원리와 원칙, 논리와

표도르 튜체프

지성을 내려놓아야 한다는 것이다. 얼핏 듣기에는 무슨 말인가 싶을 수도 있다. 하지만 러시아를 직접 겪어보면 이 통찰에 무릎을 탁 치게 된다. 러시아를 이해하려면 머리가 아닌 '마음'으로 접근해야 한다는 것이다.

다른 장에서도 여러 번 언급했지만, 러시아 문화는 지성보다 감정을 더 중요하게 여긴다. 인간관계도 그렇고, 세상을 이해하는 과정에서도 그렇다. 머리로는 이해되지 않고 말이 안 되더라도 마음으로는 통하는 부분이 많은 것이 바로 러시아 문화다. 이는 유럽과 미국 문화와 매우 다른 점이다. 보통 러시아 사람들은 미국이 지성과 합리를 기본으로 하는 문화라고 생각한다. 규칙을 엄격히 준수하며 더 효과적인 결과를 달성하려는 사회라고 본다. 이런 이유로 러시아 사람들은 미국을 두고 "계산적이고 무정하다"고 이야기한다. 나는 이 부분이 두 나라 간 갈등의 핵심이라고 생각한다.

쉽게 비교하자면, 두 나라는 목적지와 그 목적지를 어떻게 가야 할지에 대한 생각 자체가 다르다. 미국인들은 지금보다 더 높은 목표를 세우고, 수단과 방법을 가리지 않고 결과를 내기 위해 노력한다. 목적지까지 가는 길이 험하고 불편해도 목적지에 도착하기만 하면 된다고 생각한다. 반면 러시아 사람들은 목적지를 그다지 중요하게 여기지 않고, 가는 길 자체에 더 집중한다. 목적지가 어디든, 실제로 목적지에 도달하든 멈추든 상관없이 편하고 즐겁게 가고 싶어 한다. 미래에 있을지도 모르는 이익보다 지금 당장 인생을 편하게 살아야 한다고 생각한다. 이와 관련된 속담도 있다.

하늘에 있는 학보다 손에 있는 작은 박새가 더 낫다.

(Лучше синица в руках, чем журавль в небе.)

지금 당장 손에 있는 작은 이익이 어디 먼 곳에 있는 화려하지만 불확실한 전망보다 훨씬 낫다는 이야기다.

외국인 관점에서 보면 이런 사고방식은 이해하기 어려울 수도 있다. 러시아인들에게 미래는 그렇게 중요하지 않다. 현재가 더 중요하다. 그래서 러시아에서는 미래보다 과거가 항상 더 큰 이슈다. 미래는 아무도 알 수 없고, 그 누구도 결정해 줄 수 없으니 걱정할 일이 아니다. 반면 과거는 현재를 결정짓는 요소이기 때문에 중요하다.

물론 세상 모든 문화가 독특하고 고유하다고 말할 수 있다. 하지만 그중에서도 러시아 문화는 특히 신기한 면

표도르 튜체프

이 많은 것 같다. 보통 상대방의 입장을 공감하지 못하더라도 논리적으로는 이해할 수 있는 경우가 많다. 그러나 러시아 문화는 이해조차 어려운 경우가 자주 발생한다. 바로 이 독특한 부분을 튜체프가 자신의 시를 통해 묘사한 것이다.

이것 또한 일종의 '플러스 가스라이팅'이라고 볼 수 있을 것 같다. 가스라이팅이란 왜곡을 통해 상대의 가치를 떨어뜨리고 스스로를 의심하게 만드는 의도적인 심리 조작이다. 주로 상대를 복종하게 하거나 약하게 만들고 싶을 때 부정적인 의미로 사용된다. 하지만 튜체프의 표현은 반대의 의미에서 가스라이팅을 하는 게 아닐까 싶을 때도 있다. 러시아의 가치를 현실보다 훨씬 높여 주고, 스스로를 의심할 여지도 주지 않으며, 이 세상에서 가장 뛰어난 존재처럼 만드는 것도 일종의 심리 조작이 아닐까. 마이너스를 플러스로 바꿨을 뿐, 가스라이팅의 본질은 여전히 같다.

물론 작가는 그런 의도를 가지고 쓴 것은 아닐 것이다. 진심으로 자기 조국을 이해하고 묘사하며 설명하려는 진지한 노력이었음은 분명하다. 하지만 몇백 년이 지난 지금, 이 말의 의미를 곱씹어 보면 여러 해석이 가능하다는 점이 흥미롭다. 이런 교육을 받고, 이런 문학에 익숙한 사람들은 작가의 생각을 그대로 받아들인다. 러시아가 그 자체로 독특하고 특별한 문명이라고 믿는 것이다. 제국주의적인 사고방식도 아마 여기에서 기인하지 않을까 싶다. 전 세계를 바라보는 시선, 이웃 국가를 바라보는 관점, 세계 속에서의 자기 위치를 인식하는 수준 등이 이런 세계관에서 나오는 것 같기도 하다. 어쨌든 러시아 문학, 그리고 더 나아가 러시아 문화를 이해하려면 이 명언을 꼭 기억해야 한다.

표도르 튜체프

Питер

глазами Гоголя

глазами Толстого

глазами Пушкина

глазами Достоевского

상트페테르부르크를 바라보는 네 작가의 시선. 왼쪽 위부터 시계 방향으로 고골이 본 상트, 톨스토이가 본 상트, 도스토옙스키가 본 상트, 푸시킨이 본 상트.

왼쪽의 그림은 러시아인들이 자국의 대문호들을 바라보는 시각을 보여주는 밈이다. 각 작가의 문학적 특징을 알면 즉시 웃을 수 있는 그림이다. 상트페테르부르크는 한때 러시아의 수도였으며, 고골, 톨스토이, 도스토옙스키, 푸시킨 모두 이곳에서 활동했다. 하지만 각자의 문학적 색채로 인해 같은 도시를 전혀 다르게 묘사했다는 점이 이 밈의 유머 포인트다.

고골에게 상트는 신비롭고 음산한 장소다. 그는 작품에서 무서운 이야기, 귀신, 괴물, 도깨비 같은 민담을 즐겨 다뤘다. 고골의 상트는 안개 낀 어두운 골목에서 공포스러운 사건이 벌어지고, 피로 얼룩진 역사가 끊임없이 시민들을 사냥하는 도시다.

톨스토이의 상트는 귀족들의 무도회가 열리는 화려한 공간이다. 제국의 수도에서 귀족들이 사랑에 빠지고 헤어지며, 우아한 무도회에서 춤추는 장면이 떠오른다. 이는 《전쟁과 평화》 속 도시의 모습과 일치한다.

도스토옙스키의 상트는 쓰레기장이다. 불결하고 악취가 나는 거리, 절망과 분열, 죽음이 만연한 곳으로, 악의적인 인간들과 거지들로 붐비는 시궁창이다. 《죄와 벌》의 배경도 바로 상트 시내다. 이 도시는 희망이 사라지고 인간의 가장 악한 본성이 드러나는 공간이며, 탈출할 수 없는 감옥 같은 곳이다. 지상의 연옥 그 자체다.

푸시킨에게 상트는 러시아의 자랑이자 세상에서 가장 아름다운 도시다. 그의 시에는 이 도시에 대한 찬사가 자주 등장한다. 건축물, 동상, 작은 골목, 노을과 석양까지 상트에 대한 푸시킨의 사랑은 무조건적이고 무한하다. 상트 시내 한복판에 세워진 푸시킨 동상은 이 도시에 대한 그의 애정을 상징적으로 보여 준다.

이 밈은 누구의 작품을 읽느냐에 따라 도시의 인상이 얼마나 다르게 느껴질 수 있는지를 잘 보여 준다. 그렇다면 실제 상트페테르부르크는 어떤 곳일까? 답은 '네 가지다'. 도시의 이미지는 객관적 실체가 아니라 우리 머릿속에 있을 뿐이다. 바라보는 이의 시각에 따라 달라지기 마련이다.

러시아 문학은 이렇게 다채롭고 다른 방식으로 세상을 보여 준다. 바로 이 다양성이 러시아 문학의 위대함이 아닐까 싶다.

이 책을 쓰면서 러시아 문화가 얼마나 모순적이고 역설적인지 새삼 깨달았다. 문학 작품을 분석할 때마다, 작가의 삶을 정리할 때마다, 이러한 역설을 어떻게 전달할지

고민에 빠졌다. 공산주의를 선택했지만 종교를 신실하게 믿는 문화, 나태함을 긍정하면서도 끊임없이 투쟁하는 사고방식, 남녀평등이 이뤄진 듯하면서도 여전히 뚜렷한 성 역할이 존재하는 사회…. 러시아는 모순 그 자체다.

이러한 모순을 가장 잘 담아낸 것이 바로 문학이다. 다양한 작가들이 서로 다른 시각으로 러시아 문화를 바라보고, 각기 다른 방식으로 해석한다. 때로는 직관적으로, 때로는 철학적으로. 그러나 이 다양성이야말로 러시아 문학의 가장 큰 매력이다.

방대한 러시아 문학을 단 한 권의 책으로 요약하는 일은 쉽지 않다. 그래서 나는 문학이 일상 속에서 어떻게 녹아 있는지를 통해 러시아 문화를 들여다보고자 했다. 러시아 문화에서 문학은 워낙 중요한 부분을 차지하기에 문학을 빼놓고 러시아 문화를 이야기하기는 어렵다. 러시아 문학은 역사, 러시아인의 사고방식, 일상 속의 철학을 담고 있다. 나는 이러한 다양한 주제를 살펴보며, 여러분과 러시아가 만날 수 있는 공간을 만들고자 했다. 만약 이 책이 러시아 문학과의 접점이 된다면, 나는 '대한러시아인'으로서 내 몫을 다했다고 생각한다.

러시아의 문장들

한 줄의 문장에서 러시아를 읽다

1판 1쇄 발행 2025년 2월 28일

지은이	벨랴코프 일리야
펴낸이	이민선, 이해진
편집	홍성광
디자인	박은정
사진	Getty Images, Wikipedia, pikabu, The Paris Review, pechorin, dzen, mixnews, nlb
제작	호호히히주니 아빠
인쇄	신성토탈시스템

펴낸곳	틈새책방
등록	2016년 9월 29일(제2023-000226호)
주소	10543 경기도 고양시 덕양구 으뜸로110, 힐스테이트에코덕은 오피스 102-1009
전화	02-6397-9452
팩스	02-6000-9452
홈페이지	www.teumsaebooks.com
인스타그램	@teumsaebooks
유튜브	www.youtube.com/틈새책방
이메일	teumsaebooks@gmail.com

ISBN 979-11-88949-72-4 03800